의학에서 문학의 샘을 찾다

의학에서 문학의 샘을 찾다

초판발행일 | 2023년 10월 10일

지은이 | 유담
펴낸곳 | 도서출판 황금알
펴낸이 | 金永馥

주간 | 김영탁
편집실장 | 조경숙
인쇄제작 | 칼라박스
주소 | 03088 서울시 종로구 이화장2길 29-3, 104호(동숭동)
전화 | 02) 2275-9171
팩스 | 02) 2275-9172
이메일 | tibet21@hanmail.net
홈페이지 | http://goldegg21.com
출판등록 | 2003년 03월 26일 (제300-2003-230호)

값은 뒤표지에 있습니다.

ISBN 979-11-6815-061-4-03810

의학 속에 문학이 재주하는 유형

의학에서
문학의 샘을 찾다

유담 지음

medicine

literature

황금알

　진정한 의학은 문학과 자못 다붓하다. 둘 다 인간의 고통과 생명의 의미를 헤아려 치유하는데 깊은 바탕을 함께 두고 있기 때문이다. 의학과 문학의 연결을 살피려는 여러 노력이 시도되고 있으나 '문학 안의 의학'의 시각으로 바라보는 경향이 주류를 이루고 있다.

　이 책은 '의학 속의 문학'의 관점에서 집필했다. 의학 속에 문학이 재주하는 유형을 들여다보았다. 의학 속에 문학이 머물러 살며 두 영역이 어울려 발휘하고 있는 의의와 가치를 확인하였다. 의학 속에 문학이 들어서, 서로 맞닿으면 서로 인간적 본바탕을 자극하여 서로를 더 여물게 한다는 믿음이 더 굳어졌다.

　이 책은 읽고 이해하기 편하도록 그림을 곁들이고 주요 참고문헌을 붙이면서, 전체 내용을 세 부분으로 나누었다.

　제1부에선 진료실에 들어온 동화문학의 주인공들을 만나 의학 속에 들어온 문학의 모습과 활동을 풀어냈다. 문학과 의학의 강렬한 접촉을 추적하여, 의학 진료 현장에 들어와 있는 문학의 은유적 역

할을 확인했다. 동시에 의학 속에 문학이 자리할 때 거쳐야 할 경로의 일부를 알아냈다. 아울러 질병이 가져다주는 삶의 불편과 고통을 동화 속 인물과 서사로 교환하여, 위로와 소망을 부드럽게 극대화한 속 깊은 명명가들을 만나보았다.

제2부에선 의학 속에 들어와 의학의 실행 현장인 진료실 안에서 그 빛을 발하고 있는 문학정신(에스프리)을 짚어보면서 풀어 적었다. 시적 에스프리가 의학적 치유를 향한 신앙적 갈망까지 담아 발산해 내는 매력의 원천을 추적하여 전개했다. 한두 가지 원인과 증상으로 설명할 수 없는 의학적 속사정을 멋지게 담아내는 문학의 능력을 짚었다. 아울러 질병 상태의 생명 연장에 관한 담론을, 진료실 안으로 들여온 문학과 의학의 협력이 전개하고 있는 문학적 은유의 의학적 효용과 의미를 담았다.

제3부 '문학은 의약품이다'에선 의학의 현장에서 문학이 발휘하는 효험을 살폈다. 의학이 지니는 건조함과 딱딱함을 완화하는 따스한 풍성함과 문학적 토양에 기초한 의학의 생생한 실행을 확인했다. 의학의 시선으로 인간을 이해하는 쪽으로 이끄는 시 짓는 의사들을 만났다. 의학 교과 과정에서 문학 교육을 받은 모든 의대생이 하나도 빠짐없이, 더 깊은 동정심이나 더 넓은 이해심을 지닌 의사가 될 거라는 믿음으로, 의과대학 문학 교육을 실천한 국내외 활동을 '의과대학 강의실에 들어선 문학'에 담았다. 의학적 치유의 중개자로서의 시문(詩文)테라피를 강조했고, 문학이 의료체계에 관한

집단적 사고방식에 어떻게 영향을 미쳤는지를 탐색하였다.

'왜 우리는 전염병 유행 속에서 문학을 찾는가?' 코로나바이러스 전염병과 같은 주요 생물학적 위기에서 인간이 된다는 것은 무엇을 의미하는가? 어찌할 바 모르는 물음 중에서, 팬데믹 속의 문학적 현상에 집중하여 들여다보았다.

항상 첫 독자로서 읽어주는 아내 박인숙, 문예적 평가를 아끼지 않는 문미란 시인과 최원국 실장께 감사한다. 연재마다 반응과 공감을 전해주시는 독자분들께 감사한다. 전공 밖의 전문지식을 기꺼이 깨우쳐주는 동료 의사들께 감사한다. 의과대학 강의실에 들어온 문학 교육의 형편을 수집 정리하는 데에, 국내 최초로 의대 문학 수업을 실행한 마종기 시인의 조언이 큰 힘이 되었다. 『문학청춘』에 연재의 장을 열어준 김영탁 주필을 위시한 편집 출판 관련 분들께 감사한다. 이처럼 감사할 기회를 주시는 하나님께 감사한다.

2023년 초가을
북악산 기슭에서
유담

차 례

제1부

의학 속 동화의 주인공들

앨리스 – 이상한 나라에서 의학 속으로

1. 이상한 나라의 앨리스

"아, 기분이 이상하네! 마치 내 몸이 망원경처럼 접히는 것 같아."
앨리스가 중얼거렸다.

정말 그랬다. 앨리스는 키가 10인치로 줄어 있었다〈그림 1〉. 아름다운 정원으로 통하는 작은 문으로 들어가기에 꼭 알맞은 크기가 되었다는 생각에 앨리스의 얼굴이 밝아졌다.

"정말 요상해지네!"

앨리스가 소리쳤다(앨리스는 너무 놀라서 제대로 말하는 법까지 잊어버렸다).

"이제는 세상에서 가장 큰 망원경처럼 몸이 쭉 늘어나는 것 같아! 내 발아 안녕!"(앨리스가 아래를 내려다보니 발이 너무 멀리 떨어져 거의 보이지 않을 정도였다)〈그림 2〉.

아래를 내려다보자 어마어마하게 길어진 목만 있을 뿐이었다. 길어진 목은 저 아래 바다처럼 펼쳐진 푸른 나뭇잎 사이로 뻗어 나온 기다란 줄기처럼 보였다.

– 베스트트랜스 역, 루이스 캐럴 『이상한 나라의 앨리스』(더클래식, 2017년)

〈그림 1〉 작아진 앨리스(왼쪽 그림 왼쪽 아래, 오른쪽 그림 오른쪽 아래)에게
주위의 모든 것이 크게 보인다.

영국의 수학자이며 작가인 찰스 루트위지 도지슨(Charles Lutwidge Dodgson, 1832~1898)이 루이스 캐럴(Alan Lewis Carroll)이란 가명으로, 존 테니엘(Sir John Tenniel, 1820~1914)의 삽화를 넣어 1865년에 발표한 동화 『이상한 나라의 앨리스(Alice's Adventures in Wonderland)』의 몇 대목이다.

작품 속의 앨리스는 강둑 위에서 언니와 놀다가 갑자기 옆을 지나가며, 회중시계를 꺼내보는 분홍색 눈을 가진 하얀색 토끼를 따라 이상한 나라로 들어간다. 그곳에서 그녀는 키가 줄거나 늘고, 목이 유난히 길어지는 몸의 길이와 모양이 극적으로 변화하는 체험을 한다.

〈그림 2〉
키가 9피트까지
커져 버린 앨리스.

2. 의학 속 앨리스

시각, 청각, 촉각 및 시간적 사실에 영향을 미치는 지남력을 상실하여, 자신의 몸의 크기 또는 모양의 왜곡 또는 공간에서의 위치 왜곡과 관련된 자기 경험의 발작적인 신체 이미지 왜곡 등의 시각적 환영이 나타나는 신경학적 병적 상태를 '이상한 나라의 앨리스 증후군(AIWS, Alice-in-Wonderland Syndrome)'이라 한다.

이상한 나라의 앨리스 증후군은 1952년 미국의 신경학자 리프먼(Caro Lippman, 1886~1954)에 의해 처음 기술되었지만, 가장 영향력이 있는 관련 의학 논문은 1955년 영국의 정신과 의사 존 토드(John Todd, 1914~1987)에 의해 발표되었다. 토드의 이름을 따서 토드 증후군이라고 부르기도 한다. 또한 사물, 사람 또는 동물이 실제보다 더 작아 보이는 환각 증상에 초점을 두어 '릴리펏 난쟁이 환각'이라고도 하는데, 릴리펏 난쟁이는 조나단 스위프트의 『걸리버 여행기』에 나오는 릴리펏(Lilliput) 섬에 사는 '작은 사람'을 의미한다.

리프먼은 환자 중 한 명은 걸을 때 짧고 넓게 느낀다고 보고했으며, 그녀의 신체 이미지 환상과 관련하여 이상한 나라의 앨리스(Alice's Adventures in Wonderland)를 언급하면서 "트위들덤 또는 트위들디 느낌"이라고 말했다. 트위들덤(Tweedledum)과 트위들디(Tweedledee)는 영국 전래 동요와 루이스 캐럴의 『거울 나라의 앨리스(Through the Looking-Glass, and What Alice Found There)』에 나오는 가상의 인물로, 똑같이 보이고 똑같이 행동하는 매우 닮은 두 사람을 이른다. 리프먼은 이 현상을 루이스 캐럴의 소설과 연계시켜 다음과 같은 기록만을 남기고 있다. "나는 편두통 환자들이 전에 경험해 본 적이 없는 환각들을 기록은 했으나 발표할지는 망설여진다. 80여 년 전에 위대하고 유명한 작가가 이미 그것들을 불멸의 소설 형식으로 발표하지 않았는가. 『이상한 나라의 앨리스』는 편두통 환각을 기록하고 있다. 앨리스를 쓴 루이스 캐럴도 전형적인 편두통으로 고생했다."

리프먼의 첫 번째 환자는 38세 여성이었는데, "목이 한쪽으로 1피트 이상 늘어나는 느낌이고, 때때로 두통 전중후에 엉덩이 또는 옆구리가 풍선처럼 부풀어 오르고, 매우 때때로 역시 두통 전중후에 1피트 정도 작아지는 느낌이 들었다." 두 번째 환자는 64세 여성으로, 20년 동안 자주 "가벼운 편두통이 일어나기 한두 시간 전에 왼쪽 귀가 6인치 이상 부풀어 커진다."라고 호소했다. 세 번째 환자는 23세 여성으로 심한 편두통 증상이 있을 때, "머리가 엄청나게 커졌고 몸이 가벼워져서 천장까지 떠올랐다. …… 이 느낌은 편두통과 함께 사라졌지만 나는 매우 키가 커졌다는 느낌이 들었다."라고 호소했다. 네 번째 환자는 38세 여성으로 편두통 발작 이전이나 발작 중에 몸이 작고 납작하게 되어 땅에 바짝 닿는 것 같았는데, 이는 마치 옆으로 낮고 넓게 보이는 거울에 비친 느낌을 경험했다. 다섯 번째 환자는 심각한 편두통의 전조증상으로 신체 이미지 환상을 경험한 44세 여성으로 실제보다 훨씬 더 크다는 착각을 겪었다. 또한 머리가 몸의 나머지 부분보다 훨씬 크다고 착각했다. 여섯 번째 환자는 35세 여성으로, 머리가 풍선처럼 느껴지며 목이 늘어나고 머리가 천장에 닿는 듯한 경험을 했다. 일곱 번째 환자인 30세 남자는 다음과 같이 말했다. "누군가 내 몸을 수직으로 둘로 나누어 우측이 좌측보다 작았다가 수 분 후에 우측이 좌측보다 더 커졌다."

반면에 토드는 루이스 캐럴의 『이상한 나라의 앨리스』에서 주인공이 경험한 변화된 신체 이미지와 유사한 증상들을 보이는 6명의 환자를 관찰 보고하며, 그 증후군적 상태를 '이상한 나라의 앨리스 증후군'이라 명명했다.

토드의 첫 번째 환자는 불안과 반복적인 신체 이미지 환상을 가진 39세 여성이었다. 특기 사항은 열이 있는 상태에서 발생했다는 점이다. 그녀는 "내 몸이 전체 방을 차지할 때까지 점점 더 커지고 있다."고 느꼈다. "점점 작아지고 있다." "완전히 줄어들고 있다." 또는 "복부가 엄청나게 팽창하고 있다."라고도 호소했다.

두 번째 환자는 불안과 편두통의 병력이 있는 40세 남성으로, "때로 키가 8피트인 것으로 느껴졌지만, 다른 때에는 키가 3피트로 줄어든 것처럼 느껴졌다." "머리가 정상 크기의 두 배"이거나 "팔이 없는 것 같은 느낌" 등 여러 가지로 다르게 인식된 신체 이미지 왜곡과 시각적 지각 장애(비정상적으로 작고 멀게, 형태가 다르게 변형, 개체가 비정상적으로 크고 가까이)를 보였다.

세 번째 환자는 24세 여성으로 "경도의 강박 신경증"을 앓았으며 "이따금 키가 6인치, 어떤 때는 12피트"라고 느꼈고, "내 머리가 둘로 나뉘어져 있다."라고 했다.

네 번째 환자는 불안 상태에서 "멀게 보이고" "실제 크기의 절반으로 작아지는" 경험을 했다.

다섯 번째 환자는 편두통과 경미한 신경증을 앓았던 43세의 여성으로 "머리가 정상 크기의 두 배가 되었다."라고 느끼거나, "키가 반으로 작아졌다."라는 에피소드가 있었다. 평소에 여러 차례에 걸쳐 그녀는 '멀게 보임'을 경험했다.

토드의 첫 연구 논문의 마지막 환자는 편두통의 병력이 있는 32세 여성으로, "머리가 정상 크기의 3배가 되거나 다리가 짧아져서 그녀의 무릎 바로 아래 발이 붙어 있는 듯한" 신체 이미지 환상을 경험했다. 두 번째, 다섯 번째, 여섯 번째 환자에서 편두통의 병력이 있었지만, 신체 이미지 환상과 편두통 사이에 시간적 연관성을 발견할 수 없었다. 연구 초기에 토드는 편두통이 이상한 나라의 앨리스 증후군의 주요 원인이라고 생각했지만, 신체 이미지 환상과 편두통 증상의 일시적인 연관성을 확립하지 못했다고 발표하였다.

국내에도 '이상한 나라의 앨리스 증후군'이 있다. 김영도 인천성모병원 신경과 교수가 2006년 8월 대한신경과학회지에 게재한 「이상한 나라의 앨리스 증후군을 보인 우측 내측두엽 뇌경색 1예(김영도 외 3명)」와 이건희 강남성심병원 소아청소년과 교수가 대한두통학회지에 발표한 「소아 편두통에 동반된 이상한 나라의 앨리스 증후군 1예」 등의 연구 보고가 있다.

〈그림 3〉 환자가 그린 그림. 얼굴은 길어 보이며 그에 비하여 몸통과 팔다리 등은 작아 보여서 얼굴과 몸통의 비율이 거의 비슷해 보인다. (김영도 등, 『대한신경과학회지』, 2006)

83세 남자 환자가 사람 얼굴이 길어 보이고 몸통이 작아 보인다고 호소하며 외래를 방문하였다. 환자는 내원 5일 전부터 텔레비전에서 늘 보는 드라마의 연예인이 갑자기 낯설어 보이기 시작하고, 가족이나 주변 사람들의 얼굴은 길어 보이며, 그에 비하여 몸통과 팔다리 등은 작아 보여서 얼굴과 몸통의 비율이 거의 비슷해 보인다고 하였다 〈그림 3〉. 증상은 지속적으로 일과 중에 변동이 없었고, 색상은 이전에 비해 달라지지 않았으며, 다른 사물들은 정상적으로 보인다고 하였다. 초등학교를 졸업한 환자는 오른손잡이로 과거 병력에서 협심증과 고혈압, 당뇨로 약제를 복용 중이었다. 내원시 활력징후는 정상이었으며 신경학적 검사에서 인지기능, 동공반사와 안구운동 검사, 안저검사, 시야 및 시력 검사에서 이상소견은 없었으며, 운동과 감각, 건반사, 병적반사 등에서도 이상소견은 보이지 않았다. 일반 혈액검사와 일반화학검사에도 특이소견은 없었다. 내원일 시행한 뇌자기공명영상(MRI)에서 우측 내측두엽에 급성 뇌경색이, 양측 후두엽에 뇌경색이 보였다. 증상 발현 1개월 후 환자는 사람 얼굴이 길어 보이는 것은 좀 줄어들었으나, 가족들의 얼굴이 약간 생소해 보인다고 하였다. 인지기능 검사, 이름대기 검사는 정상이었다.

– 김영도 등, 『대한신경과학회지』, 2006

캐럴의 동화 속 앨리스는 몸 크기와 모양에 몇 가지 극적인 변화를 경험했다. 예를 들면 키만 10인치로 줄었다가 9피트로 커졌지만 몸이 옆으로 커지진 않았다. 토드가 보고한 6명의 환자 모두 루이스 캐럴의 앨리스가 겪은 신체 이미지 왜곡을 경험했다. 따라서 이상한 나라의 앨리스 증후군은 시각적 지각 장애인 미시(微示), 거시(巨視), 멀게 보임, 가깝게 보임 등을 수반할 수 있지만, 고립된 시각적 지각 장애만 있는 경우에 '이상한 나라의 앨리스 증후군'이라고 진단하는 것은 곤란하다. 몸의 크기, 모양 또는 형태의 왜곡이 없는 고립된 시각적 환영의 경우는 토드가 제시한 진단 기준을 충족시키지 못하기 때문이다. 토드와 리프먼의 증례 환자는 청소년이나 성인이었지만, 이상한 나라의 앨리스 증후군은 상대적으로 어린이에서 더 자주 보고된다.

발병 원인으로는 감염(특히 엡스타인-바(Epstein-Barr) 바이러스), 편두통, 간질, 우울증, 독성 및 열성 섬망 등이 알려져 있다. 뇌의 측두엽에 문제가 생겨 시각 정보가 왜곡되어 보이는 것으로 추측되고 있으나 명확히 뇌병변이 발견되지는 않았다.

아직 대규모 연구가 부족하고 보편적으로 받아들여지는 진단 기준이 없는 희귀 질환이다. 더욱이 진단하기가 어려운 이유 중 하나는, 환자가 '미친'이라는 라벨이 붙을까 봐 두려워서 증상을 말로 표현하기를 꺼릴 수 있기 때문이다.

일시적인 자기 제한적 지각 환상이기 때문에 대부분 증상에서 벗어난다. 관리는 일반적으로 감염성 질환, 편두통, 간질, 약물 중독 등의 기본 질환을 치료하는 데에 중점을 준다.

3. 이상한 나라에서 의학 속으로 온 앨리스

『이상한 나라의 앨리스』는 동화다. 어린이를 위하여 동심을 바탕으로 쓴 글답게 공상, 서정, 교훈 등이 넉넉히 담겨있다. 어른들의 철학이나 사변적 요소를 지나치게 도출하려 하거나 대입하는 일이야말로, 『이상한 나라의 앨리스』를 왜곡하여 보는 이상한 나라의 앨리스 증후군의 정신적 아류일지도 모른다.

그러나 이상한 나라의 앨리스가 의학 속으로 들어와 머물러 살고 있게 된 연유를 헤아리는 것은, 그런 요소들과의 관계 유무를 떠나서 '의학 속 문학의 재주(在住)'라는 의미 있는 연구의 행위라 여긴다.

먼저, 어렵지 않게 유추할 수 있는 이유는 캐럴이 쓴 이상한 나라의 앨리스의 상태와 비슷한 증상과 징후의 환자들이 있었고, 그 유사성을 발견한 리프먼과 토드가 있었기 때문이다.

앞서 이야기처럼, '이상한 나라의 앨리스 증후군'을 명명한 사람은 토드다. '이상한 나라의 앨리스 증후군'은 루이스 캐럴의 원작소설『이상한 나라의 앨리스』의 주인공 앨리스가 겪은 것들과 비슷한 증상을 말한다. 이 흥미로운 '이상한 나라의 앨리스 증후군'의 증상은 아주 신기한 시각적 환영이다. 토드 이전과 동시대의 의사들 누구든지 유사한 시각적 환영을 호소하는 사람들을 접했을 것이다. 그런데 왜 앨리스고, 왜 토드인가? 물론 명징한 해답은 구할 수 없을 것이다. 다만 토드의 논문 서론 부분에서 답의 실마리를 짐작할 수 있다.

이 논문의 목적은 편두통과 간질 등과 밀접한 관련이 있는 보기 드문 증상군에 주의를 집중시키는 데 있다. 간질 환자와 그의 혈족이 신체 이미지의 기괴한 교란을 경험하는 경향이 있다는 사실에 대해 폭넓게 인식하고 있지만, 본질적으로 유사한 질환이 편두통 환자와 가족에게도 영향을 미친다는 사실은 잘 알려져 있지 않다. 결과적으로 이 환자들 중 상당수는 부당하게 '신경성' 병세로 잘못 진단되어, 정신과 의사에게 의뢰되거나 자신이 정신적으로 문제가 있는 게 아닌가 하는 불안감에 시달린다.

나는 '이상한 나라의 앨리스 증후군'이라는 제목으로 이 환자들의 경험을 기술하고자 한다. 왜냐하면 환자의 상태에 적합한 명칭일 뿐만 아니라, 루이스 캐럴 자신도 편두통에 시달렸다는 사실에 더 주목하게 되었기 때문이다.

– 토드, 1995

캐럴은 편두통을 앓고 있다는 사실을 자신의 일기에 비교적 상세히 적고 있다. 작가 스스로 겪었던 병적 체험들을 앨리스를 통하여 체험했으므로, 신경과 의사인 토드가 읽거나 들었던 어느 이야기 속의 주인공들보다 앨리스의 상태가 자신의 임상 경험과 일치하였을 것으로 간주된다. 물론 토드도 리프먼도 그 유사성을 발견하기 전에 앨리스 이야기를 읽고 기억했을 것이다. 특기할 사항으로 루이스 캐럴은 영국 옥스퍼드 대학 크라이스트처치에서 공부한 뒤, 1855년 옥스퍼드 대학 수학 교수로 임명되어 그곳에서 평생을 보냈다. 『이상한 나라의 앨리스』는 그가 근무했던 대학 학장의 딸인 앨리스 리델을 위해 즉석에서 지어서 들려주던 이야기를 소설로 쓴 것으로 전해진다. 이른바 고전적 난센스 문학 작가인 동시에, 『유클리드와 현대의 맞수들』과 『상징 논리』 같은 수학 논리학 저서를 집필하기도 했던 수학자였다. 이러한 그의 역량은 자신의 병력을 신경의학자들의 주목과 평가를 받을 만큼 이야기 속에 녹여낸 문학예술적 능력의 기저가 되었을 것으로 짐작할 수 있다.

존 토드 또한 실력 있는 신경과 의사면서 프랑스어와 독일어에 정통했고, 안톤 체홉(Anton Chekhov)을 주제로 「안톤 체홉; 일반 의사 그리고 사회 의학 개척자(Anton Chekhov: general practitioner and pioneer in social medicine)」를 비롯하여, 영국 소설가 브론테 자매(Brontes)에 관한 논문 등을 발표하였다. 이와 같은 소양은 토드의 전문적 임상 경험에, 큰 주저함 없이 '이상한 나라의 앨리스 증후군'이란 병명을 부여했을 것이다.

그들의 병력과 기저 능력을 확인하면서 의학과 문학의 만남 필요성을 되짚게 한다. "왜 의학이 문학을 만나야 하는가?" 문학은 인간에 관한(가치, 윤리, 생각 등) 심오한 이해를 표현하므로 둘의 만남은 분석력을 길러준다. 체험을 문자 언어인 글로 표현하는 문학은 인간적 의학을 온전하도록 자극 촉진하는 영향을 지닌 채, 인간 이해를 필수로 하는 의학에서 문학은 구체적 통로로서의 몫을 담당한다. 영국 더럼(Durham) 대학 의료인문학 교수인 에반스(Martyn Evans) 교수의 제시처럼, 내재적으로 작가의 세계관과 접촉하는 강렬하고 직접적인 경험을 하고, 도구적으로는 환자의 신체 이해와 인간 이해 증진을 통하여, 소통 기술, 윤리 의식 고양, 개인의 가치 개발, 인간 속성에 대한 경이 자극 등의 효험을 구할 수 있다. 에반스 교수의 제시는, 의학과 문학이 둘 다 저 깊숙한 인간의 고통과 생명의 의미를 헤아려 그것을 치유하는데 연원을 함께 두고 있다는 견해에 기초한다.

의학과 문학의 접경에 놓인 그 통로에 선 캐럴과 리프먼과 토드의 그 병력과 그 기저 능력에 힘입어, 이상한 나라의 앨리스는 의학 속에 들어와 재주(在住)하고 있다.

머리털을 삼키다 – 라푼젤 증후군

1. 머리털을 삼키는 라푼젤 증후군

1968년 2월, 본(Vaughan), 소이어(Sawyer) 그리고 스콧(Scott) 등은, 긴 머리털을 삼키고, 그로 인해 심각한 장폐색(腸閉塞)을 일으켜 수술을 받으러 온 젊은 여성 환자 두 명의 사례를 보고하였다. 장폐색은 소장이나 대장의 일부가 여러 원인으로 부분적 또는 전체가 막혀 장 속의 음식물, 소화액, 가스 등이 빠져나가지 못해 생기는 현상이다. 수술을 한 결과, 입으로 삼킨 머리카락이 위 속에 가득 돌덩어리처럼 뭉쳐 이른바 모발석(毛髮石, trichobezoar)을 형성하여 소장까지 걸쳐 꼬리처럼 뻗쳐있었다. 수술로 제거할 때 덩어리가 크고 장벽에 단단히 붙어 있어서 떼어내기가 대단히 힘들었다. 모발석은 소장 벽을 이미 열여덟 군데에서 뚫어서 소장 천공(穿孔)이 와 있었다. 결국 모발석을 제거하기 위해 상당 부분의 소장을 잘라내야 했다.

여기서, 잠시 모발석의 생성과 그에 따라 발생하는 의학적 증상과 징후를 알아본다. 모발을 계속 먹으면 위액과 점액의 작용으로 뱃속에 든 음식 등과 섞이고 엉켜, 돌과 같은 덩어리가 된다〈그림 1〉. 그 모발석은 위에서부터 형성되므로 흔히 모발위석이라고도 한다. 그러나 위에서 생겨 소장 쪽으로 길게 꼬리를 뻗칠 수도 있고, 장에서 부터 생길 수도 있다. 모발석이 생긴다고 처음부터 증상이 나타나지는 않는다. 어느 정도 시간이 지나 그 크기가 커지면, 배에 덩어리가 만져지고, 식욕 부진, 복부 불쾌감, 복통과 구역질, 구토, 변비, 설사, 무력감, 체중 감소 등의 증상이 나타난다. 심한 경우에는 장폐색, 궤양, 천공(穿孔, 장에 구멍이 뚫림) 등도 합병될 수 있다.

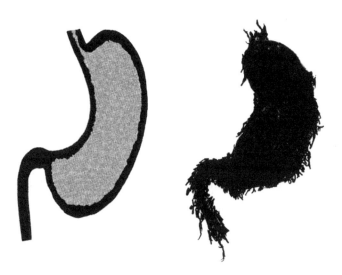

〈그림 1〉 수술로 꺼낸 모발석(오른 쪽 그림). 왼쪽에 그린 위(胃) 모양을 닮은 뭉치가 있고, 소장 쪽으로 뻗친 꼬리가 있다. 마치 라푼젤의 길게 땋은 머리 모양이다.

본과 소이어 등은 이 병변을 '라푼젤 증후군(Rapunzel syndrome)'
이라 명명하였다.

1) 라푼젤 증후군

라푼젤 증후군은 머리카락이 먹을 수 있는 음식이 아니라고 판
단할 수 있는 나이임에도 불구하고, 자신 또는 남의 머리카락을 먹
어 버리는 드문 정신 질환이다. 의학적 표현으론 '식모증(食毛症)'
이다. 특별하고 이상한 음식이나 물질을 좋아하는 '이식증(異食症)'
—이미증(異味症), 이기증(異嗜症)이라고도 불림—의 한 종류다. 참으
로 여러 가지를 먹는다. 흙, 모래, 돌, 종이, 지우개, 물감, 분필 등
을 비롯하여 모발, 털실, 담요 등도 먹는다. 이러한 영양가도 없고
먹을 수도 없는 물질들을 적어도 한 달 이상 지속해서 먹으면 이식
증이다. 그러니까 한 달 이상 지속적으로 털을 먹으면 라푼젤 증후
군이다. 이식증은 영어로 피카(pica)다. 대개 십 대 여성에서 발병
한다. 대부분은 일상생활의 스트레스와 외로움을 달래기 위해 먹
는다. 이상한 섭식 행동이 지적 능력 장애, 자폐증, 조현증[과거에 정
신분열증이라 불림] 등의 정신질환이나 임신과 같은 특수 상황에서 발
병하면 의학적 조치와 관리가 필요하다.

강박적으로 자신의 머리카락을 삼키는 정신장애인 식모증(食毛症,
trichophagia)인 라푼젤 증후군은 '발모광(拔毛狂, trichotillomania)' 또
는 '머리털 뽑기 장애(hair-pulling disorder)'를 가진 사람에게서 조금

더 흔히 발병한다. 발모광은 두피, 눈썹 또는 신체의 다른 부위의 털을 뽑으려는 충동을 멈추려고 노력해도, 반복적이고 억누를 수 없는 충동과 관련된 정신장애다. 발모광이 있는 라푼젤 환자 사례를 소개한다.

15세 여성이 지난 4개월 동안 조기 포만감과 지속적인 복통이 있다가 최근에 복통이 악화되고 메스꺼움과 구토가 심해져 응급실에 왔다. 그녀는 발모광의 병력이 있었다. 복부 진찰상 상복부 통증이 뚜렷했다. 식도 위장관 내시경 검사에서 위기저부부터 십이지장의 세 번째 부분에 걸쳐 있는 모발석을 발견하였다. 곧 모발석을 제거했다. 모발석은 길이가 125㎝, 폭이 7㎝였다. 동시에 십이지장과 공장(空腸)에서 3개의 천공을 발견했다. 그녀는 정신과 진료를 받은 후 퇴원하였다.

브라운 대학(Brown University) 알퍼트 의대(Alpert Medical School)의 정신과 및 인간 행동학 교수인 캐서린 필립스(Katherine Phillips) 박사는 머리털 뽑기 장애는 강박 장애와 관련이 깊다고 한다. 그러나 강박 신경증은 반복적이고 강박적인 생각이나 강박 관념뿐만 아니라, 반복적이고 강박적인 행동도 보이는 데 반해, 머리털 뽑기 장애는 순전히 행동적이라고 필립스 교수는 지적한다. 즉 머리털 뽑기 장애인들은 머리카락을 뽑는 것에 대해 생각하지 않고, 그저 뽑을 뿐이다. 그들은 머리털 뽑기를 멈출 수 없음을 부끄러워할 수도 있고, 머리털이 뽑혀 빈 곳을 가리고 싶다는 생각을 하기도 한다.

필립스 교수에 따르면, 미국 인구의 1~2%가 머리털 뽑기 장애를 앓고 있으며, 대부분 여성이다. 이들 중 5~20%가 식모증을 앓고 있다고 제시한다. 머리털 뽑기 장애는 대개 열 살에서 열세 살 사이에 시작하며, 머리털뿐만 아니라 몸 어느 부위의 털이든 뽑는다. 대부분의 경우 두 곳 이상에서 털을 뽑는다.

라푼젤 증후군의 진단은 증상과 징후를 잘 파악하고, 내시경을 실시하여 확진한다. 어디까지 뻗쳐있는지 확인하기 위해 컴퓨터단층촬영(CT)을 한다.

장 기능을 회복시키기 위해 우선 모발석을 제거한다. 작은 모발석은 내시경으로, 큰 것은 개복 수술로 빼낸다. 라푼젤 증후군의 치료는 머리털 뽑기 장애 치료와 함께 이루어진다. 라푼젤 증후군의 재발을 막기 위해서다. 머리털 뽑기 장애 치료법은 머리카락을 뽑을 때 일어나는 인식과 행동의 특정 유발 요인을 찾아내어, 머리털을 뽑으려는 충동을 받을 때 신체적으로 양립할 수 없는 행동을 하게 하여, 그 특정 유발 요인들을 피하도록 훈련시킨다. 예를 들어, 머리털을 뽑고 싶은 충동이 일어날 때 주먹 쥐기, 손을 깔고 앉기, 뜨개질 등과 같은 행동을 하게 한다. 이와 같은 인지 심리 치료에 보태어 상황에 따라 특정 약물이 도움이 될 수도 있다.

2. 라푼젤은 머리털을 삼킨 적이 없다

형 야코프 그림(Jacob Ludwig Carl Grimm, 1785~1863)과 동생 빌헬

〈그림 2〉 그림 형제의 옆모습(1843년).
오른쪽이 형 야코프 그림.
그들의 동생인 화가 루드비히 에밀 그림
(Ludwig Emil Grimm, 1790~1863)이
그렸다.

〈그림 3〉 라푼젤의 긴 금발 머리와 마녀.

름 그림(Wilhelm Karl Grimm, 1786~1895) 형제〈그림 2〉는 민간전승
이야기들을 모아서 1812년과 1815년 두 번에 걸쳐 각각 한 권씩 두
권의 책으로 묶어 냈다.

그림 형제가 1812년 발간한 『어린이와 가정의 동화』에 실려 아
기들을 재우던 자장동화의 주인공인 라푼젤은 '태양 아래 가장 아
름다운 아이'로 그려졌다. 그녀의 가장 아름답고 멋진 특징은, 엄청
나게 풍성하고 기막히게 순금에서 자아낸 긴 실 같은 머리털이었다
〈그림 3〉. 라푼젤은 열두 살 나이에 한 마법사에 의해, 계단도 문도
없고 단지 꼭대기에 작은 창문이 하나밖에 없는 탑에 가두어졌다.

라푼젤은 탑에 갇혀 왕자가 구출하기를 기다리고 있었다. 마녀는 머리카락을 자르는 방법을 몰랐다. 그녀는 머리카락을 길러서 이십 층쯤 아래로 늘어뜨려, 사랑하는 왕자가 머리를 타고 탑에 올라 그녀를 구출할 수 있게 했다.

이야기 속엔 머리카락을 먹는 일이 없다. 그런데 긴 머리를 삼키고 장폐색을 일으킨 병적 상황과 라푼젤을 연관시켜 왜 병명을 지었을까?

질병, 증후군 및 임상 징후의 이름은 다양한 방식으로 붙여진다. '급성 신부전'과 같이 병리학적 과정을 강조하거나, '포도당-6-포스페이트 탈수소 효소 결핍'처럼 근본적 장애를 표시하거나, 처음 발견하거나 설명한 사람의 이름을 붙이거나, 모양의 유사성에 따라 설명적 측면에서 '버팔로 혹' '고양이 눈 증후군' 등으로 칭한다. 또한 로마의 시저(Caesar)가 태어난 역사적 사건을 빌어 복부를 절개하여 아기를 받는 수술을 영어로 '시저 절개(Caesarean section, 우리말로 '제왕절개')'라 한다. 또한, 질병이나 증후군 명칭 중엔 처음 보고하거나 혁혁한 연구 업적을 낸 사람의 이름이 붙은 게 적지 않다. 인명을 붙이는 현상을 '이름의 시조화(始祖化)'라 칭하는, 아일랜드 더블린의 은퇴한 소아과학 교수인 질(Denis Gill) 박사는, 그러한 심리 등을 칭찬과 쓴소리를 섞어 축하하고 있다. "많은 의사들은 이름의 시조(始祖)에 대한 환상을 가지고 있으며, 이를 통해 역사적 인정을 받았다. 익명성이 아닌 이름의 시조화는 창조적 실천자의 강한 자만과 허영으로 남아있다. 자, 이름의 시조들을 위해 잔을 들어, 의학에 색깔, 호기심, 초조, 그리고 개성을 보탠 그들의 이름에 축배를 올리고자 한다.”

그렇다면 자신들의 이름을 안 붙이고 동화 속 주인공 이름을 붙인 그들의 속내는 무엇인가? 필자 나름대로 추론의 끈을 길게 늘어뜨려 본다.

1) ‘파레이돌리아(pareidolia)’의 작동

변상증(變像症)이라고도 불리는 파레이돌리아는 사람들이 무작위 자극에서 패턴을 보려 하는 심리적 현상이다. 이것은 종종 사람들로 하여금 사물에 인간의 특성을 부여하게 한다. 일반적으로 얼굴이 없는 물체에서 얼굴을 보는 것이 가장 흔한 경우의 하나다. 다른 표현 방법을 빌리면 사람은 패턴 찾기 능력이 꽤 발달되어 있다. 예를 들어 점 3개만 찍어 놓아도 사람의 얼굴을, 한 줄 곡선만 보아도 웃는 얼굴을 떠올린다〈그림 4〉. 또한, 하늘에 무심히 떠가는 구

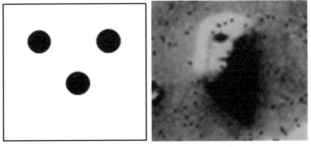

〈그림 4〉 파레이돌리아, 변상증(變像症). 왼쪽은 세 개의 점,
오른쪽은 화성의 표면 사진. 각각 무엇으로 보이는가?

름이 고향 어머니나 그리운 연인의 모습으로 보이는 이유가, 태어나 맨 처음 마주하여 무의식에 박힌 엄마를 포함한 사람의 얼굴이어서, 많은 경우에 사람과 관계된 변상을 한다는 가설도 꽤 그럴듯하다. 좀 더 큰 규모의 예를 들면 보름달을 바라보고 달 속에 계수나무와 토끼가 살게 한다.

진화 심리학자들은 파레이돌리아 현상은 우리의 생존에 다음의 이유로 도움이 되었다고 주장한다. 아기가 파레이돌리아를 경험하면 더 돌봄을 받을 경향이 더 높다. 천문학자인 칼 세이건(Carl Sagan)은 "백만 년 전에, 웃는 얼굴을 다시 인식하지 못하는 유아들은 부모의 마음을 사로잡을 가능성이 적고 번영할 가능성이 적었다."고 주장했다. 또한, 포식자로부터 가능한 한 빨리 벗어나기 위해, 아무도 없는 곳에서도 일단 얼굴이 보이는 것 같다고 생각하는 것이 더 안전했다. 영국 심리학회의 크리스토퍼 프렌치(Christopher French)는 "고전적인 예는, 석기시대 남자가 수염을 긁으며 덤불에서 바스락거리는 것이 정말 거친 호랑이인지 궁금해하는 것이다. 세이버 이빨 호랑이라고 가정하고 그 곳을 벗어나면 생존할 확률이 훨씬 높아진다. 그렇지 않으면 점심으로 끝날 수 있다."라고 구체적 예를 들어 설명한다. 즉, 파레이돌리아는 우리의 생존본능의 하나라는 게 진화론자들의 주장이다.

종교적이거나 초자연적이라고 믿는 사람들이 파레이돌리아를 더 쉽게 경험한다는 가설이 있다. 연구에 따르면 신경이 과민한 사람들과 부정적 성격을 가진 사람들이 파레이돌리아를 경험할 가능성이 더 크다고 한다. 그 이유는 이 사람들이 위험에 대해 상대적으로 더 높은 경계심을 갖고 있기 때문으로 여겨진다고 한다. 특히 여성들은 얼굴이 없는 곳에서 얼굴을 보는 경향이 있다. 이는 얼굴 표정을 해독함으로써 감정을 더 잘 인식할 수 있다는 사실과 관련이 있을 수 있다. 물론 파레이돌리아는 착시가 아니다. 착시는 왜곡되어 보이는 것이고 파레이돌리아는 왜곡하여 보려는 것이다.

2) 의학 명칭의 문학적 시조화(始祖化)

우리 문화에는 동화, 민속 및 문학의 풍부한 역사가 쌓여 있다. 이것들은 그 자체로 즐거움을 주고 도덕적 기준을 제공하고 있다. 더구나 작가들은 현재 우리가 종종 겪고 경험하는 의학적 문제를 지닌 인물들을 작품 속에 등장 시켰고, 시키고 있다. 이러한 문학적 배경은 현대의 문학 작품뿐만 아니라, 성서와 그리스 신화와 같은 고대 작품에서 문학적 이름을 따다가 의학적 상황을 명칭하는데 일조하고 있다.

문학에 근거한 의학적 명칭의 시조화는 과학 및 사회 분야에서 오래전부터 있는 상호 영향의 예다. 상호 영향은 대체적으로 두 가지 형태로 구분할 수 있다. 하나는 문학 콘텐츠 속 인물이 의학적 상황을 겪거나 앓는 경우가 있다. 예를 들면 피크위크 증후군(Pickwickian syndrome), 이상한 나라의 앨리스(Alice) 증후군 등이다. 다른 하나는 그 이름이 은유로 사용되는 경우로 라푼젤 증후군이

이에 속한다. 빌라브스키(Bilavsky) 등은 문학적 명칭의 의학 속 시조화를 탐구하여, 문학적 시조화는 예전부터 의료 분야에서 전 세계적으로 광범위하게 이루어지고 있다는 사실을 발견하였다. 이는 의학에서 문학적 명칭을 빌려 적용하고 활용하는 현상이 제한된 지역의 삽화가 아님을 시사하고 있다.

의학적 상태에 붙여진 문학적 이름은 여러 측면에서 의학을 돕고 있다. 종종 무미건조한 질환에 다채로운 터치를 추가하여 의학 명명법의 세계를 풍성하게 한다. 또한, 유명한 이야기나 성격을 질병에 연결하여, 전문가와 환자가 임상 징후와 증상과 병리학적 기전을 연관지어 이해하기 쉽게 한다. 즉 호기심을 자극하는 생생하고 유쾌한 효력을 발휘하고 있다.

그러나 현재 의학의 추세는 매력적이고 은유적인 표현보다는 의학적 상태에 대한 정확하고 간단한 과학적 설명을 선호하는 경향이 있다. 충분히 이해할 수 있다. 그렇지만 의료 지식의 전달에 더하여 따뜻함, 생동감 그리고 친숙함까지도 한꺼번에 줄 수 있는 의학 속 문학명칭 시조화(始祖化)와 데면데면함은 못내 아쉽다.

문학작품, 그중에서 동화에 집중하여 『동화 3부작(Fairy Tale Trilogy)』의 저자인 의사 작가 발레리 그리번(Valerie Gribben)의 의견을 공유한다. "동화와 의학은 모두 밤에 닥칠 일을 다룬다. 미지의 세계, 어두운 숲, 모호한 그림자 세상이다. 병원에 가면 질병의 영역으로 들어간다. 바깥세상에서 질병 세계로의 전위(轉位)다. 의학은 보이지 않거나 들리지 않더라도 주변 사람들 모두에게 더 깊이

다가가 동정심을 갖는 것이라고 생각한다. 동화와 의학 모두 인간의 정신과 인간의 상태를 다루고 있지 않은가."

3. 맺는 글

그림 형제가 채집한 동화 속의 라푼젤은 머리털을 뽑지도 먹지도 않았다. 동화가 출판되고 나서 백오십육 년이 지난 2월 어느 날, 본과 소이어와 스콧은 수술대 위에 누인 젊은 여성의 뱃속에 가득 들어 있는 단단히 꼬여 뭉친 긴 머리털 덩어리를 발견하였다. 긴 머리털. 그들의 눈 앞에 펼쳐진 여태 한 번도 본 적이 없는 병적 상황과, 젊은 여자의 장에서 나온 머리털 덩어리. 그들은 유년시절 읽었던 동화를 기억했을 것이다. 마력을 지닌 머리털의 라푼젤. 여기서 잠깐 〈그림 1〉에서 수술로 꺼낸 모발 뭉치 그림을 다시 한번 보자. 그 모양이 마치 라푼젤의 삼단같이 치렁치렁한 긴 머리털을 닮지 않았는가. 1968년 2월 그 순간, 수술실 안의 세 의사는 마치 머리털의 마력에 홀린 듯 '라푼젤!' 하고 동시에 소리쳤을 거라고 상상한다면 필자만의 지나침일까.

본과 소이어 등은 머리카락을 삼켜 모발석이 생긴 환자 사례를 세계 최초로 보고하며 '라푼젤 증후군'이란 병명을 만들어냈다. 아마도 그림 형제의 진기하고 강렬한 동화를 뒷받침으로 본과 소이어와 스콧의 문학적 파레이돌리아가 발현하였을 것이다. 비록 이 추론이 틀릴지라도, 이런 추론을 풀어볼 마음이 생기게 한 여지(餘地)와 그 여지를 측량할 넉넉한 끈을 제공해준 그들의 발현에 경의를 표한다. 왜곡하려는 여지와 측량(測量)자를 제공하는 이들에 의해 문학과 의학의 접경은 항상 분주하고 풍성하기 때문이다. 이 분주와 풍성이야말로 어쩌면 바로 라푼젤의 긴 머리털이 펼치는 마법의 한 가닥일지도 모른다는 생각과 함께.

피크위크 증후군

1. 뚱보 소년 조

찰스 디킨스가 1836년 출간한 『피크위크 클럽 사후 보고서(The Posthumous Papers of the Pickwick Club)』는, 여행담이 느슨하게 연결된 연속물로 『피크위크 보고서(The Pickwick Papers)』로 더 잘 알려졌다. 주인공인 사무엘 피크위크(Samuel Pickwick)는 수염을 깨끗이 깎은 둥근 얼굴에 안경을 낀, 친절하고 부유한 뚱보 노신사로 피크위크 클럽의 설립자이자 영원한 회장이다〈그림 1〉. 기이하고 호기심 많은 그는 여러 사람들의 다양한 삶에 대해 더 알고 싶어, 3명의 클럽 회원들과 런던을 멀리 벗어나 여행을 떠난다.

소설 속엔 언제 어디서나 졸고 있는 뚱뚱한 소년 조(Joe)가 등장한다. 전체 이름을 알 수 없이 그저 '조'라고 불리는 '그는 붉은 얼굴에 뺨은 산(山)만 하다. 항상 잠에 취해 코를 심하게 골았으며 가끔 숨을 깊게 쉰다. 과도하게 먹고 자며 깨어나기가 쉽지 않다. 다리가 부어있어 '젊은 수종(Young Dropsy, 水腫)'이란 별명이 있다. 항상 멍

〈그림 1〉 겨우살이 아래에 서 있는 피크위크, 『피크위크 클럽 사후 보고서』
162쪽의 두 번째 권두화(왼쪽), (스캔 Philip V. Allingham, Victorian Web)
『피크위크 클럽 사후 보고서』(1836년 발간) 원본 표지(오른쪽).

청하고 조금 머리가 모자라는 편이었는데 가끔 우스꽝스러운 행동
을 한다.'

디킨스는 조를 이렇게 그리고 있다.

"4인승 사륜포장마차의 뒤에는 큰 바구니가 있었다.─신경을 거스
르는 그 바구니들 중의 하나엔 얼린 닭, 요리 재료로 쓰이는 혓바닥,
포도주병들이 달려 있었다.─그리고 상자 위에 뚱뚱하고 얼굴이 빨간
소년이 졸고 있었는데, 바구니에 담긴 것들을 사용하기 위해 내려놓을
때까지 어느 누구도 그에게 신경을 쓰지 않았다."〈그림 2〉

누군가 조를 부를 땐 먼저 이렇게 불쑥 내뱉곤 했다.

"조! 빌어먹을 자식, 또 자러 갔겠지."

〈그림 2〉 졸고 있는 조(Joe).
(스캔 Philip V. Allingham,
Victorian Web)

또한 다른 사람들이 화물을 싣고 나면

"조는 뒤뚱거리며 처음 그 자리로 가서 마치 횃대인 양 곧 잠에 빠
졌다."

몸무게 127kg인 그의 행동은 "코끼리처럼 거대하고 우스꽝스러
웠다."

"무감정한 그는 감상적인 표정으로 1파운드 정도의 스테이크를 먹
고 잠들어 버렸다."

조는 때와 장소를 가리지 않고 잤다.

"뚱보 소년은 일어나 눈 뜨자마자, 자느라고 씹다 만 큰 파이 한 조
각을 삼키고." "……뚱보 소년은 대구 옆에 다정하게 누웠고 굴이 담
긴 통을 베고 곧 잠들었다."

조는 잠에서 깨기가 어려웠다. 군사훈련에서 "뚱보 소년을 제외하고 모든 사람이 흥분했다. 그는 포탄의 굉음을 마치 일상의 자장가처럼 들으며 편히 잠들었다."

조는 코를 크게 골았다. "…… 뚱보 소년의 코 고는 소리는 먼 주방에서 들려오는 낮고 단조로운 소리를 파고들었다."

"후유," 샘이 말했다, "내가 본 열의가 없는 소년들 중에서 여기 이 젊은이가 가장 열의가 없다. 이봐, 어서 일어나, 젊은 수종!"

조는 자면서 늘 코를 골았다.

"'잠!' 노신사가 말했다, '그는 항상 졸아. 심부름을 하며 잠에 젖고, 테이블에서 기다리는 동안에도 코를 골지.'

'얼마나 희한한가!' 피크위크가 말했다."

2. 피크위크 증후군(Pickwickian syndrome)

"내가 혹시 피크위크에 나오는 뚱보 소년이 아닌가 생각했었던 졸림 증상이 사라졌다. 안색이 매우 좋아졌고 업무 능력도 퍽 나아졌다." 미국 대통령 하워드 태프트(William Howard Taft)가 1889년 약 41kg의 체중을 뺀 후 했던 말이다. 그는 비만에 의한 수면 호흡 장애를 앓았던 것이다. 1918년, 당시 명성이 자자했던 윌리엄 오슬러는 자신의 저서 『의학의 원리와 실제(Principles and Practice of Medicine)』에서 '살이 무척 찐 데다 항상 졸고 있는' 환자들을 일컬어 '피크위크 증후군'으로 기술하였고, 1936년 커(Kerr)와 라겐(Lagen)

은 비만, 붉은 얼굴, 청색증, 심장 부전, 적혈구 증가, 폐활량 감소 등의 특징을 보이는 환자를 보고하였다.

그러나 공식적으로 '피크위크 증후군'이란 명칭이 정립된 것은, 1956년 미국 보스톤의 내과 의사 버웰(Burwell), 로빈(Robin), 웨일리 (Whaley), 비클맨(Bicklemann) 등이 졸음증이 보태진 유사한 증례를, 「폐포 저환기증과 연관된 심한 비만증 – 피크위크 증후군 1례」란 제 목으로 『미국의학저널(American Journal of Medicine)』에 발표하면서 부터다.

"환자는 비만, 피로, 졸음으로 병원에 입원했다. 환자는 식탐했고, 환자는 165㎝에 체중 118㎏의 51세 사업가였다. 하지만 입원 약 1년 전까지는 점진적으로 체중이 늘지는 않았었다. 체중이 늘자마자 증상 이 나타났으며 점점 더 나 빠졌다. 일상생활을 하다가도 종종 잠이 들 었다. 여러 차례에 걸쳐 실신, 발목의 부종이 계속 발생했다. 환자는 일주일에 한 번 포커 게임을 즐겼는데, 그 날은 3장의 에이스와 2장 의 킹을 들고 있었다. 이른바 '풀 하우스'다. 그러나 쏟아지는 잠에 떠 밀려 어쩔 수 없이 자러 가는 바람에 그 기회를 이용하지 못했다. 며칠 후 그는 병원에 입원했다."

버웰 등은 디킨스의 『피크위크 보고서』에 등장하는 조를 기억했 고, 자신들이 관찰한 병세를 '피크위크 증후군'이라 명명하여 의학 용어 사전에 실렸다. 그러나 의사회에서 그 병명을 정식으로 채택 한 것은 스피엘, 카렐리츠, 카일러, 메이스, 릴리 등이 동일한 증세를 나타내는 소아 환자를 발표한 1960년이 지나서였다.

버웰 등은 '피크위크 증후군'이란 이름 주조자로 인정받고 있다. 하지만 그들은 그 증후군의 병태원리를 제대로 이해하지는 못했었다. 증례보고에서 그들이 제기한 가설은, 비만에 의해 호흡 부조화가 발생하여 허파 속의 탁한 공기가 맑은 공기보다 많아져, 그 결과로 발생한 이산화탄소가 몸 안에 지나치게 증가하여 낮에도 존다는 것이다. 그러나 약 10년 후, 졸음은 수면 중에 여러 번 잠을 깨우는 수면무호흡의 반복에 의해 야기됨이 밝혀졌다. 이러한 의학적 원인 분석의 불충분으로, 버웰 등의 '증례보고'를 새로운 병적 상태를 이야기화한 '일화(逸話)'라고 평가절하하는 이들도 있다.

피크위크 증후군에서 수면무호흡은 부분적으로 가슴 근육을 둘러싼 과도한 양의 지방 조직 때문에 발생한다. 이 과도한 지방은 환자의 심장, 폐 및 횡격막에 변형을 일으켜 호흡하기 어렵게 만들어 저환기 증후군을 일으킨다. 저환기는 몸 안의 이산화탄소가 가득한 탁한 공기를 내보내고 산소가 풍부한 신선한 공기를 교환하는 능력이 낮아진 상태로, 혈액 내 산소가 줄고 이산화탄소 농도가 높아져 몸이 산성화된다. 혈액 내의 산소가 감소하면 즉시 두뇌에 신호가 가서, 두뇌는 자동적으로 신경을 통해 기도 상부의 근육을 긴장시켜 숨통이 열리도록 명령 신호를 보낸다. 이런 사이클이 밤새 수백 번씩 반복되는 것이다. 특히 누워 자는 동안에 가슴 속의 폐에 무게가 더 실려, 이른바 잠을 자다가 숨이 끊기는 '수면 무호흡'까지 발병한다. 그래서 환자는 늘 잠이 부족하다고 느낀다. 그러면 신경이 날카로워지고 우울 증상이 나타나는데, 운전 중이나 사람들이 모인 장소에서 자꾸 꾸벅거리게 된다. 아침에 깨어도 머리가 아프고 몽롱하고 성 능력이 감소하며, 정신의 기능이 전반적으로 둔화한다. 수면무호흡은 시간이 지날수록 위험해지고 심하게 되면, 자다가 호흡이 중지되어 사망하는 수도 있다. 보통 수면 시에는 전신의 근육이 이완되는데, 기도 근처의 근육이 지나치게 이완되면 숨구멍이 막힌다. 그래서 코를 골고 호흡이 중지되는 수도 있다. 나이가 들면서 근육의 긴장도가 약해지기 때문에, 노령에서 수면무호흡이 더 자주 심하게 발생한다. 숨이 1분 정도 끊긴다면 이것은 상당히 위험하다는 경종이다. 이런 까닭에 '피크위크 증후군'을 '비만 저환기 증후군'이라 바꾸어 이르는 경향이 있다.

얼굴이 붉게 되는 현상은 『피크위크 클럽 사후보고서』의 조에서도 나타났는데, 조는 심한 비만에 의해 '폐성 심'(폐질환으로 인해 발생하는 심장 질환)까지 앓고 있었다고 여겨진다. 폐성심의 가장 중요한 소견은 적혈구과다증과 말초 부종이다. 적혈구과다증은 적혈구가 정상치 이상으로 증가하는 병적 현상으로, 심한 비만으로 인해 폐성심이 생겨 저산소증이 생기면, 산소부족을 보상하기 위해 적혈구 숫자가 비정상적으로 증가한다. 이로 인해 조는 얼굴이 붉다. 또한 말초부종은 손발 등이 붓는 증상으로 조는 '젊은 수종(young dropsy)'이라 불렸다. 19세기 초에는 '말초부종(peripheral edema)'을 '수종(dropsy, 水腫)'이라 칭했었다.

피크위크 증후군의 주요 치료법은 체중 감소와 신체 활동 증가다. 더러 메드록시프로제스테론 등의 호르몬약제를 사용하기도 한다. 피크위크 증후군은 적절하게 진단되고 치료되면 완치가 가능하다. 예방은 건강한 체중 유지와 적절한 양의 운동으로 달성할 수 있다. 피크 위크 증후군에 동반되는 수면 무호흡증의 예방을 위한 몇 가지 방법이 있다. 환자가 등을 대고 누운 상태에서 수면 무호흡증이 있는 경우에는, 잠옷을 지을 때 미리 테니스공을 넣고 꿰매어, 환자가 등을 대면 불편하게 만들어 등을 대고 자지 않게 한다. 더심한 수면 무호흡증의 경우, 편도선 절제술이나 치과적 치료를 권장할 수 있다.

원래 '피크위크'는 디킨스가 런던 서쪽의 배쓰(Bath)를 방문했을 때에 만났던 일가족의 성이었다. 배쓰의 스톨 거리(Stall Street)와 웨스트게이트 거리(Westgate Street) 모퉁이에는 지금도 당시의 하트 여관과 피크위크 집안의 위치를 기록하는 표지판이 서 있다. 그 후 피크위크의 후손들은 그들의 성을 세인즈버리(Sainsbury)로 바꿨다. 안 그래도 조상의 형편없이 낮은 신분 탓에 몸 낮추어 살아왔는데, 디킨스가 자신들의 성을 풍자화한 것을 못마땅히 여겨 개명한 것으로 알려졌다. 실제로 한 가문의 성이었던 '피크위크'는 이제 보통 명사가 되어 그 형용사형인 '피크위키안(pickwickian)'은 사전적으로 '단순 쾌활하고 관대한, 특이하고 별난' 것을 뜻한다.

3. 디킨스, 조와 함께 의학 속으로 들어오기

찰스 디킨스⟨그림 3⟩는 영국의 포츠머스에서 해군 경리국의 하급 관리였던 존 디킨스와 엘리자베스 배로의 슬하 여덟 아이 가운데 둘째 아들로 1812년 2월 7일 태어났다. 찰스가 다섯 살 때, 가족은 채텀 (Chatham)으로 이사했다. 그리고 그가 열 살 때, 가족은 다시 런던의 캄덴으로 이사했다. 사립학교에서

⟨그림 3⟩ 찰스 존 허펌 디킨스
(Charles John Huffam Dickens,
1812. 2. 7.~1870. 6. 9.)

약간의 교육을 받았지만, 경제관념이 부족했던 아버지가 채무 관계로 구속되면서 가세가 점점 기울었다. 디킨스는 공부에 더 많은 관심을 보였으나, 부모의 권유로 돈을 벌기 위해 열두 살 때 런던의 한 구두약 공장에 견습공으로 취직하여 열악한 환경 속에서 하루 열 시간의 노동을 해야 했다.

디킨스는 중학 과정의 학교를 2년 정도 다니다가 15세 때 변호사 사무실에서 사환으로 일했으며, 다음 해 1828년 법원의 속기사를 거쳐서 신문사 속기 기자가 되었다. 이후 그는 여러 신문사에 글을 기고하게 되는데, 1834년 《아침 신문》의 의회 담당 기자가 되어 처음으로 '보즈(Boz)'라는 필명으로 런던의 삶에 관한 여러 편의 글을 발표했다. 1835년 조지 호가스가 편집인인 《저녁 신문》에 「런던의

풍경」 등 여러 글을 기고했다. 디킨스는 조지 호가스와 인연을 맺으면서 그의 딸인 캐서린과 결혼하였다. 소설의 인기로 많은 돈을 벌었지만 가정적으로는 별로 행복하지 못했다.

디킨스가 거듭된 과로로 인해 『에드윈 드루드의 비밀』을 완성하지 못하고, 1870년 6월 9일 58세의 나이로 숨을 거두자, 신문과 잡지들은 며칠 동안 그의 일대기와 시대적 의미로 지면을 채웠다.

"디킨스가 써서 유통한 소설은 정말 그날의 토픽이었다. 그의 소설은 정치나 뉴스와 거의 흡사하게 보였다. 마치 그게 문학에 속한 것이 아니라 사회적 사건인 것처럼."

– 당시 한 신문의 부고

그의 주검은 웨스트민스터 사원의 시인 묘역에 안장되었다.

"그는 가난하고 고통받고 박해받는 자들의 동정자였으며, 그의 죽음으로 세상은 영국의 가장 훌륭한 작가 중 한 명을 잃었다."
"He was a sympathiser to the poor, the suffering, and the oppressed; and by his death, one of England's greatest writers is lost to the world."

– '묘비문'에서

디킨스의 사람과 사회에 대한 남다른 애정과 관심에 대한 감사와 존경의 표현이다.

〈그림 4〉 조(Joe)가 먹고 있다.(스캔 Philip V. Allingham, Victorian Web)

훈훈한 관심이 자아낸 '대단한 식욕과 함께 뚱뚱하고 잠이 많고 깨우기 어렵고 코를 골고 말초부종을 보이는 뚱보 소년(fat boy)' 조 〈그림 4〉는 의학자들의 호기심과 연구 의욕을 불러일으켰다. 그러나 의학자들이 그 소견들과 의학의 새로운 분야를 서로 연관 짓기 시작한 것은 소설 발간 후 100년을 넘기고 나서였다. 피크위크 증후군, 또는 비만 저환기 증후군(obesity hypoventilation syndrome, 약자로 OHS 증후군)이라 불리는 수면 호흡 장애의 핵심적 일부로 밝혀진 디킨스의 묘사는, 수면 의학 분야의 발전에 중추적인 기여를 했다고 평가된다. 의사들이 아직 수면 장애-호흡장애 증후군을 인식하기 훨씬 전에 이미 기록했다는 사실은 경이롭다. 수면 호흡 질환이 인구의 5~10% 정도에 영향을 미치고 있다는 현실을 감안하면 더욱 그러하다.

디킨스의 세상 사람들을 향한 짙은 관심은 그의 **빼어난 묘사**로 생생하게 문자화되어 의학에 실제적 영향을 끼치고 있다. 세계적으로 권위 있는 『영국의학잡지(BMJ, British Medical Journal)』는 그 관심과 묘사의 의학적 능력을 당시의 부고에 압축하여 담고 있다.

"예리하게 관찰하여 능숙하게 묘사하려고 기울인 한 사람의 노력이 의학에 끼친 영향은 얼마나 큰가?"

"What a gain it would have been to physic if one so keen to observe and facile to describe had devoted his powers to the medical art."

의학 속에 문학이 자리할 때 바람처럼 휘익 날아 들어오지 않는다. 거쳐야 할 객관화의 모든 의식을 치르며 조금씩 들어선다. 『피크위크 보고서』속에 이름 조각으로 호칭만 붙여진 조는 뚱뚱한 몸에도 불구하고, 어느 누구보다 능숙하게 의식을 치르고 의학의 한 자리에 들어와 지금도 졸고 있다. 물론 그사이 세월도 꽤 넉넉히 쌓였다.

피터 팬, 의학 속을 날다

장난꾸러기 소년 피터 팬은 날개 없이 날 수 있고 영원히 어른이 되지 않는 환상의 섬 네버랜드에 살고 있다. 자신의 소원을 성취해 내는 능력과 넘치는 카리스마를 지닌 모험을 즐기는 명랑한 소년. 부모를 잃은 어린이들의 대장 노릇을 하며, 요정, 해적, 인어, 아메리카 원주민, 때론 네버랜드 바깥세상의 평범한 어린이들을 만나 소통한다. 단짝인 요정 팅커벨과 함께 어린이들에게 날아가는 방법을 가르쳐주기도 한다. 어머니를 갈망하는 그는 웬디라는 어린 소녀를 만나게 된다. 처음에 웬디는 어떻게든 자라는 것을 피하려고 피터 팬을 따라 네버랜드로 간다. 하지만 웬디는 부모에게 돌아가 어른이 되어야 한다는 마땅함을 깨닫고 되돌아간다.

나이는 성인이지만 정신은 미성년인 피터 팬은, 스코틀랜드의 소설가이며 극작가인 제임스 배리(James Matthew Barrie, 1860~1937) 남작이 1904년 첫 공연한 연극 '피터 팬, 자라지 않는 소년'의 주인공으로 창작해 낸 인물이다〈그림 1〉.

피터 팬 이야기를 모르는 이는 거의 없다. 자세히는 몰라도 이야

〈그림 1〉 네버랜드에서
피리 부는 피터 팬.
제임스 배리의『피터와 웬디』
삽화(1911년, 프랜시스 돈킨
벤포드 그림)

기의 골자는 알고 있다. 글과 무대와 화면을 날아다니는 피터 팬이
병원 진료실로, 의과대학 강의실로, 의학 학술 세미나장으로, 의학
논문 속으로 날아와 여러 의학적 환경에 영향력을 미치고 있다.

1. 의학 속 피터 팬

피터 팬은 의학 속에 거의 다 '피터 팬 증후군'으로 들어와 있다.
'피터 팬 증후군'은 대중 심리학 작가 댄 킬리(Dan Kiley)가 1983년
출간한 자신의 저서『피터 팬 증후군: 자라지 않는 남자(Peter Pan

syndrome: Men who have nerver grown up)』에서 처음 만들어 사용한 용어다. 증후군은 '아직 원인이 뚜렷이 밝혀지지 않았거나 여러 가지의 원인이 복합적으로 작용하여 일어난 병적인 변화에 의해 나타나는 한 무리의 증상'을 가리키는 말로 모호함이 적지 않은 용어다. 따라서 의학을 포함한 여러 분야에서 다양한 의미로 쓰이고 있다.

1) 정신심리의학에서 피터 팬

① 환자 증례

미국 노스웨스턴대 의과대학과 노스웨스턴대 메모리얼 병원 천식-알레르기 질환 센터의 패터슨 교수와 맥그라츠 교수는, 알레르기 질환을 앓고 있는 피터 팬 증후군 환자를 심리사회적 지지요법으로 개선시킨 실례를 의학 학술지에 보고하였다.

환자는 일흔세 살 남자로 십사 년째 스테로이드 의존성 천식을 앓고 있다. 스테로이드 의존성 천식은 스테로이드 약물을 사용해야만 치료가 된다.

십사 년 동안 천식 악화로 예순여덟 번이나 병원에 왔었고, 그 사이 심장의 관상동맥이 막혀 네 곳이나 관상동맥 우회술을 받았다. 병원을 방문할 때마다 처방받은 약물이 마음에 들지 않는다고 분노를 폭발하는 등의 유치한 행동을 보였다. 동시에 의사가 맘에 안 든다며 다른 의사를 찾아 이곳저곳 병원을 옮겨 다녔다.

스테로이드 약제를 먹고 흡입하기만 하면 증상이 좋아지고, 스테로이드 장기간 사용에 따른 약물 부작용이 거의 없었음에도, 환자는 어른답지 않게 약물치료에 불성실했다. 어린아이처럼 제멋대로 약 먹기를 빼먹고, 분노가 솟구쳐 약물을 거부하기도 했다. 그때마다 천식 증상이 악화하여 응급실에 실려 오기도 하고, 천식 역시 개선되지 않고 지지부진한 상태로 이어졌다. 의료진이 치료 대책 토의 후에, 환자에게 스테로이드 의존성 천식의 약물 복용 부실로 인한 사망 위험을 설명하자 더욱 심하게 분노를 표출했다. 이 상황 이후에 정신심리치료를 적극적으로 도입하여 치료를 강화했다. 심리치료를 받으면서 환자는 의사의 조언을 주의 깊게 듣고, 화가 폭발할 때엔 자신의 머리를 흔들어 스스로 화를 가라앉히려고 노력했다. 또한 자신의 화를 잘 풀어주는 침착한 성격의 아내와 같이 병원에 동행했다.

② 피터 팬 증후군의 증상과 징후

피터 팬 증후군은 세계보건기구가 심리적 장애로 인식하지 않아, 아직 의학적으로 인정된 정신병리학적 증후군 명칭은 아니다. 하지만 점점 더 많은 수의 성인들이 감정적으로 미숙한 행동을 하고 있고, 이러한 행동 패턴이 누군가의 관계와 삶에 영향을 줄 수 있다고 동의하고 있어, 실제로는 피터 팬 증후군은 정신심리학적 장애로 받아들여지고 있다.

피터 팬 증후군은 성인이 전통적 성인이기를 꺼리는 심리상태나 행동이다. 어른이 되었으나 적응을 못 하고 어른아이로 남고자 한다. 부모, 학교 등과 같이 자신이 익숙한 품 안에 머물고자 한다. 마마보이, 마마걸은 가장 잘 알려진 피터 팬 증후군의 예다.

피터 팬 증후군은 남녀 모두에게 영향을 줄 수 있지만, 남성에게 더 자주 나타난다. 피터 팬 증후군은, 앞서 이른 바와 같이, 정식 임상진단명이 아니어서 어떤 공식적 증상이 정해져 있지는 않다.

대개 개인적 책임을 지지 못하고, 약속 하나도 지키지도 못하고, 외모와 개인적 웰빙에 지나치게 관심이 많고, 서른 살이 넘어서도 십 대의 옷을 입고 십 대처럼 즐긴다. 자신감이 부족하고 외로움을 무서워하여 자신의 필요를 잘 챙겨주는 사람들 속에 있으려 한다. 경력에 관심이 적고, 상황 대처가 곤란하고, 약속에 무디고, 믿지를 못하고 남 탓으로 돌리며, 더 나은 상황을 바라지 않고, 자주 약물과 알코올을 남용하면 피터 팬 증후군의 성향일 수 있다.

이러한 성향은 가정과 직장 내 관계, 책임과 의무에 대한 개인적 태도에 다음과 같은 영향을 일으킨다. 집안일과 보육 책임을 무시한다. 오늘을 위한 삶을 선호하고 장기 계획을 세우는 데 관심이 거의 없다. 관계에 의미를 부여하지 않고 느낌도 없다. 현명하게 돈을 쓰지 않고 개인 재정에 문제가 있다. 관계를 생산적인 방식으로 전개하길 꺼린다.

직업 및 경력 목표 설정과 달성에 어려움을 겪는 경향이 있다. 비판을 못 견뎌 직장 동료나 상사에 의해 평가받을 때 불안해 한다. 때때로 직장이나 개인적인 관계에서 심각한 적응 문제를 겪을 수 있다. 노력 부족, 지각 또는 작업 **빼먹기** 때문에 실직이 잦다. 구직

활동을 거의 하지 않는다. 맡은 일을 지루해하거나 도전을 받거나 스트레스를 받아 직장을 자주 떠난다. 단기 아르바이트만 하고 승진 기회를 추구하는 데 관심이 없다. 특정 영역에서 기술을 개발하는 데 시간을 소비하지 않고 이곳저곳으로 옮겨 다닌다.

또 다른 특징은 파트너를 끊임없이 바꾸어 더 젊은 파트너를 찾는다. 인간관계에서 높은 수준의 헌신과 책임을 두려워하여 그 관계를 깨뜨린다. 그날그날의 관계는 지낼 수 있지만, 미래 계획이 적고 책임감도 적다.

이처럼 피터 팬 증후군은 정신의학적으로 성숙을 무의식적으로 미루는 환상적 사고, 자기애 주의 및 맹목적 자기 우월주의로 특징지어진다.

③ 팬 증후군의 원인은 복잡하다.

아직 명확히 밝혀진 바 없이 몇 가지 이론이 제기되고 있다. 이해의 간편을 위해 순서를 매겨 살펴본다.

첫째, 아동기 육아시 과보호는 성인 수준의 생활 기술을 배우지 못하게 한다. 책임과 헌신을 피하게 하며 감각을 추구하고 쾌락주의에 지나치게 집중하여 자유와 도피를 멋진 낭만으로 믿게 한다. 부모의 과보호는 피터 팬을 만들 수 있다. 오늘날 우리 사회의 '피터 팬'은 성인 세계를 문제 덩어리로 보고, 청소년기를 미화하고 소중히 여겨 그 시기에 머물러 특권을 누리고자 한다. 계속 어린아이로 남아 부모가 되기를 원치 않는다. 바꾸어 이르면, 과보호 받아

억눌린 아동기는 내팽개쳐져 망가진 아동기다.

과보호와 관련하여 소설 속 피터 팬의 친구인 웬디를 이야기하지 않을 수 없다. '피터 팬 증후군'을 정의한 댄 킬리는 '웬디 증후군'이라는 용어를 사용하여 어머니처럼 행동하는 여성을 설명했다. 스페인 그라나다 대학 성격 평가 심리치료학 교수 오르테가(Humbelina Robles Ortega)는 "웬디는 피터 팬의 여자다. 피터 팬이 존재하기 위해선 피터 팬이 하지 않는 일을 다루는 사람이 있어야 한다."라고 말한다.

웬디는 피터 팬의 모든 결정을 하고 모든 책임을 맡아서 피터 팬의 미덥지 못한 부분을 정당화해준다. 가족 내에서 과보호하는 엄마는 웬디와 다름없다. 피터 팬과 웬디는 대개 본인들이 문제가 있다는 걸 모른다.

둘째, 아동기에 지나친 집착은 피터 팬 증후군의 원인이 될 수 있다. 누구나 자라면서 기억하고 싶은 게 있고, 그것으로 위로받기도 한다. 피터 팬 증후군이 있는 사람은 아동기를 기억과 위로의 아련한 대상으로서가 아니라 향수에 사무친 집착의 대상으로 여긴다. 그리운 것은 좋지만 과거에 너무 집착하면, 자신보다 앞서 있는 것을 보거나 세상의 변화를 받아들이기를 두려워할 수 있다.

셋째, 경제적 어려움과 정체가, 특히 젊은 세대에서, 피터 팬 증후군을 촉진할 수 있다. 즉, 성인이 되면 더 힘들고 어려우리라 생각하여 성인이 안 되려 한다는 견해다.

넷째, 성인에게 필요한 기본 성인 기술을 별도로 가르치지 않는 사회 환경도 원인이다. 예로서, 병원 진료 예약, 세금 납부 및 청구서 지급 등을 어떻게 하는지 일일이 교육하지 않는다. 사회의 생산적인 구성원이 되는 방법을 가르치는 것을 잊고 있다. 이러한 환경에서 몇몇 사람은 이러한 기술이 부족하다고 생각하여, 성인이 될 자격이 없다고 느끼고 성인의 책임을 지지 않으려 한다.

④ 피터 팬 증후군의 치료

피터 팬 증후군 자체는 병은 아니지만, 사회생활에 적응하지 못하는 경우에는 상담치료를 받는 게 좋다. 명확한 치료법은 없으나 정신 드라마, 인지 행동 요법, 근력 기반 요법, 솔루션 중심 요법, 대인 상담, 가족 요법 등을 사용한다.

이상 설명한 정신의학 분야의 피터 팬 증후군이 가장 널리 알려진 경우다. 이와 달리 내분비 대사 또는 조직 세포 등의 성장 지연을 특별히 묘사하기 위하여 피터 팬이 활약하는 의학적 경우가 있다.

2) 내분비대사학, 조직학에서 피터 팬

내분비학적으로 피터 팬 증후군은 '왜소증'을 일컫는다. 뇌 중앙쯤에 위치한 시상하부와 뇌하수체의 이상이 생겨, 신체적으로 미성숙하여 실제 연령 나이에 비해 어려 보이고 성적 특성이 미숙하다.

시상 하부는 수면, 체온, 대사 등을 관장하는 기관으로서, 뇌하수체를 비롯한 다른 내분비선에서 분비되는 호르몬의 방출을 담당한다. 뇌하수체에서 성장호르몬 분비가 부족하면 왜소증[난쟁이]이 온다.

정신병리적 대사질환의 하나인 신경성 식욕부진을 피터 팬 증후군 또는 배리(Barrie) 증후군이라고도 부른다. 신경성 식욕부진은 먹기를 거부하여 영양결핍이 오고, 결과적으로 성장이 안 된다.

한편, 조직학적으로만 발달이 늦어져, 전체 모양은 정상처럼 보이지만, 기능적으로 미숙한 상태여서 발생하는 질병을 설명할 때 '피터 팬 패러다임(Peter Pan Paradigm)'이란 용어를 쓴다.

2. 피터 팬 증상은 나쁘기만 한가?

어린이처럼 철없고 호기심 많고 우스꽝스럽기까지 한 생활관을 유지하면, 스트레스를 줄이고 정서적 건강을 개선할 수 있으므로 분명히 장점이 있다. 예를 들어, 피터 팬 증후군이 있는 사람은 자발적으로 살면서 인생에서 작은 것들을 즐기도록 스스로 격려한다. 그래서 보기에 따라 그들의 성격은 사랑스럽고 달콤하다. 게다가 재미있다. 피터 팬의 생각과 행동 모든 게 아동과 성인 어느 때든 절대로 피하고 금해야 할, 품어서도 드러내어서도 안 될 무늬는 아니다.

영국 케임브리지의 뉴햄(Newham) 대학 신경과학자 로잘린 리들리(Rosalind Ridley)는 배리의 환상적 기발함은 아동의 인지능 발달 성장에서 아동의 특성을 강조한 점이라고 분석하였다. 어린이의 상상력을 가장 똑똑히 표현하는 요정을 등장시켜 어른 인지능의 성숙과 구별하고자 했다는 것이다. 단지 사실적인 정보를 얻을 필요가 있는 작은 어른으로서가 아니라, 어린이는 어린이에게 알맞은 인지력을 어린이답게—요정처럼—터득해야 함을 간청하기 위해 썼다고 평가하고 있다.

3. 피터 팬은 어떻게 의학 속에 들어와 재주(在住)하고 있나?

피터 팬은 소설 속 환상적 캐릭터로 허구다. 그런데도 피터 팬은 의학 속을 활발히 날고 있다. 어떻게 들어왔을까? 이 물음에 답하기 위하여 먼저 다음 질문에 대한 답을 구한다. 피터 팬은 어떻게 그런 성격을 지녔는가?

1) 피터 팬은 어떻게 그런 성격을 지녔나?

모든 소설 속 인물은 주동인물이든 반동인물이든 상관없이 작가가 만든 성격을 지닌다. 작가는 보편성과 대표성을 띠는 전형적 인물, 또는 주류에 속하지 않는 독특한 성격의 인물을 설정한다. 피터 팬이 평면적 인물인지 입체적 인물인지에 대해선 토론의 여지가 있지만, 주류엔 속하지 않는 독특한 개성을 가진 인물임은 분명하다.

물론 작가의 상상력만으로 유별난 개성의 인물을 만들어 낼 수 있다. 그러나 피터 팬이 의학의 곳곳에서 인용되어 등장하는 이유는, 의학적으로 의미 있는 증상이나 현상을 피터 팬이 보여주고 있기 때문이다. 피터 팬의 생각과 행동은 현실에서, 특히 의학적 눈으로 바라본 현실에서, 더러 본 듯하다. 바꾸어 이르면, 피터 팬은 의학적 무늬들을 듬뿍 보여주고 있다.

한 작가가 창출해낸 인물이 그렇게 명징한 의학적 무늬들을 갖추도록 하기 위해선, 그런 무늬를 드러내는 사람을 직간접적으로 잘 알거나 아니면 스스로 체험을 하여야 가능한 일이다. 피터 팬이란 이름을 가진 주인공을 만들어낸 작가 제임스 배리를 더 알아본다.

① 제임스 배리가 피터 팬이다

'마르고 겁먹은 표정에 허름한 옷차림의 허약한 소년으로 성장이 멈추었고, 깎을 수염도 없었다.' 열일곱 살의 배리의 외모를 동년배 친구가 보고 느낀 말이다. 친구는 이십 대 후반에서 삼십 대의 배리 모습을 다음과 같이 기억하고 있다. '가짜 턱수염을 붙인 듯 보이는 청년 같았다.' 배리는 백육십일 센티미터

〈그림 2〉 제임스 매튜 배리

였다〈그림 2〉.

배리의 성장은 정신적, 신체적 장애에 의한 것으로 여겨진다. 영국 의사 제임스 퍼덤 마틴(James Purdom-Martin)의 주장에 따르면 '배리는 아마도 내분비 기능 결핍에 의해 지연 또는 불완전한 사춘기를 겪었을 것이다.' 물론 구체적 증거는 없다. 단지 여러 연구자의 배리 성장기 연구 결과에 근거한 추론이다.

배리 자신의 처지를 담아낸 희곡 『작은 메리(Little Mary)』를 정신의학적으로 분석한 결과도 근거에 신빙성을 보탠다. 이른바 신경성 식욕부진을 은유하는 내용이 많다는 데 기초한다. 극 중에 십이 세 소녀가 자신이 돌보고 있는 사람들로 하여금 스스로 굶고 과하게 활동하게 하여 육체적 부담을 줄여주는 대목이 있다. 이 정황은 신경성 식욕부진으로 성장을 멈춘 피터 팬 증후군이며, 이는 배리의 실제 성장기와 비슷하다. 부모의 사랑을 독차지하던 형의 그늘에 가려져 있다가, 배리가 열네 살이 되기 하루 전에 일어난 스케이트 타던 형의 갑작스러운 죽음, 슬픔에 빠져 일 년 이상을 침대에 누워있던 엄마를 위해 죽은 형 노릇을 했던 배리. 어린이로선 감당하기 힘든 부담에서 벗어나기 위하여 식욕 거부 등으로 성장을 거부했다. 이러한 배리의 자아 친화적 반응이 『작은 메리』 속에 은유적으로 표현되어 있다고 마틴 교수는 지적한다.

이렇게 은유화된 피터 팬이 드러내는 의학적 무늬를 제대로 본 사람이 피터 팬 증후군이란 명칭을 지어낸 댄 킬리였다.

② 청소년 태만을 치료했던 댄 킬리

미국 일리노이주 농장에서 자란 킬리는 사제가 되려 했으나, 철학과 심리학을 공부한 후 세속적인 길을 걸었다. 일리노이 대학교에서 박사 학위를 받은 후, 동료 학생과 결혼하여 '청소년 태만'을 치료하기 시작했다. 이 경험은 『어린이를 곤경에 빠뜨리지 않기 (Keeping Kids Out of Trouble)』와 같은 일련의 초기 집필로 이어졌다. 그는 자신이 치료했던 문제가 있는 십 대 소년들이 자라면서 피터 팬처럼 성인의 책임을 받아들이는 데 어려움을 겪고 있다는 사실을 알게 된 후, '피터 팬 증후군'에 대한 아이디어를 얻었다.

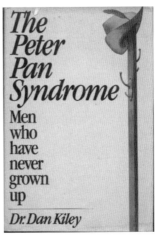

집필을 구상하면서, 책임을 받아들이기를 거부한 십 대 소년이 자라서 성인으로서의 정체성을 받아들이지 않는다는 현상을 점점 더 깨닫고, 그것을 '피터 팬 증후군'으로 구체화하였다〈그림 3〉.

〈그림 3〉『피터 팬 증후군: 자라지 않는 남자』 초판본 표지(1983년)

2) 피터 팬의 의학 속 재주

의학과 문학이 점점 그 접경면을 확장하고 접경의 밀착도가 끈끈해질수록 재주의 기회와 정도는 잦고 강해질 것이다. 그러나 그것만으론 부족하다. 상당 부분 서로 겹쳐 포개어질지라도 그것은 단지 하나 위에 다른 하나가 얹혀 있는 형국이기 쉽기 때문이다. 통섭이어야 한다. 두 가지 이상의 사물이나 현상이 함께 존재하되 서로의 특성을 또렷이 지닌 채 사귀어 서로 오가는 통섭(通涉).

의학과 문학의 접경을 활발히 통섭하려면 반드시 제3의 요인이, 제3의 에너지가 필요하다. 에너지를 낼 노력과 정성이 필요하다. 그 노력과 정성이 제3의 인자로 작동하여 의학과 문학의 접경 연결이 쉬이 풀어지지 않도록 어긋매끼게 겹는 모습은 보로메오(Boromeo) 고리〈그림 4〉를 닮았다고 본다. 둘은 특유의 개성을 각각 지닌 채 그저 엇갈린 상황이고, 제3의 고리가 엮어주어야 하는 보로메오 통섭의 꼴로 겹어 재주하고 있으리라 가정한다. 어느 하나라도 손상되면, 쉬이 분리되어 제각기 흩어지면서 개개의 고유 특성이 고스란하다.

문학 속 피터 팬과 의학 속 피터 팬을 연접(連接)시키는 제3의 고

〈그림 4〉 의학과 문학 재주의 위상수학적 개념모형. 의학과 문학은 제3의 매개인자에 의해 보로메오 고리처럼 재주하고 있다.

리는 제임스 배리의 실제 삶과 댄 킬리의 아동에 관한 전문적 관심
이다.

4. 맺는 글

인문은 사람의 무늬다. 하늘의 천문, 땅의 지문과 함께 사람의 몸
과 정신 안팎에 드러나는 무늬다. 의학적 증상과 징후 역시 사람의
무늬, 병적 변화가 안팎으로 나타나는 인문이다.

제임스 배리는 문학 속에 등장시킨 피터 팬을 통하여 자신의 병
적 체험에서 겪고 느낀 의학적 증상과 징후, 즉 의학적 인문을 고스
란히 드러냈고, 비슷한 문제를 지닌 어린이들을 전문적으로 다루던
킬리는 그 무늬의 실체를 알아보았다. 두 사람의 에너지는 의학과
문학의 접경에서 두 영역을 겹는 제3의 매개로서 값지게 활약하고
있다.

이처럼 의학과 문학이 서로 사귀어 오가기 위해선 제3의 동력이
필요하다. 이는 의학과 문학이 각자의 고유 영역에만 머물면 접경
을 가로질러 오갈 수 있는 자가동력을 발휘하기 어렵기 때문이다.
바꾸어 말하면, 의학과 문학은 능동적 의도와 활동에 의해서만 서
로 오갈 수 있다. 제임스 배리의 피터 팬도 그런 능동에 힘입어 의
학과 문학의 경계를 월경(越境)하여 의학 속을 날고 있다.

신데렐라학(學)

신데렐라 이야기는 수 세기 전부터 오늘날까지 알려진 가장 인기 있는 동화 유형 중의 하나로 세계 여러 지역과 다른 시기에 걸쳐 다양한 꼴로 존재한다. 또한, 신데렐라 이야기의 전승은 시간이 지남에 따라 다양한 목적과 장치에서 이론적 또는 실용적 메시지를 제공하고 있다. 예를 들면, 사회적 비판의 매개로, 교훈이나 도덕을 가르치는 도구로, 관객이 캐릭터와 공감하는 유대감을 형성하는 재미있는 서사로, 문화를 보존하는 방법으로, 지성을 나타내기 위해. 이러한 제공은 의학에서도 상징과 은유를 통해 꾸준히 작동하고 있다. 나아가 최근에는 신데렐라학(cinderology)—좀 더 정확히 표현하면 '의학 신데렐라학(medical cinderology)'—을 제창하는 활동에 이르고 있다. 제창의 활동을 서술하기에 앞서, 신데렐라 이야기와 상징을 간동그린다.

1. 신데렐라 이야기

신데렐라는 어릴 적에 어머니를 여의고 계모와 언니 둘에게 험한 구박을 받고 자랐다. 그러던 어느 날, 왕궁에서 왕자가 무도회를 열어 배필을 찾는다는 말을 전해 듣는다. 계모는 신데렐라에게는 청소를 시키고, 자신이 낳은 두 딸을 데리고 무도회장으로 떠난다.

신데렐라는 열심히 청소하며 무도회장에 가고 싶다고 빌었다. 그때, 하늘에서 마법사가 내려와 호박과 쥐를 마차와 말로 둔갑시켜 무도회에 갈 수 있게 해주었다. 단, 한 가지 조건이 있었다. 자정이 넘기 전에 무도회장을 떠나야 했다.

무도회장에서 왕자는 첫눈에 신데렐라에게 반했다. 함께 춤을 추며 왕자의 끌림은 점차 사랑으로 바뀌어 갔다. 흥겨운 춤에 빠져 있다가 문득 마법사가 일러준 조건이 떠올랐다. '밤 12시 종이 올리기 전에 무도회장을 벗어나야 한다.' 시간에 쫓겨 급하게 무도회장을 빠져나오던 신데렐라는 유리 구두 한 짝을 제대로 신지 못하고 남겨둔 채 가버린다. 왕자는 한 짝 구두를 들고 어젯밤 무도회장에서 함께 춤추었던 사람을 찾아 나선다. 우여곡절 끝에 그 구두가 꼭 맞는 발의 주인공인 신데렐라를 찾아 신부로 맞이하여 행복하게 산다. 즉, 한동안 정체성이 모호한 채 방치되어 있던 사람이 예기치 않게 인식되어 성공하는 이야기다.

신데렐라 이야기에 나오는 주체와 객체들의 상징성을 잠시 살펴본다. 신데렐라는 엄마의 죽음으로 인한 슬픔, 왕자는 꿈, 요정 대모는 마술적 쾌락, 그리고 계모와 계모의 딸들은 질투와 욕심을 상징한다. 또한 때 묻지 않은 순수함, 맑은 영혼, 순결함, 쉽게 상처받고 깨지는 마음이 여리고 착한 신데렐라의 진정한 정체성을 유리구두로 표현하고, 가운은 변형과 연관된 이중적 정체성으로 결혼과 선함과 부 및 사치를, 호박 마차는 신데렐라의 변환 또는 전환, 여러 동물은 하등 계급의 열등한 객체를 나타낸다.

2. 의학 속에 재주(在住) 하는 신데렐라

1) 신데렐라 가설

1991년 핵(Hägg)은 근골격계 질환의 발병과 관련한 인자들을 연구하여 '신데렐라 가설'이란 말을 만들었다. 몸을 쓰는 일을 하려면 근육이 움직여야 한다. 이른바 근육운동이다. 근육운동은 근육과 그 근육을 지배하는 운동신경이 함께 조화를 이루어 낸다. 신경과 신경이 지배 조절하는 근육섬유를 운동단위라 한다. 신경 하나가 여러 개의 근육섬유까지 담당하기도 한다. 근육섬유는 근원섬유들로 구성되어 있고, 근원섬유는 '가는 잔 섬유'와 '굵은 잔 섬유'로 이루어져 있다. 근육섬유가 여럿 모여 근섬유다발이 되고, 근섬유다발들이 모여 근육이 된다〈그림 1〉.

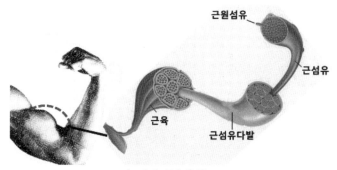

〈그림 1〉 근육의 구조.
팔의 이두박근을 이루고 있는 근육을 예로 들어 그렸다.

근육의 수축력은 운동단위의 수와 활성 정도에 의해 결정된다. 근육을 쓰면 제일 먼저 활동하는 운동단위는 저강도 역치에 반응하는 '저역치 운동단위'다. 저강도의 근육 활동엔 적은 수의 근육이 동원되고, 고강도의 활동엔 더 많은 수의 운동단위가 동원된다. 만일 저강도의 근육 활동, 예를 들어 단조롭고 반복적인 일엔 처음 동원된 운동단위가 계속 끝까지 작동한다. 장기적으로 회복 시간이 부족하기 때문에, 세포막 수준에서 대사 과부하가 발생하여 세포 손상, 괴사 및 통증을 유발하는 퇴행성 과정이 발생할 수 있다. 이처럼 저강도역치 근육활동에 동원된 운동단위는 피로에 빠지게 되고, 심하면 근육세포 손상, 괴사 및 통증을 유발하는 퇴행성 병변이 발생할 수 있다. 일찍 일을 시작해서 다 마칠 때까지 혼자서 일해야 하는 처지를 신데렐라에 빗대어 '신데렐라 가설'이라 하고, 이 운동단위를 '신데렐라 운동단위'라 한다.

신데렐라 가설이 발동하여 생기는 근육의 통증과 부상 가능성을 줄이고 편안함과 생산성을 높이는 과정, 즉 필요한 긴장을 풀고 계속 움직이고 편안한 중립 작업 자세로 돌아가기를 '신데렐라 구하기'라 칭한다.

2) 신데렐라 효과

"두 명의 유전적 부모가 돌보는 것보다 양부모가 있을 때 아이들이 살해되거나 학대를 당할 가능성이 더 크다." 1970년대 일부 심리학자들이 처음 제안한 이론이다. 이 이론을 지지하는 사람들은 계부모가 생물학적으로 관련이 없는 아이에게 부모의 자원(資源)을 투자할 유전적 이유가 없기 때문에, 아이들을 학대하거나 심지어 죽일 가능성이 있다고 주장했다. 그러나 많은 심리학자는 주장을 뒷받침할 확실한 증거가 부족하다며 이 이론을 비판하고 있다.

3) 신데렐라 증후군과 신데렐라 피부병

신데렐라 이름이 붙은 의학적 상태 중에서 공식적으로 인정받은 것은 신데렐라 증후군과 신데렐라 피부병 두 가지뿐이다.

① 신데렐라 증후군(신데렐라 콤플렉스라고도 한다)
자신의 배경과 능력으로는 사회적으로 높은 위치에 설 수 없을 때, 자신의 인생을 백팔십 도 바꿔줄 왕자님에게 보호받고 의존하

<그림 2> 저자인 콜레트 다울링의 얼굴이
그려진 『신데렐라 콤플렉스』 표지.

고 싶어 하는 사람의 심리를 뜻한다. 즉, 자기의 능력으로 자립할
자신이 없는 사람이, 마치 신데렐라처럼 자기의 인생을 한꺼번에
바꾸어 줄 왕자가 나타나기를 고대하는 사람의 의존심리를 뜻하는
말이다. 1981년 미국의 심리치료사 콜레트 다울링(Colette Dowling)
의 저서 『신데렐라 콤플렉스』에 처음 등장한 용어로〈그림 2〉, 계모
에게 학대당하던 아가씨가 왕자와 결혼하는 신데렐라 서사에 연유
한다.

　신데렐라 서사는 어떻게 왕자 같은 외적인 사람의 힘을 빌려 구
출을 받아, 인정과 존경을 얻을 수 있는지를 보여준다. 신데렐라는
억압자, 이복 자매, 계모에 대한 원한을 품지 않는다. 기대하는 보
상이 마법처럼 다가올 때까지 예의 바르고 친절하게 참고 견딘다.
신데렐라 콤플렉스는 여성이 아름답고, 예의 바르고, 우아하고, 근
면하고, 순종적이고, 수동적이어야 한다는 가정(假定)을 바탕에 깔

고 있다. 신데렐라 콤플렉스가 마음속 깊이 내재화되어 있는 여성들은, 다른 사람들의 의지에 대한 복종과 순종이 영원히 행복하게 살 수 있는 왕자를 얻는 데 도움이 될 것이라고 믿는다. 그러므로 자신의 잠재력을 발휘하는 대신, 의지할 사람과 삶에 의미를 부여할 외부의 무언가를 찾는다. 그들은 자신을 왕자가 구출하기를 기다리는 공주라고 생각한다.

신데렐라 콤플렉스는 기본적으로 여성이 남성 구혼자로부터 구출 받아야만 할 '고난에 빠진 아가씨'라고 믿게 만드는 복합적 증후군이다. 자신의 마음과 창의력을 최대한 활용하지 못하도록 하고, 여성은 남자가 와서 자신의 삶을 장악하고 변화시킬 때까지 기다리게 억압한다.

신데렐라 콤플렉스에 빠진 사람은 어릴 때는 부모에게, 어른이 된 뒤에는 애인이나 배우자에게 의지한다. 특히 일정한 나이를 먹으면 일생을 책임져 줄 배우자를 찾기에 급급해진다. 동화 속의 신데렐라처럼 자기의 인생을 뒤바꿔 줄 왕자를 기다리는 꿈을 깨지 못하고, 꿈과 현실 사이에서 갈등하는 심리가 깊어지면 신데렐라 콤플렉스 증상이 나타난다.

이 증후군으로 고통받는 여성은 일반적으로 자존감이 낮고, 의존적인 정서적 문제를 가지고 있다. 자존감 부족, 자신감 부족, 불안, 의존성, 두려움, 열등감, 결혼에 대한 경제적·정서적 집착과 무기력증, 취업이나 자신의 일에 대한 회의와 공포심을 지닌다. 신데렐라 콤플렉스를 앓고 있는 여성은 건강한 방식으로 남성을 받아들이

지 못한다. 대상을 어쩔 수 없이 결함이 있을 수밖에 없는 인간으로 보지 않고 종종 우상화한다. 이러한 유형의 우상화는 때때로 비현실적이고 충족할 수 없는 기대로 이어진다. 의존적 우상화는 양육 성장기의 지나친 보호 때문에 발생할 수 있다.

신데렐라 콤플렉스와 관련하여 신데렐라 망상이란 용어가 있다. 의과대학생 신데렐라 증후군이랄까. 의대를 졸업하기만 하면, 선배 의사들의 도움이나 지도를 받지 않고서도 곧바로 오류 없이 질병을 간단명료하게 감별하여, 정확한 진단을 붙이고 멋진 치료 계획을 처방할 수 있다는 의대생의 환상을 가리키는 말이다.

② 신데렐라 피부병(Cinderella dermatosis)

정식 명칭은 지속 이색 홍반(erythema dyschromicum perstans)이지만, 재를 뿌린 듯한(ashy) 피부병, 재색 피부병(dermatosis cenicienta)이라고도 한다. 신데렐라의 본디 뜻이 '재투성이'여서 '신데렐라 피부병'이라 부른다. 신데렐라(Cinderella)의 'cinder'는 재를 의미한다.

1957년 엘살바도르의 라미레즈(Ramirez)가 처음 보고했다. 라미레즈는 처음에 잿빛 발진을 '로스 세니시엔토스(Los cenicientos)'라고 명명했다. 스페인어로 'ceniciento'는 신데렐라를 의미한다.

라틴 아메리카와 아시아에서 가장 흔하다. 그러나 북유럽 및 서유럽을 포함하여 전 세계적으로 볼 수 있다. 발병 빈도는 남녀 동일하다고 인정하지만, 더러 여성에게 빈번하다는 보고도 있다. 십 대,

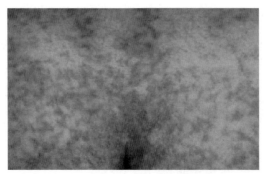
〈그림 3〉 신데렐라 피부병 환자의 재를 뿌려놓은 듯한 피부.

이십 대에 자주 발병한다.

대부분 슬레이트 회색에서 납색 얼룩이 몸 전체에 대개 대칭으로
분포한다〈그림 3〉. 별다른 전신 증상이나 내부 기관의 침범이 없는
양성 질환이다. 만성적으로 천천히 진행하고, 자연적으로 사라지는
경우도 있다.

원인은 잘 모른다. 미용을 포함한 피부 소견을 개선하고자 병원
을 찾는다. 여러 치료 의견이 제시되지만, 효과는 별로 없다. 이러
한 연유로 '수수께끼의 신데렐라 피부병'이란 별칭도 있다.

4) 의학 학술 논문에 등장하는 신데렐라

캐나다 댈하우지(Dalhousie) 의과 대학의 캐머런(Cameron) 교수
는 의학 논문에 신데렐라와 관련된 서사가 얼마나 등장하는지 연구
했다. 1954년부터 2005년 6월까지 백육십 여섯 개의 논문을 분석

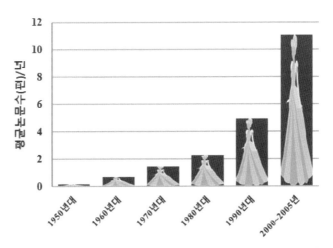

〈그림 4〉 신데렐라가 등장하는 연간 논문 편수. 가로축은 10년 단위 기간이며
맨 우측은 2005년 중반까지. 세로축은 기간 동안 발표된 논문 편수를
1년 평균값으로 환산한 편수.
(그래프 작성 HJ YOO, 데이터 출처: Cameron SM, 2005)

한 결과에 따르면, 〈그림 4〉에서 보듯이 신데렐라가 언급되는 논문
편수가 매년 꾸준히 늘어 대략 십 년마다 갑절로 증가하였다.

　의학 논문 속 등장은 신데렐라 본인뿐 아니라 신데렐라가 무도회
에 참석한 사건, 의붓 자매, 또한 신데렐라의 슬리퍼 등으로 다양
했다. 특히 신데렐라 본인의 등장은 특정 질병 관련 논문, 기초의학
실험 연구 논문, 의료 기술 관련 논문, 의대 교육의 전망을 다룬 논
문 등으로 의학 전반에 걸쳐 있었다.

　신데렐라 이야기의 등장 요소와 그 등장 요소를 의학 논문의 제
목 또는 주제와 관련하여 알기 쉽게 〈표 1〉에 요약 정리한다.

<표 1> 의학 논문 속 등장하는 신데렐라 요소와 논문 제목 또는 주제

등장 요소	논문 제목 또는 주제	비고
신데렐라 본인	• 류머티즘의 신데렐라 섬유근육통 • 비만은 심장혈관질환의 신데렐라	질병 연구
	• 내피세포 산화질소 합성효소는 염증 반응의 신데렐라	기초 실험 연구
	• 동위원소 신장비뇨기학은 더 이상 핵의학의 신데렐라가 아니다	의료 기술
	• 가정의학은 의대생 수련의 신데렐라인가?	진료와 의대 교육
신데렐라의 무도회 참석	• 지방조직은 무도회에서 영향력 있는 파트너를 만난 해부학자들의 신데렐라	
신데렐라의 자매	• 유방의 상피세포는 신데렐라인가 추한 자매인가?	
신데렐라의 슬리퍼	• 추한 자매보다 신데렐라 – 전문분과의 성장과 현대화	진료과목의 위상

3. 왜 의학은 신데렐라를 호출하는가?

한 젊은 여성과 그녀의 사악한 의붓 자매에 관한 친숙한 동화를 토대로, 소외된 의학적 트렌드를 '신데렐라'로 개념화하는 흐름이 나타나고 있다. 이 현상에 관한 학문적 연구 활동을 캐나다 정신과 의사 해즐턴(Hazelton)과 힉키(Hickey)는 '신데렐라학'이라고 부른다. 다른 분야에서도 그런지 모르겠으나, 의학에서 신데렐라는 명성 이상보다 더 뚜렷한 영향을 끼치고 있다. 신데렐라 서사는 의학 논문 저자나 의학 저술가들에게 풍부한 은유를 제공한다. 연구자들은 신데렐라가 의학 은유로 널리 사용되는 것을 조사하고, 의학 논문 속 신데렐라의 등장을 신데렐라의 상황, 속성 등을 분석하여 다섯 가지 유형으로 구분하였다. 이해의 간편을 위해 〈표 2〉로 요약한다.

〈표 2〉 의학 논문에 신데렐라 등장의 유형

등장 유형의 주제	예로 든 논문 제목 또는 주제	비고
방치(放置)	류머티즘의 신데렐라 섬유근육통	소홀, 무관심, 무시
정체성	복막 투석: 신데렐라인가 공주인가?	
변환	진행성 신장세포암 환자를 위한 희망 재발견: 신데렐라 성년이 되다	고난 끝의 영광스러운 변화, 전환, 변형
소진(消盡)	과용에 의한 근육 피로	
다른 서사와의 혼합 은유	신경독성학: 신데렐라에서 코델리아의 비밀까지	코델리아(Cordelia)는 셰익스피어『리어왕』의 막내 셋째 딸

가장 흔히 쓰인 주제는 방치다. 건강 소홀과 무관심, 심지어 무시는 건강에 관한 문해력(文解力)이 없는 상태인 건강문맹(health illiteracy)과 직결된다. 건강문맹은 건강불량의 중요한 요인이다. 건강은 다듬고 추슬러야 더욱 빛나고 건강해진다는 메시지를 전달하기 위해, 잿더미 속에 방치된 신데렐라는 마뜩한 은유 주체임이 틀림없다.

변환이란 주제는 건강에 관한 사회적 책임감을 가진 의사들에게 매력적일 수 있다. 건강상 문제로 제한받고 소외된 사람을 건강한 상태로 변환시켜, 진정한 잠재력을 촉진하려는 주장은 신데렐라의 등장으로 더욱 호소력을 지니게 된다. 물론 의사 자신이 자신의 의학적 능력을 드러내서, 뛰어난 의사가 되고 싶은 의식적 또는 무의식적 속마음을 표출하는 심리도 개재할 수 있다고 여긴다.

과로에 따른 소진(消盡)은 일상에서 건강을 해치는 주범의 하나다. 더욱이 신데렐라 우화는 과로와 무시 홀대 방치를 함께 엮고 있다. 즉, 건강을 해치는 과로를 이어가면서도 건강에 무관심한 일상은 의학적 시각에서 신데렐라를 전형적 상징 모델로 인식하게 한다.

혼합 은유에 등장하는 코델리아는 아버지 리어왕에게 아첨할 줄 몰라 비극적 죽음을 맞는다. 신데렐라와 함께 인간적이며 여성적인 선의 결정체로 묘사된다. 〈표 2〉에 예로 든 신경독성학이 의료 현실의 제한 등의 이유로 다른 신경과학 분야보다 발전이 늦은 상황을, 마음보다 말을 앞세우지 못하는 코델리아의 의중에 빗대고 있다.

이상과 같은 신데렐라의 상징적 은유에 주목하여, 의학 연구자와 논문 저자들이 신데렐라의 이야기를 의학적 은유로 자주 등장시키는 까닭은 무엇인가? 해즐틴과 힉키는 연구자와 논문 저자들의 심리측면에서 그 이유를 두 가지로 분석하였다. 우선, 나중에 널리 인정받고 찬사를 받는 소외된 젊은 여성의 이야기는 많은 의학 분야의 연구 저자들을 공감시켜 보호 본능을 자극한다. 특정 질병이나 질병의 발병 기전을 혼신을 다해 발견해낸 연구자는, 자신이 발견한 결과를 보호하려는 애정을 갖게 된다. 보호 애정을 동반한 공감은, 연구자로 하여금 자신이 발견한 결과를 신데렐라와 동일시하게 만들 수 있다. 이러한 보호 애정을 동반하는 공감, 찬사로 인정받고 싶은 기대 등을 신데렐라 서사가 만족시켜준다고 주장한다. 이러한 보호 애정에 더하여, 주변에 인기가 별로 없고 관심을 받지 못하는 분야의 연구자가 혹시 가질 수 있는 환상을 또 다른 이유로 들고 있다. 연구 방향과 연구비 배정에 영향력을 가진 책임자를 만나 인정받는 환상에 빠져 신데렐라를 호출한다는 주장이다.

4. 맺는 글

의학의 도처에 두루 퍼져 있는 신데렐라 서사는 각각의 위치에서 다양한 의학적 현상을 개념화하는 은유 역할을 충분히 하고 있다. 간혹 의학 저술가들의 남용으로 은유의 가치가 가벼워지기도 하지만, 최소한도 의학 속에선 참으로 행복하게, 변함없이 살아 있다. 전설적인 신데렐라의 상징성을 오롯이 간직한 채 광범위한 은유의 일가를 이어가고 있다.

잠자는 미녀

'잠자는 숲속의 미녀'는 동화의 제목이며 동시에 동화 속 여자 주인공을 가리킨다. 작가는 여자 주인공의 이름을 밝히지 않고 그저 '잠자는 미녀'라 부른다. 동화 속에서 잠자던, 이름을 알 수 없는 그 미녀가 의학 속에 들어와 잠자고 있다. 동화 속과 의학 속 미녀의 잠과 연관된 형편을 살펴본다.

1. 의학 속 잠자는 미녀

의사가 환자를 진찰할 때 환자가 겪고 있는 병의 경력, 병력을 묻고 기록한다. 진단을 정확히 하려면 병력 청취를 잘해야 한다. 환자의 이야기를 귀담아 듣고, 그 이야기, 즉 질병 체험 서사를 통해 환자의 질병을 제대로 파악해야 한다. 병력을 듣고 기록하는 일은, 고대 그리스의 히포크라테스 의학에서 확립되어 현재까지도 이어져 오는 환자 진료의 기본 필수다. 최근에 고도의 첨단 의료 기술이 발달하면서 듣고 적는 행위의 값어치가 다소 낮아진 듯하지만, 여전히 그 위력은 건재하다. 질병은 생의학적 현상일뿐만 아니라, 삶 그 자체에서 특별한 의미를 지니는 실체이기 때문이다. 좀 더 현실적으로 이르면, 질병을 포함한 의학 사건은 실생활이며, 질병과 건강 둘 다 사람과 함께 하는 현실이기 때문이다. 만일 질병 발생이 현실로 되면, 불가피하게 의료행위가 발생하면서, 의사는 묻고 환자는 답하고, 의사는 기록한다. 그 기록이 병록(病錄)이다. 사전에선 '병의 증세를 적은 기록'이라고 규정하지만, 충실한 병록은 훨씬 더 생생하고 깊은 서사를 글자와 글자 사이, 또한 행간에 담고 있다.

병록과 비견할 만한 질병 서사 기록은 투병기다. 흔히 투병기는 환자 자신이 주로 쓰지만, 다른 사람이 간접적 관찰의 시각으로 쓰기도 한다. 이에 반해 병록은 대개 진료 의사가 기록하지만, 반드시 그렇진 않다. 환자 스스로 자신의 병적 상태를 실제 검사 결과를 꼼꼼히 챙겨 퍽 객관적으로 적는 경우도 적지 않다.

투병기에 해당하는 영어가 패토그래피(pathography)여서 병적학(病籍學)으로 쓰기도 한다. 패토그래피는 '고통'을 의미하는 파토스(pathos)와 '글쓰기'를 뜻하는 그래프(graphe)의 합성어로, 아픈 사람들의 감정과 고통을 탐구하는 이야기를 쓴 글이다. 패토그래피란 용어를 처음 사용한 사람은 1899년 독일의 신경 정신의학과 의사 폴 뫼비우스(Paul Julius Möbius)〈그림 1〉다. 처음에는 광기에 빠진 유명 인사들의 정신 심리 상태를 의학적 관점에서 기록한 일종의 전기 형식이었다고 한다. 실제로 뫼비우스는 장자크 루소, 괴테, 쇼

〈그림 1〉폴 뫼비우스

펜하우어, 니체 등의 패토그래피를 다수 발표하였다. 우리나라도 건강과 장수에 관한 관심이 높아지면서 몇몇 투병기가 발간되고 있다.

병록과 투병기가 동일할 순 없지만, 글을 쓴다는 행위와 과정은 창작이 분명하므로, 병록과 투병기는 창조와 치유의 과정과 행위를 공유하고 있음이 확실하다. 이러한 견해에 동의하듯이 일본의 정신과 의사이자 소설가인 하하키기 호세이(はばきぎ 蓬生)는 『답이 보이지 않는 상황을 견디는 힘』(황세정 역)에서 다음과 같이 말하고 있다.

"한편 정신의학에서는 이러한 창조행위와 치유를 늘 관련지어 생각해왔다. 예술을 예술가의 정신상태와 연결해 분석하는 병적학(pathography)의 발달이 그 좋은 예다. 〈중략〉 창조행위를 하는 그 사람이 병리성을 예술이라는 대상에 충돌시키고 승화시켜 되찾는다는 것이다."

1) 잠자는 미녀 증후군

지나친 수면으로 고통을 겪는 환자의 현실을 듣고 꼼꼼히 기록한 의사의 병록지를 인용한다.

"열아홉 살 남자가 갑자기 수면 시간이 길어져 입원했다. 그 남자의 어머니는 임신 중에 별 탈이 없었고, 출산 역시 문제가 없었다. 출생 전후 기간에 발달 지연의 병력도 없었다. 이번에 발병하기 이전에는 특별히 수면과 관련된 병적 증상은 없었다고 하였다.

환자는 5년 전에 처음으로 수면과다와 함께 외부 자극에 피하는 듯한 행동을 보이면서 쉽게 화를 내는 증상을 보였다. 당시 환자는 증상 발생 전에 2일간 감기 증상을 보였다. 이후 갑자기 평소보다 오랜 시간 동안 잠을 자기 시작하였는데, 식사와 화장실을 이용하는 시간 이외에는 거의 하루에 18~22시간가량 잠을 자면서 지냈고, 이런 증상은 8일간 지속되었다.

잠을 자다가 갑작스럽게 일어나서 평소보다 많은 양의 식사를 하고 다시 자는 모습이 관찰되었는데, 증상이 소실된 이후에 수면 시간은 다시 하루에 8시간 정도로 회복되면서 일상생활로 복귀할 수 있었다. 환자는 이듬해에 똑같은 양상의 증상이 두 번 나타났다. 각각 2주, 3주간 지속되었고, 이후 3년 동안 매년 1차례의 같은 양상의 증상 발현이 있었다.

환자는 각각의 시기마다 나타나는 증상들과 그 증상들이 나타나는 양상이 매우 유사하였다. 모두 발생 2~3일 전부터 발열을 수반한 감기 증상이 있었고, 그 후 갑자기 온종일 잠을 자는 증상이 나타났다. 증상이 나타나는 동안에는 흔들어 깨우고 아픈 자극을 주어도 잘 일어나려고 하지 않았으며, 일어난 후에도 주변 환경에 대해 무관심한 반응을 보였다. 가끔 신경질적인 반응을 보이며 부모에게 반말하거나, 옷을 다 벗은 상태에서도 부끄러워하지 않는 등의 이상행동을 보였다. 하지만 증상이 나타나고 있는 동안에도 환자의 지남력에는 이상이 없었고, 묻는 말에 적절한 대답을 할 수 있었다. 일시적으로 깨어나면 환자는 평상시보다 많은 음식을 먹었고, 하루에 6회 이상 식사를 하였다. 수면마비와 갑작스러운 신체적 허탈을 겪는 탈력발작(脫力發作) 등은 보이지 않았고, 환각 및 섬망 등의 증상도 없었다.

환자의 증상은 대개 1주에서 3주간 지속되었는데, 이 기간이 지난 후에는 갑자기 그리고 완전히 정상으로 회복되어 모든 면에서 이전의 생활로 다시 돌아가곤 했다. 환자는 수면기 당시의 일을 어렴풋하게 드문드문 기억할 수 있었다. 과수면증으로 학교나 사회생활을 정상적으로 수행하지 못한 것을 매우 안타깝게 생각하고 있었다.

그는 증상이 없는 시기에는 행동학적 이상소견이 전혀 관찰되지 않았으며, 고등학교 학생으로 매우 활발한 성격과 원활한 교우관계를 유지하며 우수한 학업성적을 보였다."

– (이승훈 등, 『대한신경과학회지』, 1999년)(일부 보정)

이른바 '잠자는 미녀 증후군'이라 불리는 과수면 환자의 진료 기록이다.

'잠자는 숲속의 미녀 증후군'의 학술적 명칭은 클라인-레빈 (Kleine-Levin) 증후군이다. 이 증후군은 과다수면, 과식증, 인지 장애 및 성욕 과잉의 반복적 에피소드를 특징으로 하는 희귀한 질병이다.

유병률은 인구 백만 명당 한 명 내지 다섯 명 정도다. 2019년 현재 전 세계적으로 500명에서 1,000명 정도의 환자가 있다고 알려져 있다. 여성이 남성보다 질병 경과가 더 길지만, 이 질병은 주로 청소년 남성에게 영향을 미친다. 남녀 유병률비는 3대 1 정도다.

반복적이지만 되돌릴 수 있는 과도한 수면이 특징이다. 하루 최대 스무 시간을 잤다는 보고도 있다. 증상은 일반적으로 며칠에서 몇 주 동안 지속되는 에피소드로 발생한다. 분별할 점은 과다수면(過多睡眠) 또는 과수면과 기면증(嗜眠症)이다. 기면증은 갑작스럽게 발작적으로 깊은 수면에 빠지는 특정 신경계 장애이고, 과수면은 낮에 억누를 수 없을 정도로 잠에 빠지는 증상이다. 즉, 기면증 증상의 하나가 과수면이다. 마찬가지로 잠자는 미녀 증후군의 한 증상이 과수면, 그것도 상당히 긴 기간의 과수면이다.

종종 갑작스럽고, 독감 유사 증상과 관련될 수 있다. 에피소드 동안, 과도한 음식 섭취, 과민성, 유치함, 방향 감각 상실, 환각 및 비정상적으로 억제되지 않은 성욕이 관찰될 수 있다. 기분은 장애의 결과로 우울할 수 있지만 원인은 아니다. 에피소드 사이에는 완전히 정상이지만, 에피소드 동안 발생한 모든 것을 기억하지 못할 수도 있다. 증상이 다시 나타나기까지 몇 주 또는 그 이상이 걸릴 수 있다. 이러한 증상은 식욕과 수면을 관장하는 뇌의 일부인 시상하부(視床下部, hypothalamus) 및 시상(視床, thalamus)의 기능 장애와 관련될 수 있다.

현재까지 명확한 근본 원인이 밝혀지지 않았다. 원인을 알 수 없이 특발성으로 발병하거나, 신경학적 사건이나 감염에 의해 촉진될 수 있다.

진단은 다른 정신과 및 신경학적 질병을 배제하고 나서 붙일 수 있다. 피임약으로 조절할 수 있는 십 대 소녀의 월경 전 주기적인 졸음과 구별되어야 한다. 또한 뇌병증, 재발성 우울증 또는 정신병과도 감별해야 한다.

국제수면장애 분류에서 제시한 잠자는 미녀 증후군, 클라인-레빈 증후군의 증상으로 진단하는 기준을 알아보기 쉽게 정리하면 다음의 〈표 1〉과 같다.

〈표 1〉 잠자는 미녀 증후군 진단 기준(국제수면장애 분류, 2005년도)

	A를 반드시 보이고, 하나 이상의 B 증상이 있으면서, C 패턴을 보이면 잠자는 미녀 증후군이다.
A	반복적인 과도한 수면 에피소드(2일~31일)
B	인지기능 이상: 비현실감, 혼란 또는 환각, 비정상적 행동(과민성, 공격성, 행동 이상)
	폭식
	과잉 성욕
C	장기간의 정상적인 수면, 인지, 행동 및 기분이 산재하여 있음

클라인-레빈 증후군에 대한 확실한 치료법은 없으며, 약물 요법보다 집에서 조심스럽게 기다리는 것이 가장 자주 권장된다. 암페타민, 메틸페니데이트, 모다피닐, 아모다피닐, 옥스카바마제핀 등을 포함한 각성제는 졸음을 치료하는 데 사용되지만, 과민성을 증가시킬 수 있으며 인지 이상을 개선하지는 못한다. 클라인-레빈 증후군과 특정 기분 장애 사이의 유사성 때문에 리튬과 카르바마제핀

이 처방될 수 있으며, 어떤 경우에는 추가 에피소드를 예방하는 것으로 나타났다.

에피소드는 8년에서 12년 사이에 빈도와 강도가 저절로 감소한다. 아직 유전적 원인과의 관련성, 정확한 치료 법 등 밝혀야 할 부분이 작지 않아서, 앞으로 이에 관한 연구가 필요하다.

이 증후군의 첫 번째 사례는 1862년 프랑스 정신과 의사 브리에르 드 부아몽(Brierre de Boismont)에 의해 보고되었다. 이 사례가 1916~1927년에 기면성 뇌염이 유행하기 수십 년 전에 발생했다는 점은 주목할 만하다. 재발성 과다수면증의 여러 사례가 1925년, 독일 프랑크푸르트 클라이스트(Kleist) 클리닉의 정신과 의사 윌리 클라이네(Willi Kleine)에 의해 처음 수집 및 보고되었다. 미국 볼티모어의 핍스(Phipps) 클리닉에 근무하던 뉴욕 출신의 정신과 의사 맥스 레빈(Max Levin)은 1929년과 1936년에 주기적인 졸음과 병적 기아의 연관성을 강조했다.

〈그림 2〉 맥도널드 크리츨리
(1900~1997)

1942년 2차세계대전 중 영국 해군 군의관 맥도널드 크리츨리(Macdonald Critchley)〈그림 2〉와 러벨 호프맨(Lovell Hoffman)은, 주기적 졸림과 병적 배고픔을 호소하는 환자들을 관찰 연구하여 발표한 논문 속에, '클라인-레빈 증후군'이란 명칭을 처음 사용하여 기록하였다. 그리고 이십여 년이 지나서 제대 후, 1962년 영국 런던 국립병원에 근무하던 크리츨리는 이 증후군을 의학적으로 명확하게 정의하면서, 정식으로 선도 연구자들의 이름을 따서 '클라인-레빈 증후군'이라 명명하였다. 그는 남성의 우세, 청소년기에 발병, 폭식보다는 강박적인 섭식장애의 성격, 질병이 자연적으로 사라지는 경향을 지적했다.

우리나라에선, 서두에 인용 기술한 바와 같이, 1999년 서울대학교 의과대학 신경과학 교실과 연정 뇌 기능 수면 연구소의 이승훈 등이 최초로 증례 보고하였다.

2005년 미국 수면의학회(American Academy of Sleep Medicine)의 수면장애에 관한 새로운 분류(International Classification of Sleep Disorders)에서 '반복적 수면과다증'으로 재정의하였다. 그러나 '클라인-레빈 증후군' '잠자는 미녀 증후군'이라는 표현을 더 자주 쓰고 있다.

처음 보고한 맥도널드 크리츨리(1990~1997)는 국제적으로 알려진 우아하고 세련된 신경과 전문의로서 마음을 사로잡는 강사이자 작가였다. 정신 기능 장애, 특히 언어와 관련된 장애의 탁월한 임상 연구자였다. 아름답게 쓰인 많은 과학 논문과 책 그리고 유쾌한 개인 회고록의 저자였다. 생리학적 측면에서 인간 반사에 관한 기술 분석을 개척한 영국의 신경과 전문의 프랜시스 월시(Francis Walshe, 1885~1973)경, 소뇌와 시각 피질에 관한 선구적 연구를 한 영국-아일랜드 신경과 전문의 고든 모건 홈즈(Gordon Morgan Holmes,

1876~1965)경, 외상성 뇌손상 및 지주막하 출혈 등에서 획기적 발견을 한 영국의 신경과 전문의 찰스 시먼즈(Charles Symonds, 1890~1978)경 등과 같은, 영국을 대표하는 대가들과 함께 영국의 위대한 신경학 전통과 현재를 잇는 다리 역할을 했다.

브리스톨에서 교육받았고 그곳에서 의학 학위를 받았다. 런던 국립 병원, 퀸 스퀘어, 킹스 칼리지 병원에서 근무했다. 관심사는 광범위했지만 특히 상위 뇌 기능 연구에 집중했다. 아동기 난독증의 많은 특징을 밝혀, 그 공헌으로 국제 난독증 협회가 수상하는 최고의 새뮤얼 오튼(Samuel Orton) 상을 받았다. 두정엽에 관해 쓴 책은 이 분야의 가장 권위 있는 참고서로 인정받고 있다.

역사에 큰 관심을 가지고 난파선의 의학적 측면, 캘커타의 블랙홀, 새뮤얼 존슨의 뇌졸중 등에 관해 저술했다. 가장 존경했던 '간질학의 아버지'라 불리는 존 휴링스 잭슨(John Hughlings Jackson, 1835~1911)〈그림 3〉의 전기를 출간했다.

〈그림 3〉 존 휴링스 잭슨 (1835~1911)

뛰어난 능변처럼 그의 글은 조화와 균형으로 정연하고 동시에 문체 또한 우아하다. 자신의 다양한 에세이를 『신성한 두뇌의 연회』 『감각의 성채』 『기억의 심실』 등 세 권의 책으로 묶어냈다. 에세이는 즐겁게 읽을 수 있는 신경학의 상식과 신비로 가득하다.

날카로우면서도 세련된 멋과 명랑한 원기를 갖춘 완벽한 배우의 재능을 지닌 훌륭한 강사였던 크리츨리는 한 때 연기의 길로 들어서는 것을 고려했었다. 강연 원고나 메모 없이 이어가는 강의는 재미와 흥미가 넘치면서도, 말의 앞뒤 순서와 갈피가 정연하고 언어역시 정중하고 적절하여, 강연한 그대로 받아 적어 추가 편집 없이 책으로 출판할 수 있었다. 또한 초상화를 비롯한 다양한 주제에 관해 조예가 깊었고, 많은 사람과 이야기 나누기를 즐겼다.

2) 잠자는 미녀 유전자

유전학 분야에도 잠자는 미녀가 등장한다. 유전체 속에서 이곳저곳으로 제멋대로 이동하는 유전자인 트랜스포존(transposon)의 별칭이 '잠자는 미녀 유전자'다. 다소 전문적이지만, 잠자는 미녀 유전자 트랜스포존이 일으키는 현상을 우리 주변에서 어렵지 않게 볼 수 있는 예들이 있다. 노란 낱알들 틈새에 간혹 붉거나 검붉은 알이 박혀 있는 옥수수, 한 꽃잎에 다른 색깔이 섞인 나팔꽃 등이 바로 잠자는 미녀 유전자에 의해 생긴 돌연변이가 나타난 현상이다.

옥수수에서 이 유전자를 발견한 미국의 세포 유전학자 바버라 매클린톡(Barbara McClintock)〈그림 4〉은 1983년 그 업적으로 노벨 생리학·의학상을 수상했다.

이리저리 뛰어다닌다고 '점핑유전자'라고도 불리는 이 유전자

〈그림 4〉 실험 중인
바버라 매클린톡

의 이동이 형질 변화를 드러내려면 수만 년에서 수억 년이 지나야
한다. 마치 긴 잠을 자고 나서야 일어나는 동화 속 미녀처럼 오랫
동안 잠잠하다가, 기지개를 켜며 깨어나 작동하여 효과를 발현하기
때문에 '잠자는 숲속의 미녀 유전자'란 별명이 붙었다. 유전학적 어
휘를 써서 다시 말하면, 잠자는 미녀 유전자 트랜스포존은 '진화적
긴 잠'을 자고 깨어나 작동한다.

잠자는 미녀 유전자는 사람 유전체에서 돌연변이 유발, 유전형질
발현의 변형 등으로 염증, 노화 등에 간여하고 있다.

2. 동화 속 잠자는 미녀

「잠자는 숲속의 미녀(a Belle au Bois dormant)」의 영어 제목은
'Sleeping Beauty(잠자는 미녀)'다. 우리나라에선 '잠자는 숲속의 공

〈그림 5〉 잠바티스타 바실레(오른쪽)와 『펜타메로네』 표지
(1788년 나폴리에서 출판)

주'로 알려져 있다.

　이탈리아 혹은 프랑스의 고전 동화로, 이탈리아 시인이며 동화작
가인 잠바티스타 바실레(Giambattista Basile, 1566~1632) 사후에 발간
된 『펜타메로네(Pentamerone)』(1634)에, 「해, 달, 그리고 탈리아(Sole,
Luna, e Talia)」라는 제목으로 처음 수록되었다〈그림 5〉. 그 후 샤
를 페로(Charles Perrault, 1628~1703)가 1697년에 저술한 『어미 거위
이야기』에 수록되었고, 1812년 그림(Grimm) 형제의 책에도 수록되
었다.

　샤를 페로는 동화라는 새로운 문학 장르의 기초를 다진 프랑스
작가다. 변호사 교육을 받은 그는 처음에 왕실 건물을 관리하는 관
리로 일했다. 1660년경 가벼운 사랑을 주제로 한 시로 문학적 명성
을 얻기 시작했고, 여생을 문학과 예술 연구를 촉진하는 데 보냈다.

「잠자는 숲속의 미녀」 줄거리를 추린다.

　　왕과 왕비는 자녀를 바랐다. 어느 날 목욕을 하고 있는 왕비 앞에 개구리가 나타나 "1년 안에 딸이 태어난다."라고 예언했다. 예언대로 공주가 태어났다. 왕은 공주의 탄생을 축하하는 연회를 열기로 했다. 축연에 마녀를 불러 공주에게 행운을 주기로 했다. 나라에 열세 명의 마녀가 있기 때문에 그녀들을 다 부르려고 했지만, 금 접시가 한 개가 모자라서 부득이 한 명을 부를 수 없었다. 축연에 초대된 열두 명의 마녀들은 각각 '친절함' '아름다움' '재물운(運)' 등을 공주에게 선물했다. 막 열한 번째 마녀가 선물을 주고 나자, 초대받지 못한 마녀가 와서 분노와 함께 공주에게 저주를 부었다. "열다섯 살이 되면 물레 바늘에 손가락을 찔려 죽는다."

　　그러자 열두 번째 마녀가 "저주를 취소할 수는 없지만, 저주의 힘을 약화시키는 것은 가능하다."고 말하며, "공주는 죽는 것이 아니라 백 년 동안 잠을 자고 나서 깨어난다."는 선물을 한다.

　　공주의 미래에 대해 걱정한 왕은 국민에게 명령하여 온 나라의 모든 물레를 멈추게 했다. 공주는 무사히 건강하게 자랐다.

　　공주가 열다섯 살이 되었다. 혼자 성 안을 걷고 있다가, 성의 맨 꼭대기에서 한 할머니가 물레질하는 것을 보고 흥미를 느꼈다. 물레에 가까이 다가서 만져보려던 공주가 물레 바늘에 손가락을 찔려 깊은 잠에 빠졌다. 마녀의 저주는 공주뿐만 아니라 성안으로 퍼져 성안의 사람과 동물은 긴 잠에 빠졌다. 성 주위는 온통 가시나무로 무성하게 덮이고 싸였다. 많은 사람이 가시나무 때문에 성에 들어갈 수가 없었다.

　　오랜 세월이 지난 어느 날, '잠자는 공주'의 소문을 들은 인근 나라의 왕자가 이 나라를 방문했다. 왕자는 '잠자는 공주'를 만나고 싶었다. 왕자가 가시나무 덤불에 가까이 다가가자, 백 년의 저주가 풀리고 가시나무는 스스로 길을 열어주었다.

성안에 들어선 왕자는 잠자고 있는 공주를 발견하고, 키스했다. 그러자 공주는 깨어났다.

성안의 모든 사람과 온갖 만물이 깨어났다. 그리고 왕자와 공주는 결혼하여 오래오래 행복하게 살았다.

3. '잠자는 미녀'란 병명

일반적으로, 특히 언론에서, 흔히 '잠자는 미녀 증후군'이라고 부른다. 더러 이 별칭이 마뜩하지 않다고 여기는 이들은 이렇게 말한다.

"진정 잘못된 명칭이다. 잠에 눌려 일상의 많은 걸 잃어버리는 병을 잠자는 미녀에 빗대다니. 클라인-레빈 증후군에는 아름다움은 전혀 없다."

그럼에도 왜 질병명을 '잠자는 미녀'라 했을까? 그 까닭을 필자 나름대로 네 가지로 헤아려본다.

첫째, 오랫동안 잠자는 증상이 비슷하고, 또한 다시 깨어나는 경과도 비슷하다.

둘째, '클라인-레빈'이라는 명칭의 생소함보다, 듣고 보기에 쉽고 익숙한 동화 속 주인공이 지닌 전달력에 더 비중을 두었을 것이다. 실제로 특히 언론 미디어에선 전달력 등을 고려하여, 클라인-레빈 증후군이나 '재발성 과수면증'이란 명칭보다 '잠자는 미녀 증후군'을 더 자주 쓰고 있다.

셋째, 어쩌면 더 중요할 이유가 있다. 다름 아닌 딱딱한 두려움보다 말랑한 친근함을 위해 동화 속 여성을 등장시켰을 것이다. 질병 치유와 건강 회복의 소망과 기원이 들어있을 것이다. 마치 태풍의 이름에 흔히 여성형 명사를 사용하는 바와 같다. 행운의 남신(男神)이란 말은 아무래도 꺼림칙하다.

세상만사의 명명이 단순한 특정 학문의 영역 표시가 아니라, 이런저런 사람 사는 형편을 두루 헤아리는 일이라는 생각을 하고 태풍 명명법을 간추려 알아본다.

폭풍에 이름 붙여주는 관습은 오랜 역사를 가지고 있다. 20세기 이전에는 일반적으로 폭풍이 발생한 시간이나 강타한 위치로 식별되었다. 폭풍우에 개인 이름을 부여하는 관행은 1900년대 초 호주 퀸즐랜드 기상대의 예보관이었던 클레멘트 래기(Clement Wragge)의 취미에서 비롯되었다. 래기는 자신이 좋아하지 않는 여성, 신화 속 인물, 유명 정치인의 이름 등을 따서 폭풍에 이름을 지어주곤 해왔다고 한다. 그 후 그의 아이디어가 기상학자들에 의해 사용되면서 차차 지금의 명명법으로 개발되었다. 짧고 빠르게 이해할 수 있는 이름은 라디오를 통해 전송하기가 더 쉬웠고, 같은 지역에 폭풍이 두 번 이상 있을 경우 구별하기가 더 쉬웠다. 이 시스템은 1953년 미국 국립기상청이 대서양 유역의 폭풍우에 사용할 여성 이름의 알파벳순 목록을 작성하면서 공식화되었다. 그 후 1979년, 여성 단체가 여성 이름만 사용하는 성차별을 지적하면서 남성 이름이 목록에 추가됐다.

이러한 태풍 명명법과 같이 새로운 질병의 명칭을 정하는 기본적 원칙이 있다. 세계보건기구(WHO)는 세계동물보건기구 및 유엔식량농업기구와 협의 및 협력하여, 새로운 인간 질병—감염질환이든 증후군이든—명칭이 무역, 여행, 관광 또는 동물 복지에 끼치는 불필요한 부정적인 영향을 최소화하고, 문화적, 사회적, 국가적, 지역적, 직업적 또는 민족적 집단에 불쾌감을 주는 것을 방지하기 위한 목적으로 다음과 같은 표시를 피할 것을 권고한다.

도시, 국가, 지역, 대륙 등의 지리적 위치, 사람 이름, 동물 또는 음식의 종류, 문화, 인구, 산업 또는 직업을 가리키는 용어, 과도한 공포를 조장하는 용어 등.

넷째, 유별난 궁리를 들이지 않고서도 이처럼 무난한 명칭으로 받아들여지는 이유는 잘 알려진 동화 제목이며 동시에 동화 속 주인공이기 때문이다. 질병 명칭의 제정 원칙을 들추지 않더라도, 잠자는 미녀란 별칭은 어지간한 공포나 차별이 느껴지지 않는다. 질병의 명칭을 포함한 병적 상태에 붙여진 동화적 이름은 의학을 풍성하게 한다. 재미없고 멋없이 메마르기 쉬운 의학 명명에 친밀한 공감을 불어넣고 친근감을 돋구어, 전문적 난해성을 꽤 녹여낸다.

결과적으로, 버성기기 쉬운 용어 소통의 분위기가 산뜻하고 유쾌하게 바뀌면서, 의사와 환자 사이의 모호한 거리감이 슬그머니 사라진다.

4. 맺는 글

잠을 사전적으로 정의하면 다음과 같다. '자연스럽고 쉽게 되돌릴 수 있는 주기적인 상태다. 깨어나지 않고 주변 환경에 대한 의식 상실이 특징이며, 전형적인, 눈을 감고 누워 있는, 신체 자세를 유지한다. 꿈의 발생, 뇌 활동 및 생리적 기능의 변화는 비렘수면과 렘수면의 주기로 구성되며, 일반적으로 중요한 신체 및 정신 기능의 회복에 필수적 현상이다.'

당연한 생리현상이 당연하지 않게 흐트러질 때 건강은 무너지고 질병이 발병한다. 건강이 신체적, 정신적, 사회적, 영적 상태를 포함하는 것이므로 질병 역시 모든 상태에서 건강과 다른 상황이다. 질병은 심신의 기능이 비정상적으로 된 상태로, 넓은 의미에서는 극도의 고통을 비롯해 스트레스, 사회적 문제, 신체 기관의 기능장애와 죽음까지를 포괄한다. 질병은 개인에게만 국한된 것이 아니어서 사회적으로 큰 맥락에서 이해되기도 한다.

질병이 가져다주는 삶의 불편과 고통을 동화 속 인물과 서사로 재전위하여, 위로와 소망을 부드럽게 극대화한 속 깊은 명명가들.

아마도 의학과 문학의 접경은 그들의 속깊음으로 말미암아 따스한 체온을 유지하고 있지 않을까. 동화 속 잠자는 미녀를 의학으로 부른 그들을 칭송한다.

제2부

의학 속에 빛나는 서정(敍情)

수두(水痘) - 장미 꽃잎에 맺힌 이슬방울

누구나 접속하여 의학 상식을 구할 수 있는 인터넷 의료정보 사이트에서 '수두'를 검색하니 다음의 콘텐츠가 뜬다.

수두 피부 발진은 어떻게 생겼을까요? "장미 꽃잎에 이슬방울"처럼 생겼습니다.

(What does the chicken pox skin rash look like? A "dew-drop on a rose petal" is the classical description of a chickenpox rash.)

― ('Sharecare', accessed 2019. 10. 20)

그렇다면, 전문 의학 교과서는 어떻게 기술하고 있을까. 서가에 꽂혀 있던 의학서를 펼치니, 수두 환자의 피부 병변을 다음과 같이 서술하고 있다.

물집은 특징적인 모양을 띠는데, 물집의 크기가 2~3mm 정도로 작고, 주변에 홍반을 동반하여 '붉은 장미 꽃잎에 이슬' 같은 형태로 관찰

된다.

　　　　　　　－『피부과학』제6판, 대한피부과학회 교과서 편찬위원회(2014)

올바른 의학 지식을 제공하고자 개설한 인터넷 도서관에도, 의학 전문 서적에도, 수두는 장미가 꽃을 피우고 꽃잎에 이슬이 맺혀 반짝이고 있다. 수두라는 질병 명칭에 피어나고 맺힌 장미와 이슬의 문예적 은유. 그 선연(鮮然)한 은유에 이끌리어 의학과 문학의 접경지대로 간다.

1. 수두 – 그 이름의 은유

수두는 헤르페스(Herpes) 바이러스인 바리셀라 조스터(Varicella zoster) 바이러스에 의해 발병한다. 수두-대상 포진(Varicella-Zoster) 바이러스에 의한 전염성 바이러스 감염병이다. 매년 전 세계 약 6천만 명의 수두환자가 발생하는데, 이 중 90%는 소아연령층에서 발병한다. 발진, 미열, 불쾌감 등이 대략 사흘 내지 닷새 지속된다. 피부 병변은 이 질병의 특징이다. 다양한 진화 단계에서 반점구진(斑點丘珍, 색조 변화가 있는 직경 1센티미터 미만의 융기된 병변), 소수포(小水疱, 지름 1센티미터 미만의 맑은 액체가 들어 있는 물집) 및 딱지가 있다. 몇 시간에서 며칠에 걸쳐 반점구진에서 소수포로 변하는 시기여서 반점구진과 소포가 섞여 있다. 일반적으로 몸통과 얼굴에 주로 생

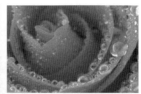

〈그림 1〉 수두 피부 병변. 수두의 홍반 발진 수포 병변(왼쪽 그림, 가운데 그림)은 그 모양이 장미 꽃잎에 맺힌 이슬방울(오른쪽 그림)을 닮았다.

기며 몸의 다른 부위로도 옮겨간다. 이 소포의 기저부는 홍반(紅斑, 붉은 반점)이다. 피부 병변의 전형적 순서는 융기가 없는 반점으로 시작하여, 구진, 맑은 액체가 든 소수포, 고름이 찬 농포(膿疱)로 진행하다가 구진의 한가운데가 배꼽처럼 함몰하면서 마침내 딱지가 생긴다. 홍반 위에 융기한 소수포 구진이 마치 붉은색 장미 꽃잎에 이슬이 맺힌 듯하여, 수두 발진을 고전적으로 '장미 꽃잎에 이슬방울(A dewdrop on rose petal)'이라 부른다〈그림 1〉. 부연하면 붉은 불규칙한 구진은 장미 꽃잎이고 맑은 소포는 이슬방울이다. 경우에 따라 복통이 오기도 하고 수포가 찢어질 때 가려움이 동반된다.

수두(水痘)는 수포창(水疱瘡), 작은 마마(媽媽)라고도 불린다. 마마는 천연두의 다른 명칭으로 수두가 천연두보다 경과 등이 온화해서 붙여진 이름이다. 천연두를 대두(大痘), 수두를 소두(小痘)라 하는 것도 같은 이유다. 여기서 마마는, 잘 알고 있듯이, 임금 또는 그 가족들의 호칭에 붙이어 쓰는 극존칭이다. 무섭고 지독하고 더구나 불가항력인 천연두에 대한 두려움 속에, 극진히 대해주면 극성을 덜 부리고 물러갈 것이라는 간절한 무기력이 만들어낸 별칭이 아닌가 여겨진다. 이러한 명칭 개념은 영어 명칭에서도 잘 드러난다.

수두를 의학 영어로 바리셀라(varicella)라 한다. 이는 오랜 기간 천연두와 구별이 안 되어 흔히 천연두의 가벼운 상태가 수두라고 알고 있었기에, 천연두의 영어 명칭인 variola에 축소형 접미어 엘라(-ella)를 붙여 1764년 보겔(Vogel)이 만든 병명이다. 천연두를 발병시키는 바이러스의 이름이기도 한 라틴어 "바리올라(라틴어: Variola)"는, "얼룩진, 반점"을 의미하는 "바리우스(varius)" 또는 "뾰루지"를 의미하는 바루스(varus)에서 유래하였다.

수두의 다른 영어명은 "치킨폭스(chickenpox)"다. 영어 뜻대로 chicken은 '닭', pox는 '피부에 발진하는 병이나 그 앓은 자국'을 가리킨다. pox란 단어는 발진성 또는 농포성 질환, 병적 물질로 차 있는 포진을 가리키는 주머니, 물집을 뜻하는 앵글로색슨어의 pocca(주머니, 물집), 네덜란드어 pocke(고름 물집, 농포, 기포), 독일어 pocke(주머니, 기포) 등에서 유래한 용어로 알려져 있다. 따라서 단어 뜻대로 하면 '닭 수두'다.

치킨폭스(수두)란 병명의 최초 기록은 1658년이지만 누구에 의해 붙여졌는지는 모른다. 다만, 10세기 페르시아 의사 알 라지(Abu Bakr Muhammad Ibn Zakariya Al Razi, 850~931, Rhazes로 더 널리 알려져 있다)가 수두가 천연두와 다른 질병임을 발견한 이래, 19세기까지도 천연두와 관련이 깊다고 여겨졌다. 앞서 이른 바와 같이 수두를 천연두의 경한 형태로 알고 있었다. 1888년에서야 천연두를 일

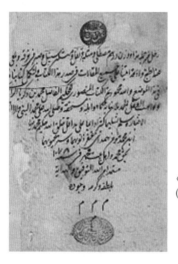

〈그림 2〉『만수르를 위한 의학서
(Kitab-al-Mansoori)』 한쪽.

으키는 바리올라 바이러스와 달리 대상포진을 일으키는 헤르페스
조스터-바이러스에 의해 발병됨이 밝혀졌다. 알 라지는 의사, 철
학자, 연금술사, 음악가 및 수학자다. 865년에 현재 테헤란 근처의
페르시아의 레이에서 태어나 925년쯤 같은 마을에서 사망했다. 의
학을 배우기 전에 철학, 연금술 그리고 음악을 공부했다. 어린 나이
에 의학과 연금술 전문가로 명성을 얻었으며, 환자와 학생들은 아
시아의 먼 지역에서도 그에게 몰려들었다. 알 라지는 여러 가지 주
제에 관해 기록을 남겼다. 일반적인 의학서인『만수르를 위한 의학
서(Kitab al-Mansuri fi al-tibb)』〈그림 2〉는 통치자를 위해 쓰였다. 방
대한 양의 독서와 개인적인 관찰 파일은 제자들에 의해 사후에『의
학에 관한 포괄서(Kitab al-Hawi fi al-tibb)』란 제목으로 발간되었다.
「알-유다리 발 하사바(Al-Judari Wal Hasabah)」는 천연두와 수두에
관한 최초의 논문으로 천연두와 수두를 명확하게 비교한 최초의 논

〈그림 3〉 병아리콩(chick pea).
콩의 중간에 톡 튀어나온 모양이
마치 병아리 머리와 부리를 닮아서
병아리콩이라 부른다.

문이다. 기록에 의하면 그는 건강하고 규제된 음식을 통해 치료를
장려했다.

왜 치킨폭스로 불려 왔는지는 많은 설이 있다. 하나는 질병이 밖
으로 드러나 가장 눈에 띄는 피부에 생기는 조그만 물집을 묘사하
는 과정에서 자연스레 붙여졌을 거라는 설이다. 지름이 약 5㎜에
서 10㎜의 **빨간 점**이 한때 병아리 콩(영어로 chickpea)〈그림 3〉처럼
생겼다고 연상하지 않았을까 추측한다. 콩 두(豆)에 병들어 기댈 녁
(疒)을 덧씌워 얹으면 역질 두(痘)가 된다.

또 다른 하나는 수두 발진이 닭이 모이를 쪼아 먹고 난 자국처럼
오목한 곳이 생기기 때문이란 설이다.

하나 더 든다면, 1970년대에 박멸되기 전까지 인류 역사상 가장
치명적인 질병 가운데 하나였던 천연두(smallpox)에 비하여 수두는
상대적으로 순하다. 이런 까닭에 '닭'은 집에서 기르는 안전한 가금
류이므로, 천연두보다는 안전하다는 의미를 담고자 그런 명칭으로
불렀다는 설도 있다. 영어권에선 '치킨-심장(chicken heart)'이나 '치
킨-간(肝, chicken liver)'은 겁쟁이, 소심한 사람, 얼뜬 사람을 의미
하고, '닭 모이(chicken feed)'는 '잔돈, 푼돈 또는 하찮은 것'을 지칭
한다. 아마도 상대를 명칭으로라도 가볍게 불러, 어서 낫기를 바라

는 기원을 함께 넣었을 것이다. 이처럼 여러 설이 있지만, 분명한 사실은 수두는 닭에 의해 발병하지도 전염되지도 않는다는 점이다.

2. 수두 – 장미와 이슬?

1) 수두와 이슬

> 풀잎에 맺혀 글썽이는 이슬방울/ 위에 뛰어내리는 햇살/ 위에 포개 어지는 새소리, 위에/ 아득한 허공.// 그 아래 구겨지는 구름 몇 조각/ 아래 몸을 비트는 소나무들/ 아래 무덤덤 앉아 있는 바위, 아래/ 자꾸 만 작아지는 나.// 허공에 떠도는 구름과/ 소나무 가지에 매달리는 새소리,/ 햇살이 곤두박질하는 바위 위 풀잎에/ 내가 글썽이며 맺혀 있는 이슬방울.
>
> — 이태수, 「이슬방울」 전문

문학평론가 이광호는 이태수의 「이슬방울」을 이렇게 적고 있다. '아주 완벽한 형태를 스스로 만들고 있으면서도 이슬은, 언제 사라질지도 모르는 불안정한 상태에 있다. 그래서 새벽빛을 머금고 있는 이슬은 종교적인 성스러움과 생의 덧없음이라는 상징성을 동시에 부여받는다.' '덧없음'이란 말 속에는 수두가 빨리 사라지길 바라는 간절함과 어차피 스러질 질병이라는 투병의 인내를 다지기 위한 위안이 들어있다.

〈그림 4〉 실험실의 플레밍

　이슬방울을 화제로 삼으니 문득 페니실린을 발명한 알렉산더 플레밍(Alexander Fleming, 1881~1955)의 이슬방울이 떠오른다. 1928년 영국 런던의 실험실에서 세균배양 접시에 포도상 구균을 배양하고 있었다.

　오랜 친구 프리스(Pryce)가 들렀다. 실험실 안, 배양접시 속에서 수많은 사람의 삶과 죽음을 좌우할 현상이 아무도 모르게 막 일어나고 있었다. 프리스와 이야기를 나누며 배양 접시 뚜껑을 열었다. 갑자기 말을 멈추었다. 잠시 배양접시를 관찰한 후, 평소처럼 무관심한 어조로 말했다. "이상한데……." 다름없이 곰팡이는 자라고 있었다. 그런데 곰팡이 주위에 포도상 구균들이 죽어서 녹아있었다. 불투명한 노란색 덩어리를 형성하는 대신에 이슬방울(drops of dew)처럼 보였다. 플레밍〈그림 4〉은 곰팡이에 의해 생산된 무언가가 박테리아를 죽여 녹여버렸다고 결론지었다. 오늘날 우리는 그 무언가가 의약계에 대변혁을 가져온 페니실린임을 잘 알고 있다.

1945년 플레밍이 노벨상을 받았다는 사실도 잘 알고 있다. 그러나 보다 더 기억하는 것은 페니실린의 발견에 대한 그의 발언이다. "페니실린은 내가 아니라 자연이 발명했다. 다만 나는 우연히 발견했을 뿐이다.(I did not invent penicillin. Nature did that. I only discovered it by accident.)"

2) 수두와 장미, 역설의 은유

여기 장미, 노란 장미를/ 어제 내게 소년이 주었지./ 오늘 나는 그걸, 이 장미를/새로 생긴 그의 무덤에 가져갔다.// 장미는 어제부터 주욱/ 귀엽고 아름다웠지,/ 높은 숲 속에 있는/ 제 누이들과 똑같이.// 장미 잎에 빛나는 방울들이/ 기대어 있구나 ─ 보라니까!/ 그저 오늘은 그것들이─ 눈물이다./ 어제는 이슬이었는데……

─ 릴케, 김주연 역, 「장미」 전문

라이너 마리아 릴케(Rainer Maria Rilke)의 시 「장미」의 전문이다. '어제는 이슬이었는데 오늘은 눈물.' 그렇다, '이슬은 아침 햇살에 빛나고 눈물은 바라봄에 빛남으로 말미암아, 이슬의 어제도 눈물의 오늘도 빛나고 빛난다.' 서로 맞서고 있으면서 시각적으로 시간적으로 공존하는 모순이다. 쉰하나에 이승의 삶을 마감한 시인의 묘 앞엔 나무 십자가와 함께 손수 지은 글을 담은 비가 서 있다.

"오, 장미. 순수한 모순의 꽃. 겹겹이 눈꺼풀처럼 쌓인 꽃잎 아래 누구의 잠도 아닌 잠을 자는 즐거움."

괴로운 질병의 발현을 강렬하게 전달하기 위하여 홍반을 장미 꽃 잎으로 진물을 이슬방울로 은유하고 있는가. 결코 은유일 수 없는 아프고 괴로운 절절한 병적 현실을 은유해야 하는, 그렇게라도 위 안을 구하는 역설이다.

3) 장미 꽃잎과 이슬의 조화

장미의 향기로운 향기와 이슬로 반짝이는 섬세한 꽃잎은 단단히 굳어 우울한 마음을 부드럽게 할 수 있다. 그러나 이슬방울을 더 자 세히 살펴보면 그것들은 번지지 않고 구슬이 된다. 꽃잎 표면을 구 성하는 재료가 물과 잘 접착되지 않기 때문이다. 동시에 물방울이 금방 말라버리지도 않는다. 무엇이 이슬방울을 꽃잎에 묶어 놓는 가?

이를 확인하기 위해 베이징 칭화대학의 린펑(Lin Feng)이 이끄는 화학 연구팀이 스캐닝 전자 현미경으로 꽃잎을 들여다보았다. 그들 이 본 것은 더 작은 융기 부분으로 덮인 작은 범프 카펫이었다. 이 슬방울을 맺는 원리는 꽃잎의 화학적 구성이 아니라, 가소성(可塑性) 을 지닌 마이크로 틀의 물리적 기전이다. 린펑이 제시한 물리적 마 련이어도 좋고 아니어도 좋다. 마이크로 틀을 하나의 거푸집이라 생각하려 한다. 비어야 제 역할을 다하는 거푸집에 체액을 받아 이슬방울을 돋아내는 조화. 바이러스의 침입에 대항하여 짜낸 진물을 받아, 순간의 이슬을 방울로 붙드는 장밋빛 탕구(湯口)의 신묘(神妙). 오래오래 전, 밤새 가려움과 미열에 시달린 새벽, 진물 잡힌 살갗을 보고 두려운 실재와 속히 사라지기를 바라는 갈망에, 문득 나선 환자의 발치에 놓인 풀잎의 이슬을 대했을 것이다. 아니면, 살갗에 피어오른 붉은 발진에 겁먹은 환자를 밤새 생각하던 의사가 그랬을지도 모른다. 그런 이들 숫자가 하나 둘 늘어나면서 '장미 꽃잎 위 이슬방울'을 의사 소통어로 사용하게 된 것이 아닐까.

4) 갈망*의 갈망(渴望)

독일 태생의 아담 가이벨(Adam Geibel, 1885~1933)은 어릴 적 미국에 이민을 간다. 신앙의 자유를 찾아서 간 미국에서 그는 중한 안과 질환으로 실명을 하면서, 절대 절망 속에서 위안을 얻고자 친구인 작곡가 마일즈(Charles Austin Miles, 1868~1946)를 찾아가 찬송시를 부탁한다. 마일즈는 고난에 빠진 친구를 향해 절대 소망의 노래를 부른다.

'저 장미꽃 위에 이슬 아직 맺혀 있는 그때 귀에 은은히 소리 들리니 주 음성 분명하다. 주님 나와 동행을 하면서 나를 친구 삼으셨네. 우리 서로 받은 그 기쁨은 알 사람이 없도다.'
I come to the garden alone,/ While the dew is still on the

roses,/ And the voice I hear, Falling on my ear,/ The Son of God discloses./ And He walks with me, and He talks with me,/ And He tells me I am His own;/ And the joy we share as we tarry there,/ None other has ever known.

『새찬송가』「442장」의 첫 번째 절 가사다. 장미와 이슬의 기독교 신앙적 상징성을 잘 드러내고 있다.

오래전부터, 장미는 공경과 숭배의 상징으로 인식되었다. 실제로 로마에선 최고의 여신인 비너스에게 헌정되는 꽃이었다. 장미는 다양한 형태, 색깔 그리고 향기까지 다른 꽃들에 비해 완벽하게 지니고 있다고 평가를 받아, 완전한 사랑을 나타내는 상징으로 자주 여겨졌다. 게다가 장미의 가시는 인류를 위한 사랑을 온전히 이루기 위하여 가시관을 쓰고, 십자가에 못 박혀 피를 쏟은 구세주의 이미지를 연상시키기도 한다. 시인 단테(Dante, 1265~1321)도『신곡』의 「천국」편에서 선한 사람들의 진정한 보금자리인 열째 하늘 지고천에서, 하얀 장미꽃을 이루고 있는 축복받은 자들의 모습을 보며 삼위일체의 신비를 깨닫는다.

질병은 우리에게 두 개의 메시지를 준다. 생의 유약(柔弱)과 유한(有限)이다. '질병은 삶을 따라다니는 그늘, 삶이 건네준 성가신 선물'이라는 수전 손택(Susan Sontag)의 말처럼 어차피 감당해야 할 병고(病苦)라면 메시지에 충실하자. 찰나에 스러지는 이슬과 반드시 지고 마는 가시 돋힌 장미 꽃잎이 이루어내는 찬란한, 그러나 극진히 유약하고 유한한 갈망의 갈망(渴望). 약할수록 강건을, 유한할수록 영원을 소망하는 그늘 아래 갈망이다.

3. 맺음 – 의학과 문학의 접경에 서서

의학 속에 시적 정취가 어울리는가? 시적 정취는 문학의 전유물이라 규정하면 왠지 편할 것 같고, 의학에 시적 정취가 넘치는 일은 어쩐지 어궁하게 느껴진다. 왜 그렇게 느낄까? 의학과 문학의 어리숙한 구별법의 고착이 적어도 그 원인의 하나일 게다. 그 어리숙한 고착은 다음의 이유로 안쓰럽다. 의학과 문학은 둘 다 저 깊숙한 인간의 고통과 생명의 의미를 헤아려 그것을 치료하는데 깊은 원천을 두고 있다. 그러므로 의학을 실험적 검증과 과학적 추론만의 영역으로 경계 짓는 것은 미흡하다. 진정한 의학은 인간에 대한 심오한 이해에 관점을 두고 있다는 점에서 문학과 깊이 닿아 있다.

그렇다. 의학과 시적 정취는 본디 잘 어울린다.

남의 마음을 호리어 사로잡는 야릇한 힘을 매력(魅力)이라 한다. 의학 속에 문학을, 의학영역의 시각적 형상에 문학성을 깃들게 하는 일. 이것은 의학의 시각적 형상을 읽어서 이해하는 기본적 독해법이라 생각한다. 문학이 지니고 있는 매력으로 독해력을 높인다면, 의학과 문학의 접경지역에서 문학의 매력이 의학적 효험을 발휘하고 있다면, 문학은 의학 속에 이미 재주(在住)하고 있는 것이다.

게다가 순(順)한 특성을 지니고 있다는 의학적 위로만으론 질병의
고통을 떨쳐내기가 굴먹할 때, 치유를 향한 신앙적 갈망까지 매력
안에 담아 발산한다면, 문학의 그 작동을 의학 그 자체라 하여 이미
손색이 없다.

* 갈망: 어떤 일을 감당하여 수습하고 처리함.

스탕달 신드롬

일상에서 '신드롬'이란 말을 자주 듣는다. '증후군'으로 번역해 쓰지만, 이제는 제법 흔한 말이 되어 영어 발음 그대로 '신드롬'을 더 자주 쓰는 경향이 있다. '어떤 것을 좋아하는 현상이 전염병과 같이 전체를 휩쓸어 버리는' 사회문화적 신드롬에서, '여러 증상이 함께 나타나지만 그 병태 원인을 알 수 없는 병적 상황을 일컫는' 의학적 신드롬까지 다양하다. 신드롬은 '함께 달리다'란 뜻을 지닌 그리스어(συνδρομή)에 그 어원을 두고 있다. 여러 가지 표징들이 공통적으로 한데 모여 나타난다는 점에선, 의학적 신드롬과 사회문화적 신드롬이 같지만, 그 원인과 전염성의 측면에선 꽤 다르다.

의학에는 참으로 다양한 신드롬이 있다. 더러는 원인이 밝혀져서 신드롬이란 꼬리표를 떼고 특정 병명의 범주로 옮겨가고, 한편으론 원인 모를 증상의 집합체들이 관찰되고 연구되면서 새로운 신드롬이 등장하기도 한다.

아직 명확한 원인을 모르는 까닭에 신드롬을 제대로 설명하는 가장 효과적 방법은, 드러난 현상을 되도록 상세하게 묘사 기술하는 증례보고다. 증례보고는 어떤 특정 환자의 병 상태를 비롯한 의학적 소견과 고찰을 발표하는 것으로, 일반적으로 흔치 않은 희귀 질환이거나 새로운 진단 또는 치료법을 소개하고자 사용하는 발표 형식이다.

19세기 프랑스의 문호 스탕달의 이름을 딴 스탕달 신드롬을 증례보고 한다.

1. 스탕달의 스탕달 신드롬

마리앙리 벨(Marie-Henri Beyle, 1783~1842). 소설 『적과 흑』으로 유명한 스탕달의 본명이다. 그는 이탈리아 예찬자였다.

『로마, 나폴리, 플로렌스(Rome, Naples et Florence)』에 실린 1817년 1월 22일자(당시 그의 나이 34세) 일기에 따르면, 그는 피렌체 여행 중에 산타크로체 교회(Basilica of Santa Croce)에 들렀다. 산타크로체 교회에는 니콜로 마키아벨리(Niccolo Machiavelli, 르네상스 시대 피렌체 출신의 사상가, 정치철학자), 미켈란젤로, 갈릴레오 갈릴레이 등이 묻혀 있는 곳이다. 그곳에서 처음 본 조토(Giotto di Bondone, 1266~1337)의 프레스코화 〈그림 1〉에 압도당했던 일을 『나폴리와 플로렌스: 밀라노에서 레조까지 여행(Naples and Florence: A Journey from Milan to Reggio)』에 적고 있다.

〈그림 1〉 조토의 산크로체 교회 프레스코화 중 하나.
성 프란체스코(Francesco)의 장례.

"내가 지금 피렌체에 있고 내가 보았던 무덤의 위인들과 가까이
있다는 생각에 나는 일종의 황홀경에 빠졌다. 감동이 넘쳐 거의 무아지
경에 빠졌다. 교회 북쪽 교차랑에서 장궤틀에 무릎을 꿇고 앉아 설교단
에서 천정으로 눈을 돌려, 17세기 피렌체 화가 볼테라노(Volterrano)의
프레스코화로 장식된 둥근 천정을 보았을 때, 볼테라노의 신탁녀들이
이제까지 경험해 본 적이 없는 최고의 기쁨을 주었고 (……) 장엄한 아
름다움에 대한 묵상에 빠져 (……) 더할 나위 없이 아름다운 감각과 마
주치는 지점에 닿았다. 나는 예술의 아름다움과 열정만이 줄 수 있는
지상에선 얻을 수 없는 천상의 느낌을 경험했다. (……) 모든 것이 내
영혼에 생생하게 말했다. 아, 내가 잊을 수만 있다면. 산타크로체 교회
현관을 나서는 순간 심장이 불규칙하고 몹시 빠르게 뛰어 어찌할 바를

몰랐다(베를린에서도 같은 증상이 있었는데 그땐 신경계 발작 탓으로 돌렸었다); 내 안의 생명이 썰물처럼 빠져나가는 것 같았고 걷는 내내 땅바닥에 넘어질까 두려웠었다."

산타크로체 교회에는 조토뿐 아니라 청동 다비드 조각상으로 유명한 도나토 디 니콜로 디 베토 바르디(Donato di Niccolo di Betto Bardi), 유채화의 거장인 도메니코 베네치아노(Domenico Veneziano), 그리고 조토의 스승인 치마부에(Cimabue) 등의 명화들로 가득 차 있다. 그 중에서 조토의 그림, 특히 성 프란체스코의 생애를 그린 프레스코화는 가장 극적으로 또한 감상적으로 그의 예술적 감성과 종교적 영감을 강타했을 것으로 여겨진다.

당시 피렌체 산타마리아 누오바(Santa Maria Nuova) 병원 정신과 과장이었던 그라치엘라 마게리니(Magherini)는 1977년부터 1986년 사이에 피렌체의 예술작품을 보고, 급성 일과성 정신과적 증상으로 입원한 환자 106명을 연구한 후, 이 병적 현상을 '스탕달 신드롬'이라고 명명하였다.

예술 걸작을 보고 순간적으로 과도하게 흥분하거나 호흡곤란, 현기증, 위경련, 전신마비 등의 이상 증세를 나타내는 현상을 가리키는 이 말은, 1996년 이탈리아 거장 감독 다리오 아르젠토(Dario Argento)가 동명의 스릴러 영화를 제작 발표하면서 널리 알려지게 되었다. 영화에선 주인공이 미술관에서 브뤼겔(Peter Breugel)의 '추락하는 이카루스가 있는 풍경'을 감상하다가 기절한다.

2. 융, 셸리, 도스토옙스키, 고흐, …… — 스탕달 신드롬 환자들

스탕달이 겪은 것과 유사한 체험을 기록으로 남긴 이들이 있다.

이안 밤포스(Iain Bamforth)가 2010년 발표한 연구 논문에 의하면, 소설가 마르셀 프루스트(Marcel Proust, 1981~1922)도 스탕달 신드롬을 앓았었고, 정신심리학자 지그문트 프로이트(Sigmund Freud, 1856~1939)와 칼 융(Carl Gustav Jung, 1875~1961)도 발병을 암시하는 경험을 기록하였다.

융은 그의 자서전 『기억, 꿈, 회상(Memories, Dreams, Reflections)』에 평생 가보고 싶었던 로마 여행을 계획했다가 연기했던 사정을 기록하였다. 그는 로마행 티켓을 사러 취리히의 한 여행사로 들어서자마자 졸도했다. 전에 갔었던 폼페이에서 유럽 고대 제국의 건축구조물을 마주했을 때에 받았던 '수용 능력을 초과하는' 엄청난 충격이 되살아 난 것이었다.

셸리(Percy Bysshe Shelley, 1792~1822)는 1818년, 로마의 콜론나(Colonna)궁에서 '베트리아체 첸치(Beatrice Cenci)'를 대하고 심한 감동과 전율을 느꼈다. 이탈리아 화가 귀도 레니(Guido Reni, 1575~1642) 또는 엘리자베타 시라니(Elisabetta Sirani)가 그린 것으로 알려져 있는 비극적인 실존 여인의 모습은 셸리로 하여금 시극 『첸치 일가(The Cenci)』(1819년)를 쓰게 한다.

스탕달도 베아트리체 첸치를 주인공으로 소설 『첸치 일가(Les Cenci)』를 1839년 발표하였다. 이 작품은 스탕달을 스탕달 신드롬에 빠지게 한 그림이 '베아트리체 첸치'라고 잘못 알려지게 되는데 결정적 기여를 한다. 물론 베아트리체 첸치의 극적 삶에 동기화된 것은 분명하지만, 소설 속 '베아트리체 첸치'가 바로 그의 발병 유발 원인은 아니었다.

도스토옙스키(Fyodor Mikhailovich Dostoevsky, 1821~1881)가 한스 홀바인(Hans Holbein the Younger)의 그림 '무덤 속 그리스도의 주검(The Body of the Dead Christ in the Tomb)'을 보고 겪었던 일은, 소설 『백치』, 두 번째 부인인 안나 그리고리에브나(Anna Grigorievna)의 일기, 조세프 프랑크(Jesoph Frank)가 쓴 도스토옙스키 전기에 들어 있다.

그리고리에브나의 일기에 의하면 홀바인의 그림을 보았을 때 이상한 행동을 보였다고 한다.

"제네바 여행 중에 남편이 평소에 들어서 알고 있었던 그림이 있는 바젤의 미술관에 들렀다. 그것은 한스 홀바인의 '무덤 속 그리스도의 주검'〈그림 2〉이었다. 십자가에서 막 내려진 참혹한 모습이었다. 표도르 미하일로비치는 엄청난 충격을 받고 그림 앞에 정신이 나간 듯 멍하니 서 있었다. 나는 그를 쳐다볼 힘이 없었고 매우 고통스럽기까지

〈그림 2〉 '무덤속 그리스도의 주검(1521년작), 한스 홀바인

했다. 특히 그때 나는 임신 중이었다. 내가 다른 전시실을 둘러보고 15분 내지 20분 후에 그 자리에 돌아왔을 때, 그는 여전히 그림 앞에 마치 현장에 못 박힌 것처럼 꼼짝 않고 서 있었다. 흥분된 얼굴은 전에 간질발작을 일으켰을 때, 한 번 이상 본 적이 있는 일종의 공포를 드러내고 있었다. 조용히 그의 팔을 끌어 다른 방으로 가서 벤치에 앉히고, 곧 발작이 올 것이라 예상하고 있었다. 그러나 감사하게도 그런 일은 일어나지 않았다. 그는 조금씩 안정을 찾았고 미술관을 나섰다. 그러나 그는 다시 돌아가 그 그림을 보자고 졸랐다."

『백치』에서 도스토옙스키는 당시 보았던 그림 속 그리스도의 주검을 소설에 등장하는 주인공들의 입을 통해 상세히 묘사하고 있다.

"채찍에 맞아 참혹했으며, 온통 피투성이에 온몸이 멍으로 시퍼렇게 부풀어 올라 있었고, 뜬 눈 속의 눈동자는 뒤틀려져 있었고, 흰자위는 생기를 잃고 마치 죽음의 빛을 담은 듯 반쯤 덮여 있었다."

도스토옙스키의 스탕달 신드롬 발병 기록은 더 있다. 그가 수석 편집자였던 잡지 『The Time』에 1861년 「도브롤류보프와 예술("Dobrolyubov and Art")」이라는 제목의 글에서

"그가 경탄하는 이탈리아의 걸작, 특히 '벨베데레의 아폴로(Apollo of Belvedere)' 조각상의 '장엄하고 무한히 아름다운 이미지'는 '신성한 감흥'을 일으켜 조각을 응시하는 사람의 영혼 속에서 오래 지속되는

'내면의 변화'를 야기할 수 있었다."

라고 적은 바 있다.

1885년 친구와 함께 암스테르담 국립미술관 개관전을 관람하던 고흐(Vincent van Gogh)는 렘브란트의 '유대인 신부' 앞에 멈추어 섰다. 친구가 관람을 마치고 다시 그 자리에 돌아올 때까지 그림 앞에 서 있었고, 이렇게 말하면서 안 그래도 적잖이 의아해하는 친구를 매우 당황하게 만들었다.

"이 그림 앞에 2주만 더 앉아있게 해준다면 내 수명의 10년을 자네에게 줄게."

마게리니의 연구 발표 이후 최근까지 스탕달 신드롬에 관한 학술 문헌의 발표는 비교적 미미한 편이다. 이런 가운데 영국의 정신의학연구학자 니콜슨(Timothy Nicholson) 등이 상세한 서술로 한 명의 환자 증례를 보고하였다.

3. 폰테 베키오 다리 위에서 발병한 스탕달 신드롬

"미술을 전공하고 창작 아티스로 활동 중인 72세 환자는 불면증과 염려증 때문에 병원에 왔다. 증상은 8년 전 남부 프랑스에서 '르네상스

〈그림 3〉 폰테 베키오 다리

의 요람'이라 불리는 이탈리아 플로렌스(피렌체의 영어 이름)까지 평
생소원이었던 여행을 한 뒤로부터 나타났다. 그는 여러 작품을 보면서
'오랜 친구를 만난 것 같았다.'라고 말할 만큼 큰 영감을 받았다. 여러
곳 중에서도 가장 가보고 싶어 했던 폰테베키오(Ponte Vecchio) 다리
〈그림 3〉 위에서 공황발작을 경험했고 시간 감각을 상실했다. 이러한
증상은 수 분에 걸쳐 지속되었다. 국제 항공사들이 그를 감시하고 호
텔 방이 도청당하고 있다는 어지러운 생각들과 함께, 철저히 억압당하
고 있다는 두려움이 뒤따라 나타났고, 이러한 증상들은 3주나 지속되
었다.

　4년 후, 남부 프랑스를 다시 찾았다. 플로렌스에 갈 생각도 의도도
없어서 프랑스로 간 것이었다. 그러나 남부 프랑스에 도착하자 플로렌
스 여행을 했던 기억이 문득 떠올랐고, 자신도 모르게 억압감이 뒤잇
는 똑같은 공황발작이 재발되어 수일간 계속되었다.

과거에 불안감 또는 정신병 에피소드를 겪은 적은 없었다. 유일한 정신과적 병력은 30대에 인간적, 재정적 스트레스로 생긴 기분 저하로 3개월 간 입원한 것이 전부였다. 그 후 자살 충동으로 열차에 뛰어들었으나 다행히 경미한 근육골격계 손상에 그쳤다고 한다.

이처럼 공황발작과 직접적으로 관련지을 수 있는 과거 병력은 없었다. 두 번의 에피소드가 일어났을 당시에 약물을 복용했거나 술을 마시지는 않았다. 그의 누이가 우울증에 의한 신경쇠약으로 짐작되는 증세로 세 번 정신과에 입원했을 뿐 다른 연관될 만한 가족력도 없었다. 첫 번째 플로렌스 여행 이후 병원에 올 때까지 8년 동안 치료를 받은 적은 없었다.

그는 이 증상들로 분명히 괴로워했고, 그의 아내와 친구들은 그를 염려했다. 하지만 그들은 일단 금방 좋아질 것이라며, 급성 정신과 치료도 반드시 필요하지는 않다고 안심시켜 주었다. 정신과 진료를 시작하고부터는 일시적 수면장애만 있었다. 가끔 미미한 편집광적 증상과 수면장애가 중첩될 때가 있었는데, 그럴 때엔 소량의 올란자핀(정신과 약물)을 복용케 하면 호전되었다.

지금은 본래의 업무를 별 탈없이 하고 있을 정도로 회복되었다.”
　　　－「스탕달 신드롬 – 문화 과부화 1례(“Stendhal syndrome: a case
　　　　　　　　　of cultural overload”)」, 니콜슨(Nicholson) 등

4. 누구는 감동하고 누구는 쇼크에 빠지고

예술 걸작을 대하면 대개 감동하기 마련이다. 그런데 어떤 이는 감동을 넘어 갑자기 흥분 상태에 빠지거나, 호흡 곤란, 우울증, 현

기증, 전신마비 등의 이상 증세를 보이며 공황 발작을 하고 기절까지 한다.

집계에 의하면 피렌체에선 매년 열두 명 정도가 스탕달 신드롬에 걸린다고 한다. 스탕달 신드롬 환자의 3분의 2는 편집광적 정신병을 앓고, 나머지 3분의 1은 주로 정서 장애 또는 불안증을 보인다. 연구에 따르면, 유럽 관광객이 미국인들보다 더 호발(好發)하고 이탈리아 사람은 발병한 예가 없었다. 이는 마게리니의 연구가 피렌체에서 발병한 환자들만을 대상으로 한 것이어서, 이탈리아 사람들은 르네상스 걸작에 익숙하여 이미 면역 되어 있기 때문으로 여겨진다. 특히 일본인 환자가 없었는데, 그들은 주로 단체 관광을 하므로 개인적 감흥의 기회가 없기 때문이라고 마게리니는 해석하였다.

마게리니의 연구 결과에 따르면, 산타마리아 누오바 병원에 왔던 외국 관광객 대부분은 급성 정신적 혼란을 이틀에서 여드레 정도 겪는다고 한다. 그 혼란은 두 가지 형태로 구분할 수 있다. 하나는 정신적 소견으로, 생소함 또는 소외감을 느끼는 현실감 교란, 소리와 색깔의 인지 변화, 바로 옆의 즉각적 환경과 관련하여 억압당하는 듯한 정신적 착란 등이다. 다른 하나는 정신신체 증상으로, 심장 박동수 증가, 흉통, 허약감, 발한과 위통 등으로, 이러한 각각의 증상은 대개 불안과 혼란이 뒤따른다. 심하면 병원에 입원해야 하지만, 안정제를 먹거나 익숙한 환경으로 돌아오면 대부분 회복된다.

환자들은 비교적 젊고, 감수성이 예민하다는 공통점이 있으며, 개인적 여행을 통해 직업적 안내를 받지 않고 걸작을 접했다.

스탕달 신드롬은 '피렌체 신드롬'으로 불리기도 할 정도로 피렌체에서 발병한 경우가 대다수지만, 피렌체에만 장소가 국한된 건 아니다. 스탕달 신드롬과 비슷한 증상들은 공간적 인과성보다 예술 작품을 포함한 문화예술적 인과관계가 더 강해서, 특히 오래 고대했고 개인적으로 대단한 의미가 있는 문화 경험에 의해 발현한다. 예를 들어 역사적 종교적 장소인 예루살렘에서 발병한 '예루살렘 신드롬(Jerusalem syndrome)'도 보고된 바 있다. 종교적 갈망도 발병 간여 요인이다.

이러한 사실들로 보아 스탕달 신드롬은 오랫동안 동경해 오던 위대한 예술작품을 바로 눈앞에 접하는 순간, 강한 정신적 충격에 빠지는 상태라 여겨진다. 실제로 감수성이 예민하고 감정이 풍부한 사람이 이지적인 사람보다 스탕달 신드롬에 잘 걸린다.

5. 스탕달 신드롬? 고문화혈증?

스탕달 신드롬을 일부 학자들은 '고문화혈증(高文化血症, hyperculturemia)'이라고 칭하기도 한다. 이 글의 맨 앞 증례를 보고한 니콜슨 등의 논문 제목에 제시한 '문화 과부하(culture overload)'와 같은 의미다. '지나침'을 의미하는 'hyper' '문화'를 뜻하는 'kultur' '혈액 상태'를 의미하는 'emia'를 모은 용어로, '스탕달 신드롬'이라는 말보다 훨씬 의학적임에도 불구하고 그리 관심을 끌지 못하고 있다.

문화라는 단어가 들어가 있지만 '문화 연관 증후군(culture bound syndrome)'은 고문화혈증, 스탕달 신드롬과 다르다. 미국정신과협회에서 하나의 정신과 질환으로 여기는 '문화연관증후군'은 특정한 사회 또는 문화 안에서 인식될 수 있는 질병으로, 정신의학 및 신체적 증상들의 집합을 가리킨다. 예를 들면, 울화병이라고도 불리는 화병(火病, Hwa-byung)은 한(恨)의 문화가 깊은 우리나라에만 있는 '분노 증후군(anger syndrome)'이다.

스탕달 신드롬은 '루벤스(Rubens) 신드롬'과도 다르다. 미술평론가 조나단 터너(Jonathan Turner)의 비교 분석 결과에 따르면, 루벤스의 누드화와 같이 에로틱한 작품을 보고 성적 억제가 풀리는 루벤스 신드롬과 달리, 스탕달 신드롬에선 성적 억제가 해이해지는 증상은 나타나지 않는다.

정신과 의사들 간에 스탕달 신드롬의 실재에 관하여 논쟁이 있어 왔지만, 겪은 사람들의 상태는 매우 심각하여 병원 치료를 받아야 했고 항우울제도 필요했다. 피렌체 산타마리아 누오바 병원의 의사들은 다비드(David) 조각상, 피렌체에서 가장 유명한 미술관인 우피치 미술관(Uffizi Gallery)의 걸작과 토스카나 지역의 보물에 감탄하여 어지럼증에 빠지거나 방향 감각 상실로 고통 받는 관광객을 치료하는 데에 익숙하다고 한다.

스탕달 증후군을 특정한 정신과 장애로 확정할 과학적 증거는 없다. 반면에 정서적 반응에 관여하는 대뇌부위와 동일한 영역이 예술작품에 노출되는 동안 활성화 된다는 증거가 있다. 그러나 의과학적 뒷받침이 아직 허약한 탓에 '스탕달 신드롬'이라는 말이 통용되는지도 모를 일이다. 그러나 보다 중요한 까닭은 아마도 '스탕달'이라는 단어의 강력함일 거라는 생각이다. '함께 모여 한 가지 질병분류학적 실재적 특징을 이루는 증상과 징후 발현의 합체(合體)'를 일컫는 '신드롬(증후군)'이란 사실과 어우러져 그럴 것이다. 바꾸어 이르면 더 문화 예술적이고, 아직 한두 가지 원인과 증상으로 설명할 수 없는 의학적 속사정을 담아내기엔 그래도 '스탕달 신드롬'이 마뜩한 것이다.

의학 속에 문학이 견고한 걸음으로 들어서 있다.

매독(梅毒) − 양치기 시필리스

1. 양치기 시필리스

의사 필독서의 하나인『해리슨 내과학』의 매독 관련 장의 첫 문장이다.

트레포네마 팔리듐에 의해 발병하는 만성적인 전신 감염질환인 시필리스는 대개 성 접촉으로 전염되고

〈영어 원문〉 Syphilis, a chronic systemic infection caused by Treponema pallidum subspecies pallidum, is usually sexually transmitted

'현대의학의 아버지'로 불리며 존스−홉킨스 병원 설립자 중의 한 사람인 캐나다 의사 윌리암 오슬러(William Osler)가 자서전 격인『어느 알라바마 학생과 자전적 에세이』에 시필리스를 주제로 한 글을 쓴 적이 있다.

시필리스는 하이티 섬에서 알키토우스(Alcithous) 왕의 양떼를 돌보고 있었다. 평화롭던 섬에 모질고 독한 한발이 덮쳐 모든 곳이 황폐해지고 모든 사람의 심신도 강말라 거칠어졌다. 양치기 시필리스(Syphilis) 역시 황폐한 강마름을 피해갈 수 없었다. 양들은 모두 목말라 죽어갔다. 시필리스는 몹시 분노하여 그동안 사이가 좋았던 태양신을 원망하였다. 제물을 바치지 않으면서 모독하였다. 대신에 알키토우스 왕에겐 정성껏 제사를 드렸다. 섬의 모든 주민들도 시필리스의 뜻을 좇아 왕에게 치성을 올리자, 왕은 매우 기뻐하며 자신을 '지하세계의 유일하고 능력 있는 신'이라고 선포했다. 태양신은 노했다. 공기, 땅, 강 모든 곳에 전염병을 날째게 퍼뜨렸다. 시필리스는 이 새로운 질병의 첫 번째 희생자가 되었다.

오슬러의 에세이는 지롤라모 프라카스토로(Girolamo Fracastoro)의 시를 근거로 쓴 것이다. 여기에 프라카스토로가 프랑스어로 쓴 시의 해당 부분을 영문으로 옮겨 한글 번역을 붙인다.

The sun went pallid for his righteous wrath
And germinated poisons in our path.
And he who wrought this outrage was the first
To feel his body ache, when sore accursed.
And for his ulcers and their torturing,
No longer would a tossing, hard couch bring
Him sleep. With joints apart and flesh erased,

Thus was the shepherd flailed and thus debased.
And after him this malady we call
SYPHILIS, tearing at our city's wall
To bring with it such ruin and such a wrack,
That e'en the king escaped not its attack.

태양은 그의 의로운 분노 때문에 창백해졌다
그리고 우리의 행로에 독을 돋구었다.
그리고 이 분노를 자초한 그는
온몸에 통증, 저주의 맹렬한 통증.
궤양과 극심한 고통으로,
더 이상 잠을 잘 수 없었다.
모든 관절이 빠져 흩어지고 살은 에이듯 괴로워,
이렇게 양치기는 도리깨질을 당하여 스러져 갔다.
그리고 이 질병을 그의 이름을 따서 이렇게 부른다
시필리스,
우리 도시의 벽을 뚫고
왕조차도 피할 수 없는 그러한 황폐와 그러한 파멸을 가져오는
             – 지롤라모 프라카스토로, 「매독 또는 프랑스병」 부분

프라카스토로의 시에서 이 양치기는 인류 최초의 매독 환자가 되
었다. 그리고 프라카스토로는 그 전염병의 이름을 첫 환자인 양치
기 시필리스의 이름을 따서 '시필리스'라 지었다.
　이탈리아 베네치아 베로나의 개원의사이며 수학자이면서 시인,

지리학자, 천문학자인 프라카스토로(라틴어 이름 히에로니무스 프라카스토리우스 Hieronymus Fracastorius)는 1530년에 서사시 「매독 또는 프랑스병(Syphilis sive morbus Gallicus)」을 발표했다. 좀 더 정확하게 이르면, 스페인 출신의 역사가로 흔히 오비에도라 불리는 곤잘로 페르난데스 오비에도(Gonzalo Fernández de Oviedo y Valdés)의 글과, 고대 로마 시인인 푸블리우스 오비디우스 나소(Publius Ovidius Naso, 영어권에선 오비드(Ovid)라 불림)의 서사시 「변신이야기(Metamorphoseon Libri)」를 융합하여 만든 것이다. 시필리스는 시의 주인공인 양치기 소년의 이름이다.

베로나에서 태어나 파두아(Padua)에서 교육을 받고, 19세에 그곳의 대학 교수로 임명될 정도로 우수했던 프라카스토로는 의학사적으로도 중요한 상징적 인물이다. 매독이란 병명을 새로 만들어 낸 업적 외에도, 1546년에 집필한 『전염, 전염병 그리고 치료에 관한 세 권의 책(De contagione et contagiosis morbis et eorum curatione libri tres)』에 엄청난 질병을 일으키는 아주 작은 전염의 씨앗[seminaria contagiosum, 병원성 유기체, 즉 세균]의 존재를 암시함으로써 그의 명성은 더 견고해졌다. 물론 주로 혈액, 점액, 황담즙, 흑담즙 등의 네 가지 체액의 균형이 깨져서 병이 생긴다고 믿고 있던 당시에, 전염체의 주장은 엉뚱한 발상으로 취급 받았다. 그가 죽고 100년도 더 지나서야, 레벤후크(Antonie van Leeuwenhoek)에 의해 미생물 세균의 존재가 밝혀지면서, 병적 상태가 전염된다는 프라카스토로의 암시는 미생물학계에선 선구자적 조망으로 평가받고 있다. 그의 업적은 파두아에 세워진 그의 동상처럼 현재도 기려지고 있다.

'시필리스'란 말은 에라스무스(Desiderius Erasmus)를 위시한 많은 학자들에 의해 사용되었다. 시필리스란 용어를 최초로 사용한 영국의 의학 저술가는 터너(Daniel Turner)였는데, 그는 매독의 예방을 위한 콘돔 사용을 기록하기도 했다. 그러나 19세기 초까지도 '시필리스'란 말은 일반화되지 못했다. 오히려 '프랑스병' '프랑스 폭스(pox)' '스페인 폭스' 또는 줄여서 '폭스'로 불렸다.

프라카스토로가 왜 시필리스라는 이름을 택했는지는 알려진 바가 없다. 다만 '돼지 애호가(pig-lover)'의 의미를 지닌 라틴어화 된 그리스어[수스필리엔(susphilien), sus 돼지, philien 사랑하다, '돼지를 치는 천한 녀석'이란 뜻]를 사용했다는 주장과, 오비드의 『변형이야기』에 등장하는 니오베(Niobe)의 맏아들 시필루스(Sipylus)를 택했다는 의견이 있을 뿐이다.

2. 매화(梅花)가 독(毒)을 품다

시필리스 환자를 처음 본 어느 동양인은 무슨 생각을 했을까? 아마도 시각적 연상으로 매화를 떠올려 이런 생각을 했을 것이다. '매화(梅花)가 독(毒)을 품다.' 그리고 병명을 지었다. '매독'. 매독은 '매화'와 '독' 두 단어의 합성어다. 매화는 4월에 잎보다 먼저 피고 연한 붉은색을 띤 흰빛이며 향기가 난다. 꽃은 잎겨드랑이에 한두 장씩 달린다. 꽃자루가 거의 없고 꽃받침 조각은 5개로서 둥근 모양이고, 꽃잎은 다섯 장이며 넓은 달걀을 거꾸로 세워놓은 모양이다. 수술이 많고 암술은 한 개다. 씨방은 털로 덮여 있다. 매화의 꽃말은 고결한 기품이다. 매화 꽃은 독이 없다. 다만 매화의 열매인 매실은 너무 일찍 따면 미성숙한 씨에 시안산[청산(靑酸)]이란 독성분이 있다.

〈그림 1〉은 2012년 10일 방영된 MBC 텔레비전 주말드라마 '닥터진'의 한 장면을 캡쳐한 것이다. 매화가 그려진 부채로 얼굴을 가리고 있는, 매독에 전염된 여성의 이마에 생긴 궤양의 모양이 부채 속의 매화꽃과

〈그림 1〉
눈썹 위 이마에 생긴 매독 피부 궤양

비슷하다. '매독'은 1기 매독의 피부궤양이 매화꽃 같은 모양이어서 붙여진 이름이다. 매화꽃의 시각적 형상을 빌려온 것이다. 그러면 '독'은 왜 붙였을까? 궁금증을 풀기 위해 매독에 관해 살펴본다.

매독균은 성관계나 프렌치 키스 등에 의해 주로 전파되지만, 모체에서 태아에게로 전파되는 경우도 있다. 이처럼 병의 전파는 주로 성관계를 통해 이루어지지만, 전반적인 신체 장기에 염증성 질환을 일으킬 수 있다. 매독은 일반적으로 1기, 2기, 조기 잠복 매

독, 말기 잠복 매독, 그리고 3기로 분류된다. 그리고 때로 제4기를 더하여 나누기도 한다. 제4기는 신경매독이라 불리듯이, 신경계 증상과 징후가 뚜렷하여, 신경 마비로 무통 상태가 되며 전신마비가 오기도 한다. 이러한 무통 상태는 매독이 널리 만연하는 한 요인이 된다. 이 중에서 1기 매독은 매독균에 노출 후 2주 내지 10주의 잠복기를 거친 후에, 가장 특징적 병변인 생커[chancre, 경성하감(硬性下疳)]로 나타난다. 이것은 붉고 단단하고 조그만 종기가 생겼다가 점차 헐어 통증이 없는 궤양이 된다. 1기 매독의 특징적 증상이다. 대부분의 환부는 남성의 음경, 항문, 직장 및 외음부, 자궁 경부, 여성의 질과 항문, 회음부에 발현한다. 입술, 손 또는 눈에도 생긴다. 질과 직장의 염증은 의사가 보지 않는 한 감지되지 않을 수 있다. 안쪽 허벅지와 사타구니의 림프절이 부어오르며 딱딱해진다. 때로 딱딱한 것이 말랑해지기도 한다.

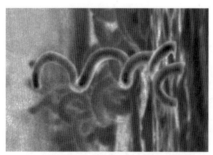

〈그림 2〉 나선형의 매독균

매독은 스피로헤타에 속하는 세균인 트레포네마 팔리둠(Treponema pallidum)에 의해 발생하는 성병이다. 스피로헤타는 나선 모양의 세균을 가리키는 용어다. 〈그림 2〉는 매독균을 주사현미경으로 찍은 사진으로 좌우를 가로질러 나선형의 매독균이 세포에 붙어 있다. 매독균인 트레파노마 팔리둠이 밝혀진 것은 한참 후인 1913년, 일본의 천 엔짜리 지폐의 인물이었던 노구치 히데오(野口英世)에 의해서였다.

16세기 이후 삼, 사백 년 간 매독의 유일한 치료법은 수은의 장기 복용이었다. 치료의 개선은 독일의 폴 에를리히(Paul Ehrlich)가 육백 여섯 번의 실험 끝에 살바르산(salvarsan)이라 불리는 비소를 포함한 물질을 발견하면서 이루어졌다. 그는 이 물질에 '살바르산606'이란 이름을 붙였다. 살바르산606은 매독균이 아닌 매독균과 비슷한 성질을 지닌 트리파노솜(trypanosome)이라는 원충을 대상으로 실험한 연구 산물이었지만, 매독균과 트리파노솜 사이의 일부 유사성 덕에 매독치료에도 효과가 있었다.

『동의보감』(1613)에는 "'천포창(天疱瘡)'은 일명 '양매창(楊梅瘡)'이라고도 하며, 남녀가 방실에서 거하는 성생활로 전염된다. 모양이 양매와 같은데, 화끈거리며 달아오르고 벌겋게 되어 진물이 흘러 가렵고 아픈 질병"으로 묘사되어 있다. 우리나라의 매독에 관한 최초 논문은 지석영이 1902년 황성신보에 발표한 『楊梅瘡論(양매창론)』이다. '양매창'이란 병명은 앞에서도 일렀듯이 우리나라에서 매독으로 불리기 전에 광동창(廣東瘡), 천포창, 또는 양매창으로 부르던 중국의 명칭을 그대로 사용한 것이다. 광동창은 매독이 유행하던 광동 지역을, 양매창은 매독 발진의 모양이 매화꽃을 닮았다는 것에서 유래한다. 우리나라에서는 매화꽃 닮은 점이 강조되어, 여러 이름 중에서 '매독'이란 이름으로 점차 굳어진 것이 아닌가 짐작하고 있다. 일본도 매독이라 하는데 중국에선 매독, 양매창, 음창(淫瘡) 등으로 칭한다. 한방에선 부스럼 또는 종기를 의미하는 창병(瘡病)으로 부른다. 줄여서 창(瘡)이라고도 한다. 달리 창질(瘡疾), '담'으로도 불린다.

시필리스 환자의 몸에 독한 기운이 매화꽃처럼 붉게 돋친 것을 보고, 의학적 지독함을 품고 있는 시각적 매화를 생각했을 것이다. 마치 헌 데나 다친 곳에 연쇄상구균이 들어가 열나며 쑤시면서 건강과 생명을 해치는 전염성의 붉은 피부병을 보고, '단독(丹毒)'이라 칭했던 극동아시아 사람들의 보편적 작명법에 충실하면서 시필리스에 매독이란 이름을 붙였을 것이다.

3. 이방인의 시필리스, 그리고 비너스

유럽에서 매독 환자가 처음 나타난 것은 1495년 나폴리를 침공한 프랑스의 샤를8세의 군대에서였다. 당시에 매독 환자를 묘사한 〈그림 3〉을 보자.

그림의 제목은 '매독 걸린 남자'다. 알브레히트 뒤러(Albrecht Dürer)가 그린 최초의 매독 관련 삽화로, 1496년 뉘른베르크의 내과의사 테오도리쿠스 울세니우스(Theodoricus Ulsenius)의 소책자에 실렸던 목판화다. 발 아래 태양신을 밟고 선 환자의 얼굴, 팔다리 등 온몸의 피부에 매독의 초기 병변인 경성하감이 매화 모양으로 퍼져 뚜렷하다. 머리 위의 황도12궁도(黃道十二宮圖)는 질병을 행성들의 부적절한 정렬의 산물로 간주했음을 나타낸다. 황도대 중간의 숫자 1484는 인쇄 일자가 아니고 1484년 목성과 토성의 불길한 정렬이 매독의 발병과 관련이 있다는 생각을 나타낸다. 당시엔 그 질병을 시필리스라고 칭하지 않았다. 대신에 '프랑스병' 등으로 불렀다. 양쪽 어깨 부근에 뒤러가 태어난 독일 뉘른베르크(Nürnberg)의 문장(紋章)이 그려져 있다.

〈그림 3〉 매독 걸린 남자
(알브레히트 뒤러 그림)

그러나 아직도 매독의 최초 발현 장소에 대한 정설은 없다. 프라카스토로의 시에 나오는 평화롭던 섬이 아니라는 건 확실하다. 다만 대략 두 가지 설이 많이 알려져 있다. 하나는 콜럼부스가 신대륙을 발견한 이후, 매독균을 갖고 있던 원주민 여성과 성관계를 맺은 후 유럽으로 돌아와서 퍼뜨렸다는 주장이다. 다른 하나는 미국 노스이스트 오하이오 관절염연구센터의 병리학 연구팀이 이탈리아 지역에서, 청동기 시대부터 흑사병 시기까지의 시체 688구를 연구한 기록에 근거한다. 이 연구에 따르면, 매독에 걸리면 뼈에 독특한 상처와 함께 변형이 일어나는데, 이것이 800년 전의 사체에서도 발견되었다는 것이다. 즉, 오래전부터 유럽에 매독이 이미 발병하고 있었다는 주장이다. 다만 매독인지 분간을 못했을 것이라는 견해다. 그후 의학이 발전하면서 차차 밝혀진 것이다.

그래서 당시엔 매독을 이방인에 의해 옮겨온 병으로 여겨, 이탈리아에선 '프랑스병', 프랑스에선 '나폴리병', 터키인은 '기독교병', 중국인은 '포르투갈병'이라고 불렀다. 우리나라에선 중국에서 왔다고 하여 '당창(唐瘡)', 일본에선 '포르투갈병'이라 했으니 모두 국가 자존심의 발로다. 우리나라에는 1515년경에 인도, 중국 등을 거쳐 유입된 것이 아닌가 짐작하고 있다.

우리나라 최초의 매독 관련 저서는 16세기의 『치포방(治疱方)』이라고 전해져 올 뿐이다. 현존하는 가장 오래 된 기록은 이수광의 『지봉유설』인데, '천포창이 서양에서 중국으로 전해졌고, 중국에서 조선으로는 정덕연간(正德年間, 1505~1521)에 전해진 것'이란 내용을 담고 있다.

이제는 잘 알려져 있듯이 매독은 성교를 통해 전파되는 대표적인 성병이다. 일명 '화류병(花柳病)'이라고도 하는 성병은 영어로는 'venereal disease'라고 하여 보통 VD라고 줄여 부른다. 'venereal(성욕의, 성교의, 성병의)'의 어원은 사랑과 미의 여신인 비너스(Venus)다. 왜 성병에 '비너스'를 갖다 붙이고, 그 많은 연상 중에 하필 고결한 기품의 매화를 연상했을까? 어떤 사람은 '성병'이란 이름에서 오는 불편한 거부감을 줄이기 위해서, 또 다른 이들은 질병은 고약하고 수치스러우나 그래도 아름다운 여성의 유혹으로 생긴 병이라는 자존심(?)이라고 너스레를 놓는다. 그들의 둘러댐에 최소한으로 공감하며 하나의 억측을 나름대로 보탠다. '독한 성적 감흥의 여운을 느끼려는 것은 아닐까?'

매독은 매춘의 역사와 뿌리 깊은 관계가 있다. 흔히 매춘은 인류와 그 역사를 같이 하고 있다니까 매독의 역사는 인류의 역사다. 바로 그 역사를 이야기하며, 처음부터 내내 마음 한 켠에 꼿꼿한 향기로 서 계신 몇 분이 신경 쓰인다. 매치(梅癡)라고 불릴 정도로 매화를 사랑했던 조선 후기 시인 신위(申緯) 등이다.

> 莫問詠詩洋寂況, 主翁而已一 (막문영시잠적황, 주옹이이일)
> 시 읊조리는 모습 쓸쓸하다고 말하지 마소, 주인 옹은 이미 하나의 매화가 되었다오.
> — 신위, 「매화10수(梅花十首) − 기10(其十)」

매화차를 아끼고, 심지어 매화 꽃잎을 생채로 씹어 먹는 작매(嚼梅)까지 즐기며 매화와 한 몸이 되었던 그들의 눈치를 보지 않을 수가 없다. 오스트리아의 시인이자 경구 작가이며, 그리고 이방인인 카를 크라우스(Karl Kraus)의 말을 떠올려 본다.

"도덕성은 성병이다. 그것의 1단계는 미덕이라 부르고, 2단계는 지루함, 3단계는 시필리스[매독]라 부른다(Morality is a venereal disease. Its primary stage is called virtue; its secondary stage, boredom; its tertiary stage, syphilis.)."

별이 안 보인다

"오, 내 진정 사랑하는 헤스페루스여!
나의 사랑하는 아침과 저녁 별이여!
(O my beloved, my sweet Hesperus!
My morning and my evening star of love!)"

롱펠로우가 7년간의 구애 끝에 결혼한 아내 파니에게 1845년 10월에 쓴 그의 유일한 사랑의 소네트 「밤의 별(The Evening Star)」의 한 구절이다.

스스로를 궤도를 벗어난 소행성에 비유하는 작가 황석영의 자전적 성장 소설에서, 고등학교를 자퇴하고 방황하면서 일용직 노동자, 선원 등으로 일했던 주인공 준이는 공사 현장에서 개밥바라기를 본다.

"어라, 저놈 나왔네." 대위가 중얼거리자 나는 두리번거렸다. 그가 손가락으로 저물어버린 서쪽 하늘을 가리켰다. "저기…… 개밥바라기

보이지?" 비어 있는 서쪽 하늘에 지고 있는 초승달 옆에 밝은 별 하나
가 떠 있었다. 그가 덧붙였다. "잘 나갈 때는 샛별, 저렇게 우리처럼
솔리고 몰릴 때면 개밥바라기." 나는 어쩐지 쓸쓸하고 예쁜 이름이라
고 생각했다.

– 황석영, 『개밥바라기별』 부분

작가는 개밥바라기를 바라보았던 기억에 관해 「작가의 말」에서
"육십 년대에 나와 함께 남도를 떠돌던 삼십대의 부랑노동자가 그
별의 이름을 내게 말해주었다. 금성이 새벽에 동쪽에 나타날 적에
는 '샛별'이라고 부르지만, 저녁에 나타날 때에는 '개밥바라기'라 부
른다고 한다. 즉 식구들이 저녁밥을 다 먹고 개가 밥을 줬으면 하
고 바랄 즈음에 서쪽 하늘에 나타난다 해서 그렇게 이름 붙여진 것
이다."라고 설명하면서 이렇게 맺고 있다.

"나는 개밥바라기별의 이미지가 이 소설을 읽은 여러분의 가슴
위에 물기 어린 채로 달려 있게 되기를 바란다."

인용한 두 작품에 나오는 별은 저녁 서쪽 하늘에 보이는 금성
이다. 영어로 비너스(Venus)인 금성이 새벽 동녘에 뜨면 샛별, 계명
성(啓明星), 명성(明星), 영어로는 루시퍼(Lucifer)라 불린다. 초저녁
서녘에 보이면 저녁별, 개밥바라기, 태백성(太白星), 장경성(長庚星),
영어로는 헤스페루스(Hesperus) 또는 헤스퍼(hesper)라 부른다.

그리스 신화의 헤스페리아(Hesperia)는 헤스페리데스(Hesperides)
의 한 명이다. 헤스페리데스는 해가 저무는 서녘의 아름다운 꽃밭

〈그림 1〉 저녁별 헤스페로스의
의인화(안톤 라파엘 멩스 Anton
Raphael Mengs, 1765년작).
헤스페로스의 화살은 별들의
반짝임을 의미한다.

에서 살던 님프들로서 저녁의 처녀들이라고 불린다. 그녀들은 대양
의 여신인 오케아노스(Oceanos)의 바다 끝에 있는 황금열매가 열리
는 과수원에서 황금열매 나무를 지키고 있다. 이 황금열매 나무는
제우스와 헤라의 결혼을 기념하여 그 모친인 가이아가 선물한 것으
로 헤라클레스의 열한 번째 모험에도 나온다. 헤스페리데스의 아버
지가 바로 저녁에 보이는 금성을 가리키는 저녁별의 이름인 헤스페
루스(Hesperus: 고대 그리스어로 헤스페로스 Hesperos, 로마 신화에선 베스퍼
Vesper)다〈그림 1〉.

　작가에 따라 그들의 어머니인 헤스페리스의 아버지, 즉 외할아
버지로도 적고 있다. 그들의 아버지인 저녁별 헤스페루스는 아틀라
스의 아들 또는 동생이며, 새벽의 여신 에오스(Eos, 로마 신화의 오로

라 Aurora)의 아들로 알려져 있다. 심지어 헤스페리데스가 아틀라스의 딸이란 설도 있다. 헤스페루스는 점차 시대가 지나면서, 빛을 가져오는 샛별인 포스포로스, 또는 에오스포로스(로마 신화에서는 루시퍼)와 동일하게 여겨지고 있다. 즉, 개밥바라기로만 불려지던 비너스의 저녁별 이름인 헤스페루스가 차차 금성의 새벽별 이름인 포스포로스와 섞여 쓰이고 있다. 그러나 여전히 서쪽 저녁의 의미가 강하다. 그런 까닭에 그리스 사람들은 해지고 저녁별 뜨는 곳을 헤스퍼(Hesper)라 칭하며, 해질녘 서쪽 하늘의 아름답고 정취 어린 광경을 좋아했고 서쪽을 광명과 영광의 영토로 생각하고 동경하였다. 또한 축복받은 사람들의 섬으로 여긴 헤스페로스의 딸들이 사는 섬역시 서쪽에 있다고 상정하였다. 마치 불교 영역에서 '서천 서역국으로 복 받으러 간 총각'이라는 말을 하는 것과 흡사하다. 그래서 그들은 시가와 산문에서 이탈리아와 스페인을 헤스페리아(Hesperia)라고 불렀는데, 그 이유는 그리스에서 볼 때 서쪽에 있는 그곳으로 해가 지고 그곳에서 저녁별이 떠오르기 때문이다. 그 흔적으로 미국의 서쪽인 캘리포니아엔 스페인 토지교부금으로 조성된 헤스페리아라는 이름의 마을이 있다.

1. 세상에서 가장 넓고 큰 시력조사표

프랑스의 신경과 의사인 플루리(Fleury)가 게재한 연구 논문의 일부다.

　　"첫 번째 증상은 비특이적이며 10대 혹은 20대에 헤스페라노피아
　　(야맹증), 근시, 좁아진 시야 등으로 나타난다.
　　(First symptoms are non-specific and appear during the
　　second or third decade, consisting of hesperanopia, myopia and
　　constricted visual field.)"

　논문 속의 '헤스페라노피아'란 말을 처음 쓴 사람은, 필자의 연구
조사에 따르면, 텔슨이다. 그 근거로 1919년 발간된 『영국안과학회
지』에 실린 잡지 편집자의 리뷰를 번역하여 옮긴다.

　　"텔슨(Terson)은 1919년 『안과학 아카이브스(Arch d'Ophtal)』에 '밤
　　이면 잘 안보이는 병적 상태'의 새로운 명칭을 제시했다. 바로 '헤스
　　페라노피아(hesperanopia)'다. 그는 이전의 명칭들이 초래하는 혼동
　　을 피하고, 문법적으로도 임상 실제에서도 거부감이 없을 것이라고 주
　　장한다. 이 용어는 '어스름, 황혼'을 의미하는 그리스어 '헤스페로스
　　(hesperos)' '결핍'을 가리키는 그리스어 'an'에서 따왔다. 텔슨의 제안
　　은 장려 받을 만하다."

　텔슨의 제안을 정리하여 부연하면, 야맹증에선 '어둑한 저녁에
보여야 할 개밥바라기 헤스퍼(hesper)가 아니(an) 보이는(opia)' 병적
상태가 야맹증이니, 그 이름을 헤스페라노피아로 제안한 것이었다.

텔슨은 빛이 어스름한 초저녁엔 보이다가 깜깜한 밤이 되면 보이지 않고 사라지는 개밥바라기의 속성을 살펴 이름을 지은 것이다. 아마도 텔슨은 저녁 어스름, 진료실 창밖 서녘 하늘을 가리키며 환자에게 "개밥바라기가 보이세요? 안 보이세요?"라고 묻고 싶었을지도 모른다. 하늘 전체를 하나의 시력표로 여겨, 별을 시력 판정용 문자로 사용한 그의 명명법은 얼마나 시정(詩情)이 넘치는가? 야맹증을 가리키는 night blindness나 nyctalopia(nyct는 밤, alaos는 희미한, opia는 눈을 의미한다)와 같은 다른 어떤 명칭보다도 시적 정취가 우러난다. 시정은 시적인 정취인 동시에 시적으로 표현하고 싶은 마음이다. 특히 후자의 경우엔 '우러난다'는 말을 쓴다. "별을 보다가 문득 하늘에 돋은 별들이 점자라는 생각이 들었습니다"(이대흠, 「별의 문장」)라는 시인의 시가 절로 생각난다.

2. 야맹증

조명이 어두우면 잘 안 보이는 병이다. 망막의 막대세포의 이상으로 생기는데 비타민A 결핍과 연관이 깊다. 참고로 망막에는 빛을 감각하는 두 가지 세포가 있다. 현미경으로 본 모양에 따라 막대세포와 원뿔세포라 부른다. 막대세포는 명암을 가릴 정도의 약한 빛을 느끼고, 원뿔세포는 색깔과 형태를 구별할 만큼의 강한 빛을 감지한다. 따라서 막대세포에 이상이 생기면 야맹증이 오고, 원뿔세포에 문제가 생기면 색각이상(색맹)이 발병한다.

역사적으로 야맹증에 관한 최초 기록은 아울루스 코넬리우스 셀수스(Aulus Cornelius Celsus)가 기원 30년에 남긴 것이다. 그는 야맹증의 증상과 그 증상을 개선시키는 식사 보조 식품의 효과 등을 적고 있다.

"눈이 약해져서 낮에는 잘 보는데 밤에는 전혀 보지 못한다. 생리를 규칙적으로 하는 여성에선 이런 일이 일어나지 않는다. 숫염소의 간을 구우면서 흘러 떨어지는 물질을 안구에 바르고 간 자체를 먹으면 좋아진다. 암염소의 간은 효과가 없다."

당시에 언급되었던 야맹증은 일시적인 야맹으로 짐작된다. 일부 열대 지방에선 달빛 비추는 곳에서 잠을 자서 생기는 일이라고 믿었던 적도 있다고 한다.

가장 흔한 원인은 유전질환인 색소성 망막염이고, 비타민A 결핍, 녹내장, 부상 등도 중요한 원인이다. 앞서 인용한 셀수스의 기록에, 간에서 흘러나온 추출물을 사용하여 효과를 보았다는 야맹증은 비타민 결핍에 의해 발병한 것으로 판단된다. 비타민A가 생선 기름, 간 및 낙농 제품에 풍부하다는 사실은 지금이야 일반 상식이지만, 비타민이란 개념도 없던 근 2000년 전의 그 관찰과 체험에 탄복하지 않을 수 없다.

밤이 되면 불빛이 환한 가로등 아래나 빌딩 주변에선 정상적으로 볼 수 있으나, 달빛이나 별빛이 어스름한 곳에선 제대로 볼 수 없고, 더 어두운 곳에선 사물을 분간조차 못한다. 심한 경우엔 저녁 무렵에는 외출 자체가 곤란하고, 밤에 조명이 조금만 흐릿해도 실내 생활조차 벅차지기도 한다. 또한 다른 차의 헤드라이트 불빛에 적응하기가 어려워 야간운전이 두려워지고, 조금이라도 어두운 터널을 통과할 때 큰 어려움을 겪는다.

야맹증의 원인을 찾기 위해서는 다양한 안과적 검사가 필요하다. 물론 증상을 자세히 살피는 것은 당연하다.

비타민A 결핍에 의한 경우는 비타민A 보충으로 좋은 효과를 기대할 수 있다. 그러나 그 밖의 원인에 의한 야맹증은 현재의 의술로는 치료가 만만치 않다. 전문적 진단에 따라 적절한 안경 착용으로 도움을 받는 경우도 있다.

3. 별과 의학

14세기에 아비뇽에 머물고 있던 교황의 권솔과 고위 성직자들도 흑사병에 걸려 4명 중 3명이 죽었다. 그러자 페스트에 대한 공포는 극에 달했고, 정확한 원인을 알 수 없는 상태에서 온갖 낭설과 미신이 횡행하였다. 별의 운행은 신의 영역이라는 믿음 속에서 혜성 출몰설, 신의 징벌설에서부터 심지어 그럴듯한 의학적 설까지 난무하였다. 대표적인 것이 파리대학 의학부가 제시한 '토성, 목성, 화성이 이례적으로 물병자리궁에 모여 뜨겁고 습한 상황을 만들어내서, 지구가 독한 유기체를 발산하여 페스트가 발병하게 되었다.'는 것이다. 실제로 행성 화합설을 들은 교황의 주치의는 교황에게 역병의 원인이 물병자리 행성 탓이라고 보고한 기록이 있다.

이러한 일은 유럽의 의학에 점성술이 중요한 영향을 미치고 있었음을 반증한다. 특히 중세 유럽의학은 진단과 치료에 점성술을 이용하였다. 이는 우주의 행성들로 구성된 우주는 사람 몸 안에 존재하는 소우주를 지배한다는 사상에 근거를 두고 있다. 당시 여러 점성술사는 이러한 사상을 그림이나 도표로 가시화하여 의료 행위에 활용하기도 하였다. 예를 들면 영국 웨일스에서 발견된 15세기 웨일스 문자로 기록한 모스틴 필사본(Mostyn Manuscript)에는, 점성술의 12궁도를 풀어 몇 가지 질병의 진단에 이용한 기록이 들어 있다.

유럽뿐 아니라 전통 중국의학, 아유르베다 등도 '사람의 몸은 작은 우주'라는 믿음에서, 몸 곳곳의 기관이나 계통을 고유의 원소물질과 연관지었다. 고대 중국의 점성술은 목화토금수 다섯 개의 행성이 있듯이, 우리 몸은 나무, 물, 흙, 쇠, 불 다섯 물질로 이루어졌다고 규정하였다. 부연하면, 사람은 작은 우주 또는 우주의 정령이어서, 우주의 모든 모습과 기운이 하나로 압축되어 사람 속에 표현되어 있다는 것이다. 그래서 고대 중국의 한의학자인 손진인은 "하늘에 해와 달이 있으므로 사람에게는 두 눈이 있고, 하늘에 밤과 낮이 있듯이 사람에게는 자고 깨는 것이 있다."라고 했다. 자연과의 화해와 조화 속에서 사람의 참다운 모습을 찾고자 했다. 자연과 하나로 합쳐질 때에 가장 이상적인 사람의 정체성이 현실적 그리고 이상적으로 또렷해진다고 여겼다. 여기서 자연은 사람 밖의 모든 외적 환경과 같은 말이다.

5,000년 전부터 발생하여 지속돼 오는 오행이론에선, 사람의 정신세계에도 우주가 존재하고 그 소우주를 지배도 한다. 주역 이론에 정통했던 세계적 정신분석학자 칼 융(Carl Gustav Jung, 1875~1961)은 십여 만 가지의 꿈을 분석하여, 꿈의 시공간 좌표로서 천지와 음양의 조화가 이루는 주역 철학이 바로 그 꿈속에 들어 있음을 깨달았다.

별과 의학의 관계를 깊이 연구한 이들은 의학점성술을 발전시켜 의료수리학(醫療數理學, iatromathematics)을 정립하였다. 황도대의 열두 개 점성학적 별자리는 태양과 달, 행성의 영향력과 신체의 여러 부분과 질병, 그리고 약물을 연관 짓는 고대의 의술 체계이다. 각각의 점성학적 별자리는 인체의 부분들과 연관된다.

의학 점성술은 1세기경에 마르쿠스 마닐리우스가 지은 서사시 『아스트로노미카(Astronomica)』에 이미 적혀있다. 황도대의 별자리는 머리(양자리)부터 발(물고기자리)까지를 아우르는 신체 부위들을 주재한다고 믿어졌다. 예를 들어 〈그림 2〉에서 보듯이 머리에 자리한 양자리는 눈을 포함한 머리를 주재한다.

실제로 의학 점성가는 먼저 개인의 출생 천궁도를 파악하고, 그 결과에 따라 문제가 일어날 가능성이 가장 높은 신체 부위들을 들어 조언을 보탠다고 한다. 예를 들어, 많은 행성이 양자리에 몰려

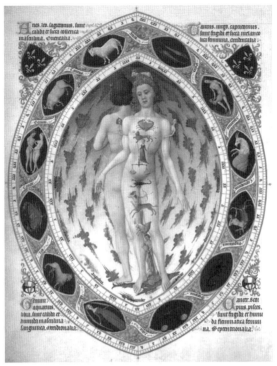

〈그림 2〉 점성학적 인체 해부도. 몸의 각 부위 마다 12궁도가 배치되어 그려
져 있다. 발의 물고기자리부터 머리의 양자리까지 그려져 있다.
좌우 상단에는 베리공작의 방패 문양이 그려져 있다. 네 모서리에 네 가지
성질(열, 냉, 건, 습), 네가지 기질(담즙, 우울, 다혈, 점액)에 따른 특성을
풀이하는 라틴어가 적혀있다.

있는 경우엔, 양자리와 머리와의 관련성을 근거로, 두통을 앓을 확
률이 더 높다고 예견한다.

현재 시점에서 보면, 의학 점성술의 기본 원리는 어떠한 과학적
근거도 없는 미신으로 인식되어 있다.

4. 진료실 안의 개밥바라기

　문학이 인문학의 핵심 분야로서 인간의 무늬에 주관심을 쏟고 있듯이, 의학 역시 인간의 무늬에서 시작하고 완결되는 분야다. 한 예로 고열을 살펴 판정하고 감별 진단하고 치료하고, 예방하는 것이다. 의학적 증상과 징후 역시 몸 안의 병적 변화가 드러내는 무늬다. 의학은 바로 질병과 연관하여 사람의 무늬를 연구하고 실행하는 인문학의 중요한 부분이다. 더구나 인간을 이해하는 바탕에 인간의 신체를 실제로 해부하고, 나아가서 조직을 현미경으로 미세하게 파악하고 있다는 점에선, 어느 분야의 인문학자도 넘볼 수 없는 심오하고 세미한 인간 실체를 잘 알고 있다. 어찌 보면, 인간의 해부 구조와 생리 조화를 깊이 모른 채 인간을 이해한다며, 인문을 이야기하는 것은 새의 날갯짓을 한 번도 본적도 없는 이가 '새가 날 듯'이라는 표현을 하는 것과 다름없다.

　별은 하늘에서 빛나고 별빛은 화살처럼 공기를 헤쳐 땅위의 나, 나의 눈은 그 빛을 느껴 안다. 하늘의 별빛은 하나의 천문이다. 나는 땅 위에서 사람의 무늬를 짓다가 때로 하늘을 바라보면, 그 천문을 느껴 또 다른 사람의 무늬를 자아낸다. 그래서 어둠을 보면 저절로 어두워지고 빛을 보면 슬그머니 밝아진다.
　적어도 개밥바리기에 한하여 그 저녁 나의 눈은 의학과 문학이 만나는 경계, 접선, 접점이 된다. 망막의 막대세포를 생각하면 지

극히 좁은 현미경학적 공간이다. 헤스페라노피아는 보여야 할 것이 안 보이는 병이다. 그 좁은 공간, 얇은 망막에서 일어나는 '보다-보이다'와 '안 보다-안 보이다'의 의학적 구별은 인간만이 드러낼 수 있는 인간다운 문학일 수밖에 없다. '보이다'는 '보다'의 사동사일 뿐일지라도.

그러나 하늘 없는 개밥바라기는 없다. 개밥바라기 없이 헤스페라노피아라는 명칭의 야맹증은 없다. 비록 사람일지라도 인문만으로 살아갈 수 없다. 천문도 지문도 살피고 받아들이고 있다. 사람의 무늬는 안팎의 무늬와 함께 헤아려야 보다 도드라진다. "별무리 총총 박혀 있는 저 밤하늘이 우리가 갈 수 있고, 또 가야만 하는 길의 지도일 수 있던 시대, 하늘의 별빛과 인간 영혼 속의 불꽃이 하나이던 시대"(게오르크 루카치György Lukács, 『소설의 이론』)를 동경하여, 야맹증이란 이름 속에 뜬 개밥바라기는 진료실 안에서 의학적 인문으로 반짝이고 있다.

베르테르 효과

1778년 1월 16일, 독일 중부 도시 바이마르를 흐르는 강변 공원의 뗏목다리 가까이에서 익사한 주검이 발견되었다. 남작과 이루지 못한 사랑에 실망하여 강물 속에 스스로 몸을 던진 열일곱 살 여성 크리스텔 본 라쓰베르그(Christel von La ß berg). 그녀의 주머니에는 괴테의『젊은 베르테르의 슬픔』사본이 들어 있었다.

1997년 일본 대중문학의 가장 권위 있는 나오키상을 수상한 와타나베 준이치(渡辺淳一)가『실낙원(失樂園)』을 출판했다. 삼십 대 정숙한 의사 부인과 오십 대 샐러리맨의 격렬한 불륜을 세미한 심리와 절절한 육체 묘사로 기록한 소설은 출간 즉시 초대박 베스트셀러에 올랐다. 영화와 텔레비전 드라마로도 만들어져 일본 전국을 실낙원 신드롬에 빠트리며 모방 동반 자살 열풍을 일으켰다.

2008년 10월 배우 최진실이 자살한 후 두 달 동안, 국내 자살자는 3,081명으로 전년도 같은 기간의 1,807명보다 1,274명이나 증가했다.

이처럼 시대와 장소를 가리지 않고, 현실이든 소설이나 드라마

〈그림 1〉 데이비드 필립스의 논문 첫 부분(『미국 사회학 리뷰』, 1974)

같은 가상이든, 평소 좋아하던 대상 또는 유명인이 죽음을 택하자 많은 사람이 뒤따라 자살했다.

이러한 현상을 학술적으로 연구한 사람이 있다. 미국의 자살 연구학자 데이비드 필립스(David Phillips)가 유명인의 자살에 뒤이어 사회적으로 자살이 증가하는 현황을 분석하였다. 필립스는 자살 행위에 대한 언론 보도가 모방 자살률의 증가와 상당한 관련이 있음을, 1974년 6월 학술적으로 '베르테르 효과'란 명칭을 붙여 처음 보고하였다〈그림 1〉.

베르테르 효과는 베르테르증후군이라고도 일컫는다. 유명인의 사망 자체만으로 동일화가 증가하기보다는 언론매체를 통한 자살 기사에 의한 영향이 더 크다. 여기서 함께 언급되는 현상이 루핑 효과(looping effect)다. 평소에 관심이 없던 사실에 관해 언론의 보도로 자극 또는 유도되어 관심을 쏟는 현상을 가리킨다. 의학 및 사회과학에서 베르테르 효과라는 용어는 자살 행동의 미디어 유도

〈그림 2〉 괴테와 『젊은 베르테르의 슬픔』 초판본(1774년) 표지

모방 효과와 동의어로, 모방자살(copycat suicide), 자살전염(suicide contagion) 등으로도 불린다.

1. 슬픈 베르테르의 열병

스물다섯 살의 요한 볼프강 폰 괴테(Wolfgang von Goethe, 1749~1832)는 『젊은 베르테르의 슬픔(Die Leiden des jungen Werthers)』(1774년)을 출간했다.〈그림 2〉

주인공 베르테르는 이미 다른 남자와 약혼한 여자 샤로테와 실패한 로맨스를 경험한다. 베르테르는 그녀를 설득할 기회가 없다는 것을 깨닫고 자살로 삶을 마감한다.

『젊은 베르테르의 슬픔』의 출판은 개인적으로 스물다섯 살의 괴테를 유명 작가로 만들었고, 사회 문화적으론 '베르테르 열병 (Werther fever)'이라 이름 붙여진 현상을 불러일으켰다. 베르테르 열병은 젊은 유럽 남성이 소설 속 주인공 베르테르의 옷 스타일을 따라 입는, 철없는 모방 행동부터 모방 자살의 불행까지 다양하게 사회문화를 달구었다.

당시에 사랑의 실패로 상처받은 젊은이들의 자살률이 갑자기 증가했는지를 오늘날 확인하기는 어렵다. 베르테르의 자살에 대한 상당한 모방이 있었다는 사실을 과학적으로 입증한 바는 없다. 그러나 이탈리아, 코펜하겐, 라이프치히에서 책을 금지하도록 조치할 만큼 충분히 우려했다는 것은 사실이다. 라이프치히에선 베르테르 의상을 입는 것조차 금지할 정도였다.

2. 어떻게 『젊은 베르테르의 슬픔』이 베르테르 효과를 일으키는가?

간단히 답할 순 있다. 『젊은 베르테르의 슬픔』이 인간을 괴롭히는 가장 신비로우면서도 끔찍한 감정장애인 우울과 자살에 관해, 문학적 천재의 예리한 통찰력이 쓴 보고서이기 때문이다. 그러나 이는 너무 두루뭉술하다. 뉴욕대 의대 정신과 실버맨(Silverman Martin) 교수의 논고(2016년)를 참고 인용하며, 세 가지 관점으로 답을 구해본다.

1) 의학 속으로 몰아친 괴테의 질풍노도

『젊은 베르테르의 슬픔』은 자전적 소설이다. 『젊은 베르테르의 슬픔』은 1770년에서 1785년 사이에 독일에서 일어난 문학 운동인 '질풍노도(Sturm und Drang, 영문: storm and stress)'의 가장 중요한 선언문으로도 간주된다. 괴테가 실러(Friedrich Schiller), 렌츠(Jakob Michael Reinhold Lenz), 클링거(Friedrich von Klinger) 등과 함께 이끌었던 질풍노도는 절대적인 자유를 끊임없이 추구하고, 어떤 형식적 제약도 받지 않는 원시적이고 진정한 인간 감정을 회복하려 했다. 질풍노도 운동은 후기 낭만주의의 출현을 예고했고, 그 출현과 성숙에 뚜렷한 영향을 끼쳤다.

괴테는 이러한 문화 운동의 맥락에서, 열정을 통제할 수 없는 인간의 무능력과 그에 따른 사회적 불편에 대한 주제를 발전시켜, 세계 문학의 가장 유명한 인물 중 한 명인 젊은 베르테르를 창작했다.

『젊은 베르테르의 슬픔』은 친구 빌헬름이 수집한 편지와 '편집자로부터 독자에게'라는 제목의 글을 통해, 열정적이고 민감한 기질의 젊은 예술가 베르테르의 사랑과 죽음을 이야기하고 있다.

베르테르는 사업을 정리하고 고전 연구에 전념하기 위해 가상의 마을인 발하임으로 이사한다. 어느 날 밤, 파티에서 열한 살 연상인 알베르트와 약혼한 젊고 아름다운 여성 샤로테를 소개받는다. 샤로테에게 약혼자가 있음을 잘 알면서도 베르테르는 그녀와 사랑에 빠진다. 사랑이 깊어질수록 고통스러운 슬픔도 더해갔다. 고통과 슬픔을 결국 견딜 수 없게 되자 발하임을 떠나 바이마르로 가야 했다. 그러나 자발적이고 열정적인 그는 상류층의 메마르고 차가운 환경에 적응하지 못하고 발하임의 향수와 추억에 휩싸였다. 알베르트와 샤로테의 갑작스러운 결혼 소식은 그를 더욱 불안하게 만들었다. 낙담하여 점점 더 우울해진 베르테르는 발하임으로 돌아가 열정을 주체하지 못하고 그녀를 찾아갔다. 그녀는 그의 지나친 정열과 격렬한 성격을 지적하며 자제를 요구했다. 요구에도 불구하고, 어느 날 밤 알베르트가 자리를 비운 사이 베르테르는 충동적으로 샤로테를 찾아가 불쑥 키스해버린다. 그녀는 강하게 타박을 놓았다. 이 사건은 그에게 치명적이었다. 샤로테에게 편지를 쓴 후, 여행 간다는 핑계로 알베르트에게서 빌려온 총으로 자신의 머리를 쏜다.

본능에 지배를 받는 남자, 억누르기보다 자신의 감정에 휘둘리기를 더 좋아하는 남자, 이로 인해 사회에 적응하려는 시도에 어려움을 겪는 남자. 베르테르는 달성할 수 없는 불가능한 사랑에 빠져 있다. 베르테르의 성격은 그의 또 다른 자아인, 부르주아적이고 강하고 합리적이고 긍정적이지만 절제할 줄 아는 알베르트와 대조된다. 이 두 캐릭터는 자살을 토론하며 서로를 비교한다. 알베르트의 생각에 자살은 나약함과 광기의 표시다. 반면에 열정의 영웅 베르테르는, 자살이야말로 위대한 사람의 영웅적 용기의 표출인 절대적 카타르시스라고 생각한다. 베르테르는 자살을 삶의 불행에 억눌린 인간의 힘의 증거라고 주장하며, 이는 마치 사람들이 폭군에게 맞서는 것처럼 결국 최후의 거대한 행동을 수행할 수 있다고 믿는다. 불타는 집에서 자신의 소유물을 구하는 데 성공한 사람처럼, 또는 전장에 홀로 남겨졌지만, 여전히 많은 적과 싸우는 전사처럼 열정에 탐닉하는 가치라고 강변한다.

"절망이 아닙니다. 내가 충분히 고통을 겪었고, 당신을 위해 나 자신을 희생하고 있다는 확신입니다. 로테! 왜 내가 당신에게 그것을 숨겨야 합니까? 우리 셋 중 하나는 가야 하고, 나는 그중 하나가 될 것입니다! 오 나의 사랑하는 이여, 내 상처받은 마음은 종종 끔찍한 악마에 의해 괴롭힘을 당했습니다. 당신의 남편을 죽이기 위해! 아니면 당신! 아니면 나 자신!"
— 『젊은 베르테르의 슬픔』(박찬기 역) (역문 그대로)

베르테르는 자신도 죽어야 한다는 결심을 느낌표와 물음표로 마음껏 드러냈다. 사망 후 샤로테에게 보낼 편지에도 드러나 있듯이, '단호한 방식으로' 자신의 삶을 포기해야 한다는 결론에 도달했다. 그는 그녀의 남편인 알베르트에게 시동 아이를 보내어 여행을 위해 권총을 빌려달라고 요청한다.

베르테르의 심부름을 하는 시동아이가 찾아왔을 때, 그녀는 극도로 당황하였습니다. 시동 아이는 알베르트에게 쪽지 하나를 전했는데, 알베르트는 태연하게 아내 쪽을 향해, "이 아이에게 권총을 내줘요."라는 말을 하고 시동 아이에게는 "여행 중 안녕하시기를 바란다고 전해다오."라고 했습니다. 그 말은 샤로테에게는 번갯불을 맞은 것 같은 충격이었습니다. …… 떨리는 손으로 권총을 집어 내렸는데, 먼지를 털고서도 머뭇거리기만 하였습니다. …… 로테는 한마디 말도 입 밖에 내지 못하고 그 불길한 무기를 시동 아이에게 내주었습니다.

－『젊은 베르테르의 슬픔』(박찬기 역) (역문 그대로)

베르테르는 자신의 방에서 샤로테의 불길한 심정이 어른거리는 권총을 받고, 그녀에게 키스로 권총을 샤워했다는 내용의 메모를 쓴다. '그녀와 영원히 함께.' 총성이 들렸을 때 사람들은 달려왔고, 피를 흘리며 죽어가고 있는 그를 발견했다.

이처럼『젊은 베르테르의 슬픔』은 베르테르가 피할 수 없는 감정에 의해 조장된 우울증의 심연으로 내려가는 과정을 묘사한다. 괴테는 민감한 영혼이 피할 수 없는 고통에서 최종적 탈출 외에, 다른 기회를 찾지 못한 주인공의 운명을 독자들에게 들려준다.

지그문트 프로이트〈그림 3〉보다 훨씬 이전에, 아마도 프로이트가 우울증에 관해 제대로 이해하기 전에, 괴테는 오늘날 주요 우울장애 및 일부 형태의 양극성 장애라고 불리는 질환으로 고통받는 사람들의 영혼을 들여다보고 있었다. 고통받는 사람들 속에서 일어나고 있는 비극적 서사와 함께. 그리고 그 서사를 읽은 무르고 나약한 젊은이들이 극단적 선택을 했다. 인간 심리학에 관한 괴테의 직관적인 이해

〈그림 3〉 지그문트 프로이트

를 높이 평가하지 않을 수 없다. 그 직관을 생생한 감정적 경험으로 읽게끔 엮어낸 엄청난 문학적 기술에도 감탄할 수밖에 없다.

프로이트가 괴테를 읽었다. 프로이트는 『젊은 베르테르의 슬픔』이 나온 지 거의 백오십 년 뒤에 『슬픔과 우울증』(1917년)을 출판했다. 이 책에서 프로이트는 우울 또는 깊은 우울증을 평범한 애도와 대조하여 조사했다. 슬픔은 소중했던 사랑의 대상을 잃었을 때 발생한다. 이와 달리 우울증은 절실히 필요로 하는 다른 사람을 잃거나 자신의 가치나 가치에 대한 상당한 실망을 경험했을 때 발병한다.

슬픔에는 대체로 무자비한 사랑의 대상에 관한 상실이 있다. 반면에, 우울증에는 거절이나 포기를 받아들일 수 없는 상실과 자기애에 사로잡힌 대상에 대한 심각한 양면적 애착이 함께 또는 번갈아 존재한다. 따라서 슬픔으로부터의 회복은 사랑하는 대상의 상실을 점진적으로 수용하는 것으로 특징지어지며, 우울증에서는 개인이 동일시하는 양면적으로 사랑하고 미워하는 대상의 점진적인 파괴가 있다.

프로이트의 다소 전문적 논술을 직접 인용하여 우울과 사랑과 자살을 잇대어 기술한다.

"우울증 환자는 자존심이 비정상적으로 낮고, 에고가 크게 궁핍하다. 슬픔 속에 세상은 가난하고 공허하다. 우울증에서 그것은 에고 그 자체다. 자신의 자아를 무가치하고 어떤 성취도 할 수 없으며 도덕적으로 비열한 것으로 여긴다. 자신을 책망하고 자신을 비방하며 쫓겨나 벌을 받기를 기대한다.

......

사랑의 대상에 관한 상실은 자신을 스스로 깊이 들여다보고 드러낼 수 있는 기회다. 우울증에서 자살이 유발되는 경우는 죽음으로 인한 손실뿐 아니라, 사랑과 증오의 상반된 감정의 양면성의 극대화에 따른 자아 경시, 무시 또는 실망 등 모든 상황을 포함한다.

자아는 자신을 대상으로 취급할 수 있는 경우에만 자신을 죽일 수 있다. 이것은 대상과 관련되며 외부 세계의 대상에 대한 자아의 원래 반응을 나타낸다."

자살과 우울증에 관한 프로이트의 서술과 괴테의 베르테르 이야기는 꽤 일치한다. 놀랍고 흥미롭다.

2) 괴테, 삶의 재료로 만들어진 베르테르

괴테의 『젊은 베르테르의 슬픔』은 독일 낭만주의의 정점이며, 문학에서 사회문화적 영향까지 포함하여 '자살'이란 핵심단어와 가장 밀접한 소설 중의 하나다. 이렇게 평가받는 데에는 소설이 두 개의 삼각관계와 한 명의 개인과 얽힌 괴테의 정열적 체험으로 채워진 자전적 사실과 무관하지 않다〈그림 4〉.

하나의 삼각관계는 괴테, 크리스티안 케스트너(Christian Kestner), 샤로테 버프(Charlotte Buff, 케스트너와 결혼)의 관계다. 셋은 절친한

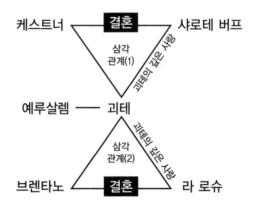

〈그림 4_유담〉 괴테의 삼각관계.

친구였으며 괴테는 샤로테를 깊이 사랑했다. 결혼한 젊은 여성에
대한 그의 열정을 극복하기 위해, 1772년 가을에 그들 모두가 살았
던 베츨라르(Wetzlar)를 떠나 괴테는 코블렌츠(Koblenz)로 갔다.

열정을 식히기 위해 간 그곳에서, 괴테는 한 명의 절친과 연관
된 또 다른 삼각관계에 빠졌다. 열여섯 살의 막시밀리안 폰 라 로
슈(Maximiliane von La Roche)를 만나 사랑에 빠졌다. 괴테는 자서전
『시와 진실』에서 당시의 심경을 적고 있다.

"오래된 열정이 완전히 사라지기 전에 새로운 열정이 우리 안에서
시작될 때 그것은 매우 즐거운 느낌이다. 해가 질 때 반대편에서 떠오
르는 달을 보고 천상의 두 빛의 이중 광채를 즐기는 것처럼."

그러나 그녀는 피터 안톤 브렌타노(Peter Anton Brentano)와 결혼

했다. 이즈음 라이프치히에서 학창 시절부터 절친인 칼 빌헬름 예루살렘(Karl Wilhelm Jerusalem)이 케스트너에게서 빌린 권총으로 자신의 머리에 총을 쏘았다. 예루살렘은 친구 부인에게 연정을 태우고 있었다. 괴테는 예루살렘의 죽음에 깊은 충격을 받았고, 자살 동기와 상황에 관해 가능한 모든 것을 찾아보았다. 이는 나중에 소설의 소재와 감정이 되었다.

『젊은 베르테르의 슬픔』은 최초의 독일 중편 소설이며 최초의 독일 서간 소설이다. 아울러 독일 작가와 독일의 문학 수준을 국제적으로 알린 최초의 독일 작품이다. 이 작품이 이례적인 열풍을 일으킨 독일에서는 초판 발행 십이 년 만에 스무 개의 해적판이 나왔고, 프랑스어, 영어를 비롯하여 많은 언어로 번역 출판되었다.

파란색 연미복, 목이 열린 셔츠, 노란색 바지, 장화, 이른바 '베르테르 의상'이 도처에서 유행하였다. 괴테 자신도 소설 발간 다음 해 바이마르 궁정을 방문했을 때 베르테르 의상을 입었다. 나폴레옹도 이 소설의 열렬한 팬이었고, 일곱 번 읽었다고 전해진다. 소설이 나온 지 삼십여 년 후 나폴레옹과 괴테가 만났을 때 베르테르에 관해 이야기를 나누기도 했다.

『젊은 베르테르의 슬픔』은 독일에서 문학 작품이 집중적으로 상품화된 초기 사례 중 하나가 되었다. 소설에 나오는 장면이 장식된 청나라 도자기와 부채는 인기 상품이었다. 롯데의 실루엣〈그림 5〉은 다양한 종류의 상품에 새겨졌다. 향수는 주인공의 이름을 따서 '오 드 베르테르'로 명명되었다.

〈그림 5〉 여자 흉상과 아래에 항아리가
있는 무덤 앞의 괴테 실루엣(1780년경).
주머니 안에 『젊은 베르테르의 슬픔』을
넣은 채 자살한 크리스텔 본
라쓰베르그의 흉상이란 설도 있다.

베르테르의 엄청난 상업적 성공보다 더 소름 끼치게 극적인 것은
사람들이 이 소설에 매료되었고, 사랑에 실패한 이들은 베르테르의
죽음의 방식을 모방했다는 점이다. 지금의 독자들에게는 소설의 성
공이 과장된 것처럼 보일 수 있지만, 다른 대중매체와 소셜 미디어
가 없던 시대에 소설은 가장 정서적으로 강력한 매체를 구성했다는
사실을 기억해야 한다.

당시 모방 자살이 발생하자 괴테는 담담하게 말했다.

"내 친구들은…… 시를 현실로 만들고, 이런 소설을 실생활에서 모
방하고, 어쨌든 스스로 총을 쏴야 한다고 생각했다. 그리고 처음에 소
수의 사람 사이에서 일어난 일은 나중에 일반 대중들 사이에서 일어
났다."

영국 옥스퍼드 대학 출판사의 세계 명작 선집인『젊은 베르테르의 슬픔』을 번역한 영국 시인 데이비드 콘스탄틴(David Constantine)은 번역서의 서문에 다음과 같이 썼다.

"삶의 재료로 만들어진 소설과 시는, 우리가 지금까지 살았고 지금 살고 있는 삶의 결정된 버전을 계속해서 바꿀 것이다. 의심의 여지 없이 괴테의 베르테르는 독자들이 삶을 바라보는 방식을 바꾸었다. 틀림없이 많은 사람이 그것 때문에 다르게 살았거나 살기를 원했을 것이다."

3) 소설 창작 기법의 효과

정신의학적으로,『젊은 베르테르의 슬픔』의 서사 기법이 베르테르 효과를 촉발했다는 견해도 있다.

괴테의 서간체 서술 형식은 다른 서간체 소설과 구별되는 독창성이 있는데, 바로 베르테르의 편지에 대한 답장 편지가 빠져 있다는 점이다. 베르테르는 그의 친구인 실용주의자 빌헬름에게 편지를 쓰지만, 독자는 그의 답장을 볼 수 없다. 자연스레 독자는 빌헬름의 대리인이 된다.

18세기 독자들은 종종 화자가 분명히 표현하는 메시지, 그것도 명확한 도덕적 메시지가 있는 소설에 익숙했다. 그러나『젊은 베르테르의 슬픔』을 읽으면서 베르테르의 편지에 기초하여 빌헬름의 응

답을 직관할 수 있었다. 아니, 독자가 직관적으로, 더구나 스스로 응답하게끔 소설을 지었다. 이 독서 과정을 통하여 자신도 모르게 베르테르와 더 눅진하게 동일화된다.

이와 함께, 베르테르 효과를 유발한 소설 구성 기법이 하나 더 있다. 제1권과 제2권에 이어, 비교적 늦게, 편집자가 등장하여 베르테르의 갑작스럽고 불안한 자살을 빠른 호흡으로 전한다. 예루살렘이 권총으로 자살했을 때, 괴테는 그 상황을 이해하려고 노력했었다. 괴테는 자신이 그랬던 것과 마찬가지로 독자도 베르테르의 자살을 이해하도록 설득하려 했던 건 아닐까? 실제로 젊은이들은 자신의 슬픔을 심화시키는 방식으로 베르테르를 이해하고 동일화하지 않았던가.

『젊은 베르테르의 슬픔』의 창작 기법의 측면에서, 영국 옥스퍼드 크라이스트 처치 프랑스 어문학과 특별연구원인 벨린다 잭(Belinda Jack)은 다음과 같이 주장한다.

"베르테르의 저술 배경에 관한 마지막 아이러니가 하나 있다. 소설의 독자들은 자신의 삶에 관해 더 큰 절망을 경험했을지 모른다. 하지만 괴테는 소설의 콘텐츠를 이용하여 소설에서 자신을 해방했다. 베르테르를 완성했을 때, 그는 자신의 기분을 '모두 고백하고 난 후 즐겁고 자유롭고 새로운 삶을 살 자격이 있는' 경험에 비유했다. 괴테에게 베르테르 효과는 카타르시스적인 효과였지만, 독자들에게는 그렇지 않은 것 같다."

3. 여전히 기승부리는 베르테르 효과

전 세계적으로 청소년 자살률은 지난 수십 년 동안 많이 증가했다. 2003년 이후 한국은 경제협력개발기구(OECD) 국가 중 가장 높은 자살률을 경험하고 있다. 2018년 현재 한국인 십만 명당 스물세 명이 자살했다. 경제협력개발기구 회원국의 평균 자살률은 11.2명이다. 자살은 이제 한국 청년들의 주요 사망 원인 중 하나다.

자살을 유발하는 위험 요인 중 하나는 자살 전염성이다. 특히 유명인의 자살에 관한 언론 보도 이후 자살자 수가 늘었다. 심층 분석에 따르면, 젊은 여성이 유명인의 자살에 영향을 받을 가능성이 더 높았다. 연예인들이 사용한 자살 방법을 모방하기까지 했다.

이처럼 자살의 전염성은 특히 청소년의 자살을 촉발하는 사회적 위험 인자 중 하나이며, 인구 통계학적, 사회적, 경제적 자살 결정 요인에 관한 연구에서 자살 모방 또는 자살 암시의 중요성이 강조되고 있다.

베르테르 효과에 관한 지속적인 실증 분석은 다른 국가에서도 수행되었다. 예를 들어, 일본의 일반 대중은 국가 공인 정치인의 자살로 가장 큰 영향을 받고 있으며, 연예인의 자살에 의한 영향이 그 뒤를 이었다. 또한 일본에서는 유명인의 자살이 트위터 사용자의 큰 반응을 불러일으킬 때, 모방 자살이 더 증가한다는 연구 보고도 있다.

최근엔, 자살하는 십 대 소녀의 이야기를 다루는 넷플릭스

(Netflix) 시리즈의 출시가 미국 십 대의 자살률 증가와 관련이 있음이 밝혀졌다. 유명인의 자살이 대중에 미치는 영향은 자살 사건을 다룬 언론 보도량과 양의 상관관계가 있다는 결과도 있다.

우리나라에서도 두 명의 특정 유명인(각각 2008년 10월과 2009년 5월에 자살한 여배우와 전 대통령)의 자살에 초점을 맞추어 베르테르 효과를 분석 보고한 바 있다(Ha & Yang, 2021). 그들의 연구에 따르면, 언론 보도 후 사나흘째 가장 자살이 많았다.

자살에 관한 언론 발표에 노출된 후, 일부 사람들이 자살 행동에 동참하는 심리적 과정과 개인의 취약성에 관한 정밀한 병인론적 기전이 밝혀진 바는 없다. 하지만 언론 노출로 인한 감정적 반응성과 더 높은 해리 경향이, 모방 자살 현상의 중요한 위험 요소일 수 있다고 의견을 모으고 있다.

필립스는 유명인의 자살에 뒤이은 베르테르 효과의 이유를 다음과 같이 설명하고 있다. '유명인의 자살을 보도할 때, 자살 행위를 우려하는 대신에 많은 사람이 인생에서 누리지 못한 존경, 지위 및 찬사를 소개하고 강조하는 보도를 하면, 미디어가 자살이라는 사회적 낙인을 제거하여, 자살 억제 능력이 사라져 모방 자살의 발생률이 증가한다.'

자살은 유족과 그 사회에 막대한 심리적, 재정적 비용을 초래하는 심각한 사회적 문제이기 때문에 자살에 관한 연구는 중요한 정책적 함의를 갖는다.

현대 정신의학 연구는 자살 전염의 이른바 베르테르 효과가 존재함을 인정한다. 베르테르 효과를 촉발할 수 있는 것은 자살 사실 그 자체가 아니라, 언론 보도 방식이라는 결과도 밝혀졌다. 따라서 많은 국가에서 자살을 보도할 때 새겨야 할 언론 지침을 마련하고 있다.

이와 함께 파파게노 효과(Papageno effect)에 주목하고 있다. 모차르트의 오페라 〈마술피리〉에 나오는 등장인물의 이름을 딴 효과다. 베르테르 효과와 반대로 언론이 자살에 대한 보호 효과를 발휘할 수 있는 현상이다.

모차르트의 오페라 〈마술피리〉의 주인공 중 한 명인 파파게노는 사랑을 잃고 고통에서 벗어날 수 있는 유일한 방법은 자살이라고 생각한다. 이때 그러한 상실에 대처하는 다른 방법이 있다고 확신시키는 세 소년의 등장으로 그는 자살 행위를 중단할 수 있었다. 파파게노 효과는 대중매체가 자살과 자살에 관해 책임감 있게 신중히 보도함으로써 미칠 수 있는 선한 영향이다. 여기서 대중매체에는 뉴스 보도, 소셜 미디어, 영화, 텔레비전 쇼, 책, 블로그 및 극장 등 모든 소통 수단이 포함된다.

4. 맺는 글

예술은 과학보다 훨씬 강하게 시대를 이끈다. 예술이 과학보다 상대적으로 감성의 요소는 짙고, 현실감은 옅어서 그렇다.

괴테는 낭만주의자로, 인간의 감정, 그중에서도 열정을 질풍노도처럼 찬양했다. 괴테는 바이런의 말대로 "즉시 유럽 최초의 문학적 인물"이 되었고, 괴테의 열정 찬양은 사람의 생명을 좌우할 정도의 문학적 공감으로 번졌다. 이백오십 년 가까이 지난 지금도, 그 인물의 그 공감은 의학 속에서 주인공 베르테르의 이름으로 강렬한 사회의학적 공감을 내뿜고 있다.

계몽시대 말기 독일에서 가장 유명한 시인 중 한 명인 괴테. 의학 속 베르테르 효과 이야기를 맺으며, 문학 밖의 영역에서 이룬 그의 일부 업적을 보태어 적는다.

"괴테는 문학을 훨씬 뛰어넘었다. 정치 및 자연 과학의 영역을 넘나들었다. 주로 변호사로 훈련을 받은 괴테는 자신의 색 이론을 발전시켰고, 아이작 뉴턴의 개념에 도전하기까지 했다. 또한 괴테는 자신의 해부학 교수인 로더(Justus Christian Loder)와 함께 비교 해부학을 연구하여 인간과 동물의 개념적 동일성을 입증했다. 이때 사람을 비롯한 모든 포유동물에 걸쳐 앞니뼈가 존재함을 처음으로 증명하여, 앞니뼈를 '괴테의 뼈'라 부르기도 한다. 괴테의 발견은 찰스 다윈의 계통발생적 진화론 발전의 기초가 되었다."

후두 돌출 – 아담의 사과

인간 최초의 불순종, 저 금단 나무의
열매, 그 치명적 맛
세상에 죽음과 고통을 몰고 온,
에덴을 잃고서야 비로소 위대한 이가
우리를 회복시켜, 행복의 자리를 되찾게 하시니,
노래하라 천국의 뮤즈여,
호렙산이나 시내산의 은밀한 산정에서,
선택받은 자손을 가르쳤던 저 목자에게 영감을 불어넣어라,
태초에 천지가 어떻게 창조되었는가를
혼돈으로부터

OF MANS first disobedience, and the fruit
Of that Forbidden Tree, whose mortal taste
Brought Death into the World, and all our woe,
With loss of EDEN, till one greater Man
Restore us, and regain the blissful Seat,
Sing Heav'nly Muse, that on the secret top

Of OREB, or of SINAI, didst inspire

That Shepherd, who first taught the chosen Seed,

In the Beginning how the Heav'ns and Earth

Rose out of CHAOS

존 밀턴(John Milton)의 대서사시 「실락원」의 첫 부분이다. 성경에 나오는 타락한 사탄에 의한 아담과 하와의 유혹과, 에덴동산으로부터의 추방을 다루고 있다.

　　여자가 그 나무를 본즉 먹음직도 하고 보암직도 하고 지혜롭게 할 만큼 탐스럽기도 한 나무인지라 여자가 그 열매를 따먹고 자기와 함께 있는 남편에게도 주매 그도 먹은지라.

　　　　　　　　　　　　　　　　　　－『성경』, 「창세기」 3장 6절

뱀의 꾐에 빠진 하와는 밀턴의 "저 금단 나무 열매"를 따먹고 아담도 먹기를 유혹한다. 눈이 열려 자기들이 알몸인 것에 수치를 느끼고, 둘은 무화과나무 잎을 엮어 몸을 가린다. 동시에 수고로이 살다가 먼지가 되어 흙으로 돌아가는 유한한 생명임을 깨닫게 된다. 생명나무 열매마저 따먹고 영생할까 저어한 야훼는 두 남녀를 에덴동산에서 쫓아낸다.

〈그림 1〉 아담과 하와

에덴을 잃고 나서 그들은 이렇게 묻고 싶었을지도 모를 일이다. "먹지 못할 거라면 왜 보기만해도 먹고 싶도록 탐스럽게 지으셨나요?" 또 하나, 에덴에서 추방되기 전에 왜 따먹었느냐는 야훼의 질문에 대한 둘의 대답도 되짚고 싶다. 아담은 여자가 꾀어서 먹었다고 하고, 여자는 뱀이 꾀어 먹었다고 남에게 미루는 핑계를 둘러댄다. 아마 진정으로 자신들의 죄임을 자복하였다면 쫓겨났을까. 쫓겨났더라도 이렇게 신산한 삶을 살게 하셨을까. 인간답다는 말 그 자체가 대답일거라고 짐작하면서 스스로 해보는 질문들이다.

1. 목에 걸린 사과 한 조각 – 후두 돌출

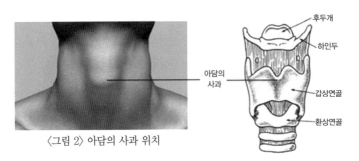

〈그림 2〉 아담의 사과 위치

목 가운데 앞으로 튀어나온 부분을 아담의 사과라 한다. 하와가 건네준 금단의 열매를 한 입 베어 먹다가 목구멍에 걸려 생긴 혹이라 여겨 붙여진 이름이다. 하와가 아담에게 건넨 열매가 사과인지는 알 수 없다. 성경 어느 곳에도 그 열매가 사과이며 더구나 목에 걸렸다는 언급은 없다. 그럼에도 불구하고 실증과 근거에 바탕을 둔다는 의학에서 아담의 사과는 두루 쓰이고 있다. 예로서, 국내와 국외 의학서에 아담의 사과를 원문 그대로 빌려 옮긴다.

　　좌우의 갑상선을 연결하는 엷은 조직은 소위 '아담의 사과(Adam's apple)'라고 불리는 갑상선연골(목의 가운데 앞으로 돌출된 부분; 남자에서 더 뚜렷이 보인다)의 바로 아래에 놓여 있다.

－ 고창순 · 조보연, 『갑상선』

　　We described a technique to reduce the profile of an Adam's apple for male-to-female transsexuals. We would like to bring this technique to the attention of ENT surgeons. Five cases have been done, one example is used to illustrate the technique.

　　〈한역〉 남자의 여성화를 위한 아담의 사과 축소 수술기법을 기술한다. 이 수술기법을 이비인후과 수술의사들에게 알리고자 한다. 5례를 수술하여 한 예를 그림으로 예증한다.

－ 알자심(Al-Jassim), 레서(Lesser),
『아담의 사과 축소 수술』 서론부

　　목구멍은 구강 바로 뒤 안쪽의 인두와 여기에 이어져 기관을 잇는 호흡기의 한 부분인 후두의 두 부분으로 구성된다. 아담의 사과는 후두를 에워싸고 있는 갑상연골의 튀어나온 각에 의해 돌출하거나, 또는 융기해서 만들어진 덩어리를 일컫는다. 줄여 이르면 후두돌출 또는 후두융기로 목울대, 목울대뼈, 울대뼈 등으로 부른다. 성

대를 흔히 울대라고도 하는데 그렇지 않다. 성대, 즉 목청은 목울대 속에 들어 있는 근육으로 이루어진 부위를 가리킨다. 울대를 감싼 뼈라는 의미에서 갑상연골을 울대뼈라고도 한다. 후두는 구강에서 인두부를 거쳐 숨통(기관)으로 이어지는 곳으로, 공기가 허파로 드나들고 소리를 내는 성대가 자리한 구멍이다.

아담의 사과는 남자에서 여자보다 더 커서 육안으로 보고 손으로 만질 수 있다. 사춘기를 지나며 남성호르몬 분비가 증가하면서, 갑상선 연골과 주변 근육의 발달이 유난히 빨라져서 어지간히 두드러진다. 동시에 성대 근육이 크고 두꺼워지면서, 굵고 낮은 목소리로 바뀌는 변성기가 온다. 여자에선 아담의 사과가 덜 드러나 갑상선 연골의 위쪽 테두리에서 보일 듯 말 듯하다. 여자도 변성기를 겪는다. 애교스런 목소리가 사라지고 음성이 여성스럽고 어른스러워진다. 다만 그 차이가 크지 않아서 대개 모르고 지난다. 이처럼 남녀 차이가 있는 것은, 갑상선 연골 두 부분이 목 앞 정가운데서 만나는 돌출부가 이루는 각도가, 남자에선 약 90도, 여자에선 대개 120도이기 때문이다. 즉, 아담의 사과는 남녀 모두에게 있지만, 성인 남자에서 가장 특징적 모양을 보인다.

아담의 사과가 걸려 있는 목은 귀중한 역할을 한다. 우선 목은 머리의 무게를 지탱하여 받쳐준다. 또한 목은 매우 유연하여 머리가 모든 방향으로 돌고 굽어질 수 있다. 예를 들어 목이 없거나 굳으면 옆이나 뒤를 보기 위해 온몸을 돌려야 한다. 목은 머리와 몸통의 연결 부위다. 목은 뇌에서 몸으로 가는 신경을 품어 보호하고, 심장으로부터 뇌에 혈액을 전달하는 동맥들이 목에 있다. 몸 전체를 통제 조절하는 컴퓨터에 해당하는 뇌로 가는 혈액이 줄면, 뇌 기능은 감소하고 전신의 모든 체계가 제대로 작동하지 않는다. 아담의 사과는 갑상연골과 함께 후두 앞에 벽으로서 성대를 비롯한 후두를 보호한다. 앞서 일렀듯이 후두는 호흡과 발성에 깊이 관여하고, 이물질이 기도로 들어가는 것을 막는 기능을 한다. 즉, 목에서 폐로 공기가 드나드는 통로인 기관지와 음식물이, 위로 가기 위해 지나야 하는 식도와 같이 숨 쉬고 먹는 일을 담당하는 기관들의 출입구를 감싸고 있다.

이처럼 생명과 직결되는 곳이 목이어서, 삶을 살아가는 중요한 수단이나 형편을 비유하여 목줄이라 하지 않는가. 성서에 따르면 아담이 먹다 걸린 과실의 나무는 '생명의 나무(the tree of life)'다. 아담의 사과가 걸려 있는 인체의 부위는 생명과 직접 연관되는 곳이다. 여기가 바로 생명을 좌우하는 급소인 해부학적 위치라는 점을 뚜렷하게 하려한 의도가 엿보인다. 정수리의 숨구멍도, 코와 입술 중간에 파인 인중도, 명치와 낭심도 급소지만, 숨 쉬고 먹는 생존의 핵심 통로보다 더 절절한 급소는 없다. 더불어 선악과를 먹은 불순종의 벌로 에덴동산서 추방된 사건을 기리기 위한 것일지도 모른다. 목이 반칙을 저지르거나 심지어 반역을 하는 불순종의 재앙을 깨우치기 위해 아담의 사과라는 해부학적 명칭을 붙였을 것이다.

2. 여러 과일 중에 아담의 목에 걸린 과일은 어찌하여 사과일까?

우리는 왜 지금도 사과 조각을 목에 박고 다닐까? 좀 더 솔직하게 물으면 목에 걸린 그 무엇을 왜 사과라고 해야만 했을까? 정확한 답은 모른다. 두루 알고 있듯이 아담은 구약 성경의 창세기에 등장하는 최초의 인간이다. 창세기는 영어로 제네시스(Genesis)다. 그리스어인 게네시스(Genesis=시작, 기원)를 따른 것이다. 성서문학자들의 견해에 따르면 창세기는 고대 특유의 문학유형을 지니고 있다. 누군가 성서 속의 사건을 문학적 바탕으로 이야기를 엮어, 아담이 사과를 먹다가 목에 걸려 만들어진 것이라고 꾸민 것이다. 실제로 파타이(Patai) 등이 편집 발간한 유대의 전설 백과에 의하면, 아담이 따먹은 열매는 사과라고 전해져 온다고 한다. 아담이 여자의 유혹에 끌려 사과를 입에 넣고 난 후에, 그 사과를 딴 나무가 바로 선악과임을 알았을 때 놀라서 목에 걸렸다. 그 일이 있은 이래로 사람들은 최초로 사람 목에 걸렸던 과일 조각인 아담의 사과를 하나씩 목에 달게 되었다고 한다.

그리스신화와 관련된 설도 있다. 헤라(Hera)의 과수원에는 먹으면 불사불멸해지는 황금사과나무가 자라고 있었다. 이 나무는 대지의 여신 가이아(Gaia)가 헤라에게 결혼기념으로 준 선물이었다. 헤스페리데스(Hesperides) 자매들에게 나무를 지키는 일을 맡겼는데, 그녀들 스스로 황금사과를 따먹곤 했다. 이를 안 헤라는 자매들을 믿을 수 없어, 영원히 자지 않고 백 개의 머리를 가진 큰 뱀

라돈(Ladon)을 보내어 그녀들과 함께 황금사과나무를 지키게 했다. 사과나무와 뱀이 등장하는 이야기 내용이 아담의 사과로 연상되었다는 설이다.

역사가들에 의하면, 2세기경 구약 성경 번역가로 활동했던 유대인 아퀼라 폰티쿠스(Aquila Ponticus)가, 히브리어 성경을 그리스어로 번역하면서 선악과를 사과로 번역한 것이 그대로 전해지고 있다. 그리스 신화에서 사과가 욕망과 파멸을 상징하고 있는 것과 무관하지 않다고 여겨진다. 즉 의역한 것이다. 라틴어에서 사과를 의미하는 단어인 말루스(mallus)가 악을 가리키는 말룸(malum)과 비슷한 것도 흥미롭다.

11세기 독일의 수녀 힐데가르트 폰 빙엔(Hildegart von Bingen)은 다음과 같이 적고 있다.

아담이 사과를 먹으며 죄를 범한 순간, 멜랑콜리가 그의 피 속에서 응고했다. 타락 이전에 아담 육체의 담즙은 수정처럼 빛나고 신이 만들어 낸 취향을 가지고 있었다. 마찬가지로 그에게서 멜랑콜리는 새벽빛처럼 빛나면서, 신의 작품임을 보여주는 지혜와 완벽성을 그 안에 품고 있었다. 그런데 아담이 신의 명령을 위반하자 순수함의 빛이 동요하고 하늘을 응시하던 그의 눈은 멀고, 그의 담즙은 쓰게 변하고 그의 멜랑콜리는 검게 되었다. 그는 "뱀의 숨결에서 나온 멜랑콜리 기질자의 뇌는 기름이 가득하고 어두운 낯빛을 지니고 있어서, 그들의 눈은 독사처럼 불타오르고, 검고 탁한 피가 가득한 그들의 혈액은 굳고 기름지다"고 생각했다."

– 박혜정, 『멜랑콜리』

『악마의 정원』에서 스튜어트 리 알렌(Stewart Lee Allen)은 중세의 성직자들은 다음의 이유로 사과를 금단의 선악과라고 여겼다고 주장하고 있다.

사과의 색깔이 매혹적이고 그 달면서 신 이중적 맛과 세로로 자른 속 모양이 여성의 성기를 닮았고, 가로로 자르면 가운데 잘린 씨가 오각의 별 모양으로 보인다. 오각성은 원래는 성스러움을 의미하는데, 오각성을 뒤집어 놓은 역오각성의 모양이 사탄의 얼굴을 닮았다하여 사탄주의자들이 사악함의 상징으로 삼고 있기 때문이다.

서양 문화에서 사과가 차지하는 자리는 꽤 중요하다. 인간 역사의 시작을 의미하는 아담의 사과를 비롯하여 꽤 유명한 몇 알의 사과만 살펴보아도 그렇다. 그리스신화 속 트로이전쟁의 원인이 되었던 분쟁의 씨인 파리스(Paris)의 사과, 겉만 번지르르하여 손을 대기만 해도 한 줌의 재로 스러지는 소돔의 사과, 아들의 머리 위에 얹혔던 근대 시민 정신의 상징인 빌헬름 텔의 사과, 만유인력 뉴턴의 사과, 왕비의 질투가 독을 넣어 백설공주를 죽음으로 몰고 간 사과, 사물의 본질을 담아 현대미술의 태동을 암시했던 세잔느의 사과, 사물을 바라보는 시각을 되짚어 보게 한 초현실주의 미술을 이끈 르네 마그리트의 초록색 사과, 뉴욕을 상징하는 빅애플(Big Apple),

그리고 삶의 방식을 바꾸어 버린 스티브 잡스와 밀접한 애플사의 심벌인 베어 물린 사과 등등.

특히 이 중에서 애플사의 로고가 지닌 문화적 스토리는 얼마나 매력적인가. 아담의 후손 중 누군가 베어 문 자국이 남은 사과는 애플사의 로고다. 영국의 디자이너 롭 야노프(Rob Janoff)가 뉴턴의 사과에서 영감을 얻어, 한 입 깨문(영어로 bite, 발음이 바이트) 사과로 컴퓨터의 기본 단위인 바이트(byte, 발음이 바이트)를 시청각적으로 이미지화한 것으로 알려져 있다. 그렇지만 속사정은 '기계는 생각할 수 있는가?'라고 질문하며 현대 컴퓨터의 아버지라 불린, 영국의 천재 수학자 앨런 튜링(Alan Turing)에 대한 오마쥬와 깊은 연관성이 있다. 그는 마흔두 살에 주검으로 발견되었는데, 그의 옆에 청산가리가 든 반쯤 먹다 만 사과가 뒹굴고 있었다. 독일군이 자랑하는 난공불락의 통신 암호 체계인 '에니그마'를 무력화시킨 '봄브(The Bombe)'를 개발하며 큰 활약을 펼쳤던 그는, 제2차 세계대전이 끝난 후 1952년 동성애자로 재판을 받게 되자, 투옥되는 대신에 화학적 거세형을 선택하였다. 합성 여성호르몬 주사를 지속적으로 맞아 몸은 유방이 발달하는 등, 점점 여성화 되어가면서 동시에 정신 역시 무너져 갔다. 1954년 6월 7일, 42세 생일을 16일 앞두고 자살하였다. 동성애자 낙인을 찍은 사회에 대하여 다음과 같은 유서를 남기고. "사회는 나를 여자로 변하도록 강요했고, 나는 가장 여성적인 방식으로 죽음을 맞는다." 그의 사후 컴퓨터 시대가 오면서, 튜링과 그의 사과는 스티브잡스에 의해 태어난 인류 최초의 개인용 컴퓨터의 이름인 '애플(apple)'로 다시 태어났다는 설이다.

3. 사과를 먹은 수많은 사람 중에 하필이면 아담인가?

아담과 하와 이야기는 서양 문화 역사를 관통하는 아이콘으로 많은 문학 작품의 바탕에 직간접적으로 흐르고 있다. 가장 대표적 소설은 아마도 나다니엘 호손(Nathaniel Hawthorne)의 『주홍글씨(Scarlet Letter)』일 것이다. 헤스터(Hester)는 유혹에 빠져 간통을 하게 된다. 마치 하와가 하나님의 말씀에 불순종하여 과실을 먹고, 아담이 유혹에 빠져 먹다 걸린 사과 혹을 목에 달고 수치스레 살아야 하듯이, 간통자들은 평생 가슴에 주홍글씨를 새기고 지낸다.

이렇게 목에 표식을 해둔다면 어쩌면 목에 개줄을 매는 것과 다른 것일까. 목줄로 목을 죄어 복종을 이끌어 내는 일과 사과 한 조각으로 모든 목의 기능을 묶어 순종을 불러내는 일은 다른 일인가. 물론, 해부학적 의미에 더할 것은 없지만, 울대를 더 잘 사용하여 소리를 조심, 숨쉬길 잘하라는 표식일 게다. 주홍글씨를 목 한가운데 얹히기에 가장 적합한 대상은 아무래도 아담이었을 것이다.

의학 속에 쓰이는 아담이란 명칭이 하나 더 있다. 아담(ADAM)증후군이다. 여기서 아담은 사람 이름은 아니다. 중년 이후의 남성에서 남성호르몬인 안드로겐이 부족해서 생기는 여러 증상과 징후들을 묶어 이르는 병적 상태이다. 즉, 중년 남성 안드로겐 결핍 증후군(Androgen Deficiency in Aging Man)의 영문 단어의 첫 자를 모아 만든 합성신조어다. 성욕이 떨어지고 젖가슴이 부풀며 처지고, 몸 곳곳이 노화되면서 뼈와 근육이 약해져 근력이 떨어지고, 골다공증이 발병하고 전립선에도 문제가 온다. 동시에 정신적으로 우울증이 생기고, 남성호르몬이 감소하면서 상대적으로 강해진 여성호르몬의 영향으로, 활달하던 성격이 감성적으로 변하기 시작한다. 한창 때 활달했던 남편이 아내에게 온순해진다. 남성호르몬을 투약하면 개선된다. 그러나 부작용도 적지 않아 운동, 취미 활동 등으로 예방하고 치료하는 경향도 크다. 물론 노화의 순리 현상이지만, 그 정도가 심해 일상에 영향을 미치면, 살펴 추슬러야 하는 이 상태를 굳이 아담이라고 명명한 것은 우연이 아닐 것이다.

4. 후두돌출에 아담의 사과라는 이름을 붙인 사람은 누구일까?

숨이 드나들고 음식을 들이는 목 한가운데에 달려 있는 부위에, 성경 속 최초의 인간인 아담의 이름을 처음 붙인 사람은 누구일까? 숨 쉬고 먹는 일보다 더 기본이고 필수인 생존 방법이 또 있는가. 그것도 사과를 소재로 삼아 스토리를 꾸미며. 그의 속마음을 알 도리는 없지만 이것만은 짐작이 간다. 성서문학의 대표작인 성경을 읽었거나 들어서 아담이 선악과 먹은 불순종을 알게 되었을 것이다. 그리고 막연한 과일보다 사과를 따 먹은 것으로 하는 게 더 실감날 것이라고 생각했을 것이다.

이 짐작이 맞든 안 맞든, 문학 속에서 전통적으로 사과로 묘사되었던, 금지된 인식의 나무열매를 하와가 아담에게 먹으라고 유혹했던 이야기. 종교, 문화와 더불어 문학의 기초 위에서 문제를 일으키는 음식을 급히 먹다가 목에 걸린 그 모습을 형상화한, 멋진 은유를 의학의 이론과 실제가 품고 있다는 사실에 목젖부터 뜨거워져 옴은, 어쩔 수 없는 아담의 후예라는 증거가 분명하다.

질병은 신체적 기능이 비정상적으로 변한 상태이다. 넓은 의미에선 심한 고통을 비롯하여 몸과 마음, 그리고 사회적 문제에서 죽음까지를 휩싼다. 환자의 입장에선 몸의 정상적 구조나 기능으로부터 변질된 주관적 실체이며, 치료자의 관점에선 심신의 의학적 변질의 진행 또는 과정인 객관적 실체이다. 주관적이든 객관적이든 병적 변질은 사람이 겪어야 할 본질적 상황, 또는 문제로서 생명과 삶의 유한성과 약함을 깨닫게 한다.

서로의 목젖을 바라보면서, 그 깨달음을 항상 기억하여, 내가 환자이기도 하고 의사이기도 하면서, 서로 더 귀중히 조심스레 다루라는 표식이 분명하다. 최초로 만들어진 사람의 이름을 달고 다니며, 나도 너도 역시 세상에 단 하나뿐인 소중한 사람임을 확인하며, 스스로를 아끼고 서로 사랑하라는 뜻은 아닐까. 그래서 의사는 "나는 요청 받는다 하더라도 극약을 그 누구에게도 주지 않을 것이며, 그와 같은 조언을 하지 않을 것이며, …… 청렴과 숭고함으로 나는 나의 인생을 살 것이며, 나의 의술을 펼치겠노라."라는 히포크라테스(Hippocrates) 선서에 서약한다. 서약을 하며 목젖이 뜨거워 목메던 내가, 바로 가장 본능적인 사과 조각에 신화를 넣어 목에 달고 다니는 후손임을 잊지 않도록, 후두돌출을 아담의 사과라 이름 지은 명명자도 아담의 후손이었음을 새삼 되새겨본다.

필사(必死)에서 불멸(不滅)로 - 의학 속 메두사

카푸트 메두사(Caput medusae)는 라틴어로 '메두사의 머리'라는 뜻이다. 메두사(Medusa)는 그리스 신화에 나오는 고르곤(Gorgon)으로 알려진 괴물 중 가장 유명한 인물이다. 고르곤이라는 용어는 그리스어 고르고스(gorgos)에서 유래했는데, 끔찍하다, 사납다, 두려운 모든 것 등을 의미한다. 메두사는 일반적으로 뱀으로 구성된 머리를 가진 날개 달린 여성 생물로 표현된다. 흐느적거리는 머리칼 때문에 영어에선 메두사가 해파리를 가리키는 일반명사로 쓰인다. 세 자매의 고르곤 중에서 메두사만이 다른 두 자매와 달리 때때로 매우 아름다운 것으로 표현되었다. 또한, 두 자매는 불사신(不死身)이었지만, 메두사는 필멸(必滅)의 운명을 지녔다.

바다의 신 포세이돈은 메두사를 탐내어 아테나 신전에서 그녀를 범했다. 포세이돈이 메두사를 공격했다는 소식을 들은 아테나는, 질투심에 불타, 메두사의 아름다운 머리카락을 뱀으로 바꾸고 그녀를 보는 사람을 돌로 만들어 저주했다. 페르세우스(Perseus)는 그녀의 시선이 그를 돌로 변화시키기 전에, 방패를 거울로 삼아 메두사가 자신의 모습에 마비되도록 한 후에 머리를 잘라서 그녀를 죽일 수 있었다. 그녀의 목에서 뿜어져 나온 피에서 포세이돈의 두 아들인 크리사오르(Chrysaor)와 페가수스(Pegasus)가 태어났다.

르네상스 시대의 피렌체 사람들은 침략군에 맞서 자유를 지킨 도시의 투쟁을 메두사에 대한 페르세우스의 승리에 비유했다. 갑옷과 방패에 그녀의 머리를 그려 넣어, 적을 돌로 만드는 석화(石化) 능력을 이미지로 장착했다. 즉, 메두사는 액막이 상징이었다. 재액(災厄)을 막기 위한 또 다른 재액, 즉, 악을 물리치는 악의 이미지였다. 철학적으론, 그녀의 머리는 인간의 감각에 대한 이성의 승리를 상징한다. 이러한 서사와 상징성은 문학예술뿐 아니라 의학에도 두드러진 영향을 주었고, 주고 있다.

의학에선 복부에 부어오른 정맥의 무리를 카푸트 메두사라 부른다. 머리에 뱀이 달린 신화 속 인물 메두사의 머리가 어떻게 신화 문학에서 의학과 문학의 접경을 지나, 의학 속에 들어와 재주(在住)하게 되었을까?

1. 메두사를 창조한 신화 문학

그리스 작가들은 인간을 더 잘 이해하고, 인간을 에워싼 자연과 환경을 포함한 세상을 설명하기 위해 신화를 지었고, 그 서사를 문학으로 구현했다. 그리스신화는 소리로 전해져 내려오는 이야기에서 비롯되었다. 고대 그리스인들은 그들의 신화를 반복하여 구전하면서 차차 기록하였다.

작가들은 소리 이야기에 예술적 수사로 자신의 세상관을 섞어 신화문학을 만들었다. 그래서 그리스신화를 '작가가 있는 신화'라 일컫기도 한다. 문자문학이 된 신화는, 오늘날 우리가 말하고 쓰는 방식을 비롯하여 추상과 구상의 모든 삶에 진한 영향을 미치고 있다.

2. 메두사를 처음 기록한 문학 작품

메두사와 고르곤에 관한 설명은 고대 그리스에서 시작하여 로마 시대까지 이어진 작가들의 지속적 창작의 결과로 기록되어 있다. 메두사와 고르곤에 관한 최초의 묘사는 오늘날 읽는 것과는 전혀 다르다. 기원전 750년에서 650년 사이에 살았던 그리스 시인 헤시오도

〈그림 1〉 헤시오도스

스(Hesiodos)〈그림 1〉는 그리스 신들의 계보를 노래한 시 『신들의 기원(Theogony)』에서 고르곤과 메두사를 처음으로 언급했다.

"케토(Ceto)와 포키스(Phorcys)는 태어날 때 회색인 아름다운 뺨의 자매, 그라이애(Graiae)를 낳았고: 불멸의 신과 지상을 걷는 인간들은 그들을 그라이애라 부르고, 잘 차려입고, 사프란 옷을 입은 에뇨(Enyo), 그리고 영광스러운 대양 너머 맑은 목소리의 헤스페리데스(Hesperides)가 있는 밤을 향한 변방에 사는 고르곤들, 스테노(Stheno), 그리고 우리알레(Euryale), 그리고 비참한 운명을 겪은 메두사: 그녀는 필멸의 존재였지만, 둘은 죽지 않고 늙지 않았다. 그녀와 함께 봄꽃이 만발한 부드러운 초원에 검은 머리의 포세이돈이 누워 있었다."

헤시오도스는 메두사가 기괴하다고 언급하지 않으며, 그녀와 그녀의 고르곤 자매가 아름답다고도 말하지 않았다. 더욱이, 헤시오도스는 메두사가 아테나 신전에서 포세이돈에게 유혹을 받았거나, 오비디우스(Ovidius)가 그의 시집 『변형이야기』에서 말한 대로 강간당했다고 직접적으로 언급하지 않았다.

헤시오도스는 메두사의 머리칼이 뱀인 이유를 이렇게 적고 있다.

"왜 자매 중에 그녀 혼자만 뱀으로 꼬인 머리를 하고 있는가?"라고 묻자 페르세우스는 이렇게 대답했다.

"그녀의 아름다움은 널리 알려졌고, 많은 구혼자가 부러워하는 희망이었고, 그녀의 모든 매력 중 그녀의 머리카락은 가장 사랑스러웠다. 그녀를 보았다고 주장하는 사람에게 들었다. 그녀는 미네르바의 신전에서 바다의 제왕 포세이돈에 의해 범해졌다고 한다. 제우스의 딸은 돌아서서 처녀의 눈을 방패로 가렸다. 그리고 마땅한 처벌을 위해 고르곤의 사랑스러운 머리카락을 혐오스러운 뱀으로 변형시켰다. 미네르바는 여전히 공포로 적을 공격하기 위해 뱀을 그린 흉갑을 만들어 입었다."

어린 페르세우스 이야기는 '그림은 말 없는 시이고, 시는 말하는 그림'이라는 말로 유명한, 그리스의 고대 시인 케오스의 시모니데스(Simonides of Ceos)의 단시 「다나에의 비탄(Danae's lament)」에 전해진다. 아르고스의 왕비 다나에가, 남편의 엄명에 따라, 어린 아들 페르세우스를 궤짝에 가두어 바다에 띄울 수밖에 없었던 전설을 근거로 쓴 시다. 고난 속에 자란 페르세우스에게 메두사는 죽음, 폭력, 그리고 선정적 욕망의 상징이었다.

3. 글로 쓴 메두사의 무늬

서두에 이른 바와 같이 신화문학은 문학에 끊임없는 영향을 주고 있다. 그 예로서, 『신곡』의 메두사와 『제인 에어』의 메두사를 본다.

1) 단테의 메두사

이탈리아 시인 단테(Dante Alighieri, 1265~1321)는 『신곡』의 '지옥편 「인페르노(Inferno)」'에서 메두사를 언급한다. 단테의 메두사는 분노의 순환 고리 끝부분에 나타나, 분노와 타락 천사들과 함께 도시의 수호자 역할을 한다. 공포에 사로잡혀 그릇된 권력에 굴복할 때, 우리가 상상한 실패를 현실로 만든다.

> "메두사가 오도록 놔두게; 우리는 그를 / 돌로 만들 거네," – 단테, 『신곡』9장

2) 샬럿 브론테의 메두사

샬럿 브론테(Charlotte Brontë)의 『제인 에어』에서 메두사를 본다.

> "메두사가 당신을 보았고, 당신은 돌로 변하고 있다고 생각했습니다. 아마 이제 당신은 당신의 가치가 얼마인지 물을 것입니다."
> – 샬럿 브론테, 『제인 에어』제33장

세인트 존이 제인에게, 그녀의 백부인 마데이라의 에어(Eyre of Madeira)가 세상을 떠나면서 많은 재산을 제인에게 물려주었다고 말하는 대목이다. 이 말을 듣자 여러 생각이 제인의 머리를 스쳐 지나갔다. 그녀는 이제 부자가 되었고 로체스터(Rochester)와 동등해졌다. 이 충격적인 소식을 접한 제인의 얼굴은 돌처럼 얼어붙었다.

4. 의학 속 카푸트 메두사

의약품 및 인체 구조에 관한 많은 명칭은 고전 신화에서 파생되었다. 현재까지 파생의 정도와 심도에 관한 정확한 체계적 연구는 없다. 16세기와 20세기 사이에 그리스와 로마 문학에 등장하는 대략 삼십여 명의 인물이 의학 용어로 재등장하고 있다. 몇 예를 든다. 머리를 떠받치는 제1 경추(頸椎)인 환추(環椎)를 이르는 아틀라스(Atlas)와 발뒤꿈치의 아킬레스(Achilles) 힘줄은 대표적 해부학 용어다. 약리학에선, 심장부정맥 치료와 동공 확대에 쓰이는 아트로핀(atropine)은 인간의 죽음의 시기와 방법을 결정하는 여신 아트로포스(Atropos), 마약성 진통제 모르핀(morphine)은 환상을 만들어내고 뿔에서 마약 증기를 뿜어내는 여신 모르페우스(Morpheus)에 그 어원을 두고 있다. 외디푸스(Oedipus) 콤플렉스 또한 잘 알려진 의학 용어다. 의학의 신화문학 속 명칭 선택은 시각적 형태의 유사성 또는 서사적 기능의 유사성을 이해하고 설명하기 쉽게 했다. 즉, 의학적 내용의 간결한 상징성을 지니게 했다. 물론 고전적 이름을 활용한 학문적 겉치장으로 선택 수용된 측면도 부인할 수 없을 것이다. 카푸트 메두사 역시 이러한 설명의 틀에 들어 있다.

1) 카푸트 메두사의 원인과 증상

카푸트 메두사는 배꼽 둘레의 피부밑 정맥이 부풀어 올라 드러나

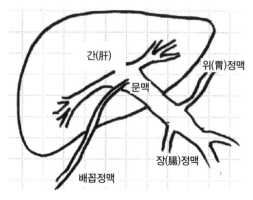

간(肝)

위(胃)정맥

문맥

장(腸)정맥

배꼽정맥

〈그림 2〉 문맥과 배꼽 정맥 모식도

는 징후다. 배꼽 주위 정맥이 붓는 증상을 이해하기 위해 문정맥(門靜脈)을 알아본다. 줄여서 문맥이라 부르는 문정맥은 〈그림 2〉에서 보듯이 위장관, 담낭, 췌장 그리고 배꼽 등에서 오는 정맥 혈관들이 한데 모이는 비교적 큰 정맥이다. 마치 간으로 들어가는 혈관들의 문(門) 역할을 한다.

만일 여러 원인에 의하여 문맥이 막히면, 주변 혈관의 혈액량이 증가하여 문맥으로 모이는 모든 정맥이 팽창한다. 이 중에서 배꼽과 배꼽 주위의 피부 밑에 있는 정맥들이 눈에 띄게 부풀어 오른다. 이 부푼 피하 정맥들이 배꼽에서부터 배꼽 주위로 바큇살 모양으로, 시각적으로 중심점인 배꼽에서 갈라져 퍼진다. 배꼽을 중심으로 배에 부어오른 정맥이 마치 중앙의 매듭에서 뻗어 나온 뱀 같은 메두사의 머리털처럼 보인다.

문맥은 혈전에 의해 막힐 수 있지만, 대개 간경변증에서 복수가 차고 복벽의 정맥이 팽창하여 두드러진 상태를 메두사의 머리라 이른다. 간염, 알코올 남용 또는 기타 유형의 간 손상으로 인해 간에 반흔 조직이 형성되면서 굳으면, 간으로의 혈류가 줄고 혈관이 붓게 된다.

눈에 보이는 카푸트 메두사는 통증이나 불편함을 유발하지 않을 수 있다. 문맥압 항진증과 간 질환은 정맥이 확장되는 것 외에 눈에 띄는 다른 증상이 있다. 복부에 복수가 고여 배가 팽창한다. 간 기능이 좋지 않으면 혼란과 기억력 문제가 발생할 수 있다.

2) 카푸트 메두사의 진단과 치료

카푸트 메두사가 보이면, 혈액 검사, 정신 기능을 평가하기 위한 테스트, 심장 기능 검사, 초음파와 같은 영상, 내시경 검사 등을 하여 근본 원인을 찾는다.

치료는 증상과 그 근본 원인에 따라 다르다. 우선 생활양식을 개선한다. 간 질환이 있는 경우, 증상을 최소화하기 위해 술이나 정신계통 작용 약물 복용을 중단한다. 저염식이 요법을 해야 할 수도 있다. 새로운 약을 복용하기 전에 의사와 상의하여 간에 더 이상 해를 끼치지 않도록 한다.

출혈을 치료한다. 파열된 정맥으로 인한 내부 출혈은 응급 상황이다. 내출혈 증상이 있으면 즉시 의사의 도움을 받는다. 병 상태에 따라 덜 침습적인 방법으로 출혈이 멈추지 않거나 출혈이 반복되

는 경우, 손상을 복구하고 혈관 경로를 변경하기 위해 수술이 필요
할 수 있다. 일반적으로 간으로 가는 대부분의 혈액을 우회시키기
위해, 튜브를 복부에 삽입하여 문맥 내 압력을 낮추는 노력을 한다.
문맥압 상승이 심각한 간 손상으로 인한 경우, 간 이식의 대상이 될
수 있다.

5. '카푸트 메두사'란 의학 용어를 처음 쓴 이는 누구인가?

1) 나폴리의 외과 의사 세베리노

프랑스 해부병리학자 장 크루베일리에(Jean Cruveilhier,
1791~1874)는 그의 『인체 해부 병리(Humain Anatomie Pathologique du
Corps)』에서 마흔여덟 살 환자의 배꼽 주위의 확장된 정맥에 관해
기술했다. 그는 선천적 원인이라고 생각했다. 자신의 책에 배꼽주
위 정맥의 모양을 메두사의 머리의 모양과 비교하면서, 그러한 비
교는 나폴리 외과 의사 세베리노(Marco Aurelio Severino, 1580~1656)
의 견해임을 밝혔다. 한 임상 징후 명칭의 저작권을 명기한 것이
었다.

저명한 변호사의 아들로 칼라브리아에서 태어난 세베리노는 처
음에는 예수회 대학에서 교육을 받았지만, 나중에는 나폴리 대학에
서 수학, 화학과 철학 및 의학을 공부했다. 스물아홉 살에 나폴리에

서 외과 수련을 시작했으며, 6년 뒤 외과 및 해부학 교수로 임명되었다. 1632년 그림이 함께 그려진 최초의 외과 병리학 교과서『종양의 불분명한 특성(De Recondita Abscessum Natura)』을 출판했다. 이책의 '위(胃)의 약해진 정맥' 장에서 확장된 배꼽 주위 정맥의 모습을 기술했다.

"나는 하복부를 통해 놀라운 크기로 커졌고 부푼 가장 큰 정맥류를 보았다. 배가 메두사의 머리를 똑 닮아 있는 것을 보았다."

세베리노의 묘사 기록은 너무도 생생해서 카푸트 메두사는 의학 교과서의 공식 표준 용어가 되었다.

세베리노는 1580년 11월 2일, 이탈리아 남부 칼라브리아(Calabria)주의 코센차(Cosenza) 근처의 타시아(Tarsia)에서 성공한

〈그림 3〉 세베리노

변호사 야코포 세베리노(Jacopo Severino)와 베아트리체 오랑기아 (Beatrice Orangia)의 아들로 태어났다. 아버지는 세베리노가 일곱 살에 돌아가셨다.

어머니와 삼촌 안토니오 세베리노(Antonio Severino)는 세베리노로 하여금 타시아와 인근 로지아노(Roggiano) 지역의 가정교사에게 라틴어, 그리스어, 수사학, 시, 법학에 관한 조기 교육을 받게 했다. 예수회의 지아니노(Orazio Giannino)의 지도 아래 고전 언어도 배웠다. 삼촌은 법학을 배우기를 원했으나, 세베리노는 법학에서 의학으로 전공을 바꾸었다. 왜 전공을 변경했는지에 관해선 알려진 바가 없다.

나폴리에서, 공식적으로 세베리노의 스승은 아니지만, 그의 사상 형성에 큰 영향을 미친 유명한 철학자이며 시인인 토마스 캄파넬라(본명은 Giovanni Domenico Campanella, 1568~1639년)를 만났다. 캄파넬라는 로마 가톨릭과 르네상스 인본주의를 조화시키려 했던 이탈리아 철학자이자 시인이었다. 캄파넬라는 스콜라적 아리스토텔레스주의를 반대한 베르나르디노 텔레시오(Bernardino Telesio, 1509~1588)의 작품에 영향을 받았다. 텔레시오는 구체적인 데이터를 참조하지 않고 추론하는 관행을 비판하며, 경험주의적 인식을 시작한 이탈리아 철학자이자 자연 과학자였다. 자연스레 캄파넬라는 철학의 기초로서 인간 경험이 필요함을 강조했다. 이러한 캄파넬라로부터 세베리노는 철학적 체계의 기초를 배웠다. 이는 세베리노의 인생 후반을 특징짓는 비판적 반아리스토텔레스주의를 형성했다. 17세기 초반, 지적인 부흥 운동이 활발했던 나폴리에서 수년간 받은 교육과 훈련은 젊은 칼라브리아인의 영혼을 단련시켰고, 현대 사상의 가장 중요한 흐름을 접하게 하였다. 대학 수업 외에도 철학적-과학적 지식을 자신의 지식으로 재정렬하는 활동에 지속해서 참여했다.

세베리노의 문화적 관심은 의학에 쏟은 관심 못지않았다. 데모크리토스(Democritos)의 우주 원자론적 견해를 남달리 깊게 이해하고 있었다. 또한, 르네상스 후기의 가장 중요한 철학자 중 한 명인 캄파넬라(Tommaso Campanella)뿐 아니라, 심장 기능과 혈액 순환을 최초로 발견한 해부 생리학의 거물인 영국의 윌리엄 하비(William Harvey)와, 인간의 림프계 발견과 냉장 마취 이론을 발전시킨 덴마크의 수학자이며 신학자인 의사 토머스 바톨린(Thomas Bartholin)과 교류했다. 철학을 의학에 도입한 그리스의 철학자며 의사인 갈렌(Galen), 초기 기독교 작가이며 수사학자인 로마의 락탄티우스(Lactantius)와 같은 고대 철학자, 과학자들의 작품에 대해서도 잘 알고 있었다. 의학과 함께 철학적, 문학적 관심을 병행하며 배양하여 의학 지식의 한계를 훨씬 뛰어넘는 지적 경지에 닿으려 노력했다. 이러한 의학 초월은 '보편적인 구조의 기교가 먼저 명백하게 드러나는 체스의 존재 이유'를 철학적 시각으로 바라본『체스의 철학(La filosofia degli scacchi)』을 저술했다.

1606년 살레르노(Salerno)에서 의학 학위를 받은 후, 세베리노는 타시아(Tarsia)로 돌아와 진료를 시작했다. 3년 후 줄리오 이아솔리노(Giulio Iasolino)에게 수술을 배우기 위해 나폴리로 돌아왔다. 1610년부터 나폴리에서 외과와 해부학을 개인적으로 가르쳤다. 1615년 이 과목의 대학교수가 공석이 되자 세베리노는 교수가 되었고, 또한, 나폴리 중부의 저명한 병원인 오스페달레 데글리 인큐라빌리(Ospedale Degli Incurabili)의 첫 번째 외과의로 임명되었다.

남부 이탈리아에서 초기 근대 과학의 역사적 전환기에서, 세베리노는 자연 철학과 의학 및 외과 실습의 변화와 발전에 기여한 사람 중 한 명이다. 비교 해부학의 선구자로 간주되며 의학, 해부학, 동물 생리학, 외과 분야에서의 연구 활동은 17세기 초반부터 의사와 과학자들의 관심을 불러일으켰다. 그의 업적은 주요 유럽 대학과 런던 왕립 학회, 파리의 왕립 과학 아카데미 등에서 큰 호평을 받았고, 이탈리아 외과학을 부흥시킨 의사로 인정받고 있다.

1656년 5월, 나폴리에 끔찍한 전염병이 돌았다. 세베리노는 만연한 질병의 본질을 확인하기 위해, 감염된 사람들의 일부 시체의 해부 작업에 참여하도록 요청받았다. 그도 전염병엔 예외일 수 없었다. 치명적 전염이었다. 결국, 세베리노는 같은 해 7월 15일, 일흔여섯 해 이승의 삶을 나폴리의 산 비아지오 마조레(San Biagio Maggiore) 교회에 묻었다.

〈그림 4〉 메두사의 머리를 든 페르세우스
(벤베누토 첼리니 작품)

2) 세베리노의 영감의 원천

세베리노가 문맥 고혈압 환자의 배를 진찰하다가 '메두사의 머리'
를 떠올린 이유는 무엇인가? 추측일 뿐이겠지만, '세베리노의 의학
적 관찰이 특정 예술적 출처에서 영감을 받은 것이 가능하지 않을
까?'라는 영국 빅토리아 병원 의사 리처드 박(Richard Park)의 질문
에 동참하여 추론해본다.

메두사의 이미지는 16, 17세기 동안 이탈리아 전역에 그림, 조
각, 서사 등의 다양한 표현 방식으로 널리 퍼졌다. 피렌체 로지아

데이 란치(Loggia dei Lanzi) 아래 시뇨리아 광장(Piazza della Signoria)에 서 있는 페르세우스 동상은 참수된 고르곤의 몸 위에 서서 끔찍한 머리를 들고 있다.

르네상스 시대 가장 위대한 금세공인 중 한 명인 이탈리아의 벤베누토 첼리니(Benvenuto Cellini, 1500~1571)는 1545년 투스카니(Tuscany) 대공 코시모 1세 데 메디치(Cosimo I de' Medici)의 의뢰를 받아 이 작품을 조각했다. 메두사의 머리를 베어 든 페르세우스 청동상은 정치적인 의미를 지니고 있다. 공화국의 머리를 베는 공작의 권력을 상징한다. 메두사는 공화국 실험을 가리키고, 그녀의 몸에서 나오는 뱀은 민주주의에 영향을 미치는 불화다. 다른 한 편, 그리스 영웅의 승리를 보여주며 그리스인의 자부심을 북돋는다.

메두사 그림 중 가장 주목할 만한 작품은 세베리노와 동시대 이탈리아 화가 미켈란젤로 메리시 다 카라바조(Michelangelo Merisi da Caravaggio, 1573~1610)가 그린 '메두사의 머리'다. 우피치(Uffizi) 미술관의 '메두사의 머리'는 볼록한 나무 방패에 장착된 캔버스에 그린 원형 그림이다. 바로크 미술의 특징인 이

〈그림 5〉 메두사의 머리
(카라바조 그림, 1595년경)

러한 요소들과 드라마를 결합하여, 카라바조는 자신의 얼굴이 석화
(石化)되는 것처럼 눈을 크게 뜨고, 입을 벌리고, 머리카락은 꿈틀거
리는 뱀 덩어리로 그려, 변형된 자아를 드러냈다. 카르바조는 메두
사의 시선이 페르세우스의 방패에 비친 자신의 얼굴과 마주친 순간
을 그렸다.

카라바조의 로마 후원자 델 몬테 추기경이 투스카니의 메디치 대
공에게 결혼 선물로 보내기 위해 주문한 그림이었다. 이 년 전 카라
바조는 테니스 경기 중 상대를 칼로 찌르고 로마로 도망갔다가, 명
성이 절정에 달했던 1609년 나폴리에 온 직후였다. 그즈음 세베리
노는 그곳에서 외과 수련을 받고 있었다. 점차 세베리노는 나폴리
문화계의 중심인물이 되면서 카라바조를 평판으로 알았고, 나폴리,
로마, 피렌체에서 그의 그림을 볼 기회가 있었을 가능성이 있다.

당시 상황을 상상하여 본다. 병상에 누워있는 파리한 환자의 지
저분한 어두운 색깔로 불룩한 배. 무언지 알 수 없지만, 뱃가죽에 드
러난 퍼렇게 죽은 색깔의 구불구불한 선. 머릿속에 카라바조의 그림
과 첼리니의 동상이 불현듯 떠올랐다. 그리곤 걷잡을 수 없이 그림
과 청동 속에 배어 있는 이야기가 꼬리에 꼬리를 물었다. 언젠가 읽
었을, 뱀처럼 꿈틀거리는 서사들이 되살아났다. 병록지에 바로 적
었다. '카푸트 메두사'.

6. 맺는 글

의학은 인간의 무늬에서 시작하고 완성되는 영역이다. 환자의 인상, 몸, 걸음걸이, 병력을 묻고 답하는 중에 파악하는 음성과 성격부터 혈액, 소변, 영상 촬영 등의 검사에 이르기까지 쉴 새 없이 진찰하고 진단하고 처방한다.

고대부터 지금까지 육안으로 살피는 시진(視診)은 가장 핵심적이고 중요한 진찰법의 하나다. 19세기에 들어서며, 미셸 푸코(Michel Foucault)의 용어를 빌리자면, '의학의 시선(le regard, 관찰)'은 과학의 도움을 받아 환자의 내부로 파고들기 시작했다. 더욱 신체의 깊고 세미한 곳으로 시선은 심화하고 정교해지고 있다. 물론 지금도 시각적 확인은 의학에서 가장 기본 필수적 방법의 하나다. 드러내는 무늬를 겉으로만 보고, 이른바 사변(思辨)으로 그 속사정을 헤아리는 에두름에 그치지 않고, 안으로 파고들어 인간의 육신과 정신을 살피는 의학은 깊고 명쾌한 인문학이다. 원래 치료의 기술이란 병리학적 범주를 넘어 나를 설명할 수 있는 힘으로 욕망을 조절하고, 일상의 자리를 변환 조율하여 삶을 재배치하는 인문학적 기법을 품어야 한다. 따라서 의학 지식, 기술과 함께 사람의 무늬를 이해하고, 치열하게 배우고 닦은 의사는 그렇지 않은 의사보다 순전한 의학을 구사할 수 있다.

용어 하나로 질병의 상태를 영절스레 은유한 피렌체 의사 세베리노. 잘린 머리에 영생을 불어 넣은 한 의학자의 인문학적 시선. 필멸의 메두사, 그녀는 의학 속에서 불멸이 되었다.

불멸의 인간 스트룰드브루그

1. 스트룰드브루그

3차 여행에서 걸리버는 해적에게 붙잡혀 공중에 떠 있는 라푸타 (Laputa)섬에 닿는다. 라푸타섬은 당시 영국 왕립학회에 보내는 패러디다. 실제론 전혀 적용할 수 없는 추상적 논리에 빠져 지독히 배타적인 그들에게 들려주는 풍자적 변곡(變曲)이다. 뒤이어 걸리버는 루그나그(Luggnag)섬으로 항해한다. 그곳에 사는 사람에 대한 놀라운 이야기를 듣는다.

꽤 많은 친구들과 함께 있던 어느 날, 고위관리 한 명이 내게 '스트룰드브루그(Struldbrugg)', 즉 '불멸의 인간'을 본 적이 있는지 물었다. 나는 본 적이 없다고 대답하고는, 목숨이 유한한 인간에게 그런 호칭을 붙이는 이유를 설명해달라고 요청했다.

대단히 드물기는 하지만 왼쪽 눈썹 바로 위 이마에 원형의 붉은 점이 찍힌 아기가 태어나는 경우가 가끔 있는데, 그것은 그 아기가 절대로 죽지 않는다는 확실한 표시라고 설명해주었다. 그 반점은 시간이 지나면서 커졌고 색깔도 변했다. 12세에 녹색이었다가 25세가 되면 짙은 청색, 45세에 석탄 흑색으로 바뀌었고 영국 실링 동전만 해지면, 그 색깔 그 크기 그대로 유지되었다. 스트룰드브루그의 자식들은 그 사회의 다른 사람들처럼 생명이 유한했다. 불멸은 어느 특정 가계에 나타나는 것이 아니라 우연히 나타났다. 이런 사람들의 출생은 매우 희귀한 것이기 때문에, 그 왕국 전체에 남녀를 합쳐서 약 1,100명 이상이 된다고는 믿을 수가 없고.

        – Jonathan Swift(이동진 역), 『걸리버 여행기』

   영원히 죽지 않는 인간 스트룰드브루그. 정확히 이르면, 늙지만 죽지 않는 스트룰드브루그〈그림 1〉. 죽지만 않을 뿐이지 하루하루 늙어간다. 세월이 쌓임에 따라 수많은 곡절들이 곧 수없는 자극

〈그림 1〉 스트룰드브루그. 왼쪽 눈썹 바로 위 이마에 점은 출생 시엔 붉은색이다가 초록색, 짙은 청색을 거쳐 45세부터 새까만 색이 된다.

이 되어 늙음은 점점 기세등등하여, 사람의 각 장기들은 그 항상성이 점차 줄어 쇠퇴하고 자기 자신을 지탱하기 어려울 만큼 손상되어간다. 항상성은 여러 가지 환경 변화에 대응하여 생명현상을 제대로 작동할 수 있도록 일정한 상태를 유지하는 성질 또는 그런 현상이다. 쇠퇴하는 항상성은 질병, 기능이상 및 약물 부작용으로 더 흔들리고, 생리적 예비능의 감소와 함께 노인들로 하여금 여러 질병에 걸리게 한다. 긴 세월 동안 여러 질병에 걸려 어떤 병은 낫고, 어떤 병은 만성화되어 현재까지 지속되기도 한다. 만성질환은 급성질환과 기능장애에 이환되기 쉽고, 혹시 완전 치유가 되었다고 청장년기에 판정을 받았던 병이라도, 노인이 되어 기능장애로 다시 나타나는 수도 있다. 여기에 노인증후군을 비롯한 노년기 특유의 질환이 더해지면서, 한 사람이 몇 가지의 질환을 함께 갖고 있게 된다. 이를 '질병다발성(疾病多發性)'이라 한다. 세월은 질병을 쌓아가므로 늙음은 질병 다발성이며, 결국 '노인은 과거 질환의 축적 속에서 살아간다.' 이러한 늙음에 관한 의학적 견해는 노인학을 전공하는 거의 대부분 학자들이, 노인을 규정하고 이해하고 돌보는 기초 의미 또는 기저개념이어서, 노인을 '4중고(四重苦)의 사람'이라고 노인학자들은 줄여 정의한다. 이를 노인의학자의 어조로 다시 읊조리면 다음과 같다. "늙으면 병이 쌓인다. 아프면 기능이 떨어지고 역할이 줄어들어 경제능력이 수그러들면서 가난해지고, 남들과 만나고 어울리는 기회가 뜸해진다. 소통이 궁핍해져 늙음은 외롭고 우울해진다."

그렇다. 스위프트가 그려낸 스트룰드브루그는 세월의 축적에 따르는 늙음의 무한 축적을 고스란히 품고 질병다발성과 4중고를 한없이 드러내며, 노인의학의 주인공으로 그 역을 잘 소화하고 있다. 의학 속에서 펼치는 그의 맹활약을 살펴본다.

2. 치매 환자 스트룰드브루그

물론 질병 상태의 생명연장이라는 다소 큰 담론이 아니더라도, 스트룰드브루그는 의학의 여러 곳에 등장한다. 우선, 치매 분야에서다.

다니엘 쉐퍼(Daniel Schäfer)가 『신경과학의 역사 잡지(Journal of the History of the Neurosciences)』에 게재한 논문 「걸리버 데카르트를 만나다: 나이 관련 기억 상실의 근대적 개념」에서, "스트룰드브루그, 그들은 다른 사람과 똑같이 늙고 늙음으로 인해 생기는 모든 육체적, 정신적, 사회적 불이익을 받으면서 절박한 죽음의 구원을 기대할 수 없다."라고 규정하면서, 기억상실의 개념적 정립에 끼친 스위프트의 기여를 인정하고 있다. 또한 미란다(Miranda) 등은 '스위프트가 노인에서 치매 질병을 처음으로 기술하였는데, 그 병적 상태는 우리가 지금 알츠하이머병이라고 부르는 병적 상태와 일치한다.'라고 강조한다. 실제로 스위프트의 스트룰드브루그의 치매에 관한 서술은 최신의학이 연구 발견한 치매의 특성과 흡사하다. 기억 소실과 사회적 참여 불능은 알츠하이머(Alzheimer)병의 주요한 병적 소견이다. 우울과 낙담으로 시작하여 성격 변화(정서 둔화, 자기 중심), 기억 소실, 대화 불능 등으로 진행하는 성상은 픽병으로 진단된다. 1892년 픽(Pick)에 의해 임상 증상 등이 기술된 픽병은 비교적 드문 신경퇴행성 질환으로서 치매 환자의 1~2%에서 발견된다. 전두엽과 측두엽 기능장애를 나타내는 성격변화, 행동장애, 시각실인증(물체를 보고도 그 물체를 알아보지 못하는 증상), 감정반응의 둔화 등이 진행하면서 나타난다. 초기에는 알츠하이머병과 차이를 보이지만, 말기에는 심한 치매 상태가 되어 임상적으로 알츠하이머병과 구별이 어렵다.

3. 노인당뇨병 환자 스트룰드브루그

대비드 커 박사는 진단이 모호하고 여러 가지 질병이 동시에 발견되는 노인 환자를 경험하고 다음과 같이 기록하고 있다.

11월 초 글래디스는 한밤중에 화장실에 가려고 일어설 때 왼쪽 가슴에 통증을 느꼈다. 요양원 측은 구급 전화를 걸어 그녀를 즉시 병원으로 옮겼다. 여섯 시간에 걸친 응급실 처치 후, 급성 질환 병동에 입원했다. 사흘에 걸친 검사에도 불구하고 통증에 대한 원인은 발견되지 않았다. 그녀는 심장내과 병동으로 전동하여 추가 검사를 했지만, 고

〈그림 2〉 치매 노인
(작가 J. Williamson,
출처 웰컴 컬렉션)

통을 일으킨 원인을 확실히 알 수 없었다. 그사이 아침마다 복용해야
할 알약만 해도 열여섯 알로 늘어나 그녀를 더 우울하게 했다. 병발한
욕창 때문에 그녀는 자정에 정형외과병동으로 옮겨졌다. 당시 혈당이
270(mg/dL)으로 높아서 당뇨병 병동으로 이송되었지만, 마침 빈 병
실이 없어 일단 비뇨기과 병동에서 잠시 머물기로 했다. 잦은 병실 이
동 중에 그녀는 안경과 틀니를 잃어버렸다. 그녀는 당뇨병 병동에서
칠면조를 먹으며 크리스마스를 맞을 것이다.

커 박사는 임상 증례와 함께 '요즈음 당뇨병 병동은 사회와 격리
되고 우울한 스트룰드브루그가 차지하고 있다.'라고 논고하고 있다
〈그림 2〉.

노인이 되면 대개 십 년씩 나이가 들수록 공복 혈당은 1(mg/dℓ)

씩, 식사 2시간 후 혈당은 5 내지 10(㎎/㎗)씩 올라간다. 왜 이렇게 늙어가면서 혈당은 오르는가? 많은 학자들이 연구하고 머리를 짜내지만 명쾌한 답은 구하지 못하고 있다. 마치 '사람이 왜 늙는가?'라는 소위 노화의 근본 기전을 규명하지 못하고 있는 것과 같다. 다만 다음과 같이 설명한다. 노화에 의해 췌장에서 혈당을 조절하는 호르몬인 인슐린의 분비가 줄어들고, 분비된 인슐린도 그 기능이 약해진다. 이러한 현상은 신체활동 감소, 근육 감소, 일부 특정 약물 복용 등에 의해 심해진다. 더구나 노인 당뇨환자는 기본적으로 미세혈관 합병증 및 대혈관 합병증의 위험이 청장년보다 높다. 그 결과로 노인당뇨병에서 하지 절단, 심근경색, 시력 장해, 말기 신질환이 흔하다. 노인 시력장해의 주원인인 백내장도 주요 위험인자가 당뇨병이다. 노인황반부변성과 녹내장은 당뇨병이 실질적 위험인자로 규명되지는 않았으나, 나이에 따라 눈에 띄게 유병률이 는다. 특히 노인당뇨병의 약 10%에서 발견되는 황반증에 의한 망막내 부종은 시력장해를 가져온다. 아울러 노인에서 당뇨병은 기능장해, 낙상과 골절, 요실금, 우울증, 인지장해, 영양불량, 통증 등을, 당뇨병이 없는 경우에 비해 두세 배 더 일으킨다. 이처럼 합병증과 병발증이 많이 발병하여 의료비 부담도 유의하게 증가한다.

대한당뇨병학회의 보고서에 따르면 2020년 현재 우리나라 65세 이상 노인의 30.1%, 총 252만 4천여 명이 당뇨병 환자다. 참고로 30세 이상에선 당뇨병 유병률이 16.7%다. 단순하게 이르면 나이가 들수록 당뇨병 환자가 될 확률이 높다. 그러므로 '불멸하는 스트룰드브루그는 모두 당뇨병 환자일 거'라고 커 박사는 합리적으로 가정하고 있다.

4. 스트룰드브루그 시나리오 – 덮어놓고 오래 살기

걸리버는 환호하며 소리친다. "모든 아기들이 적어도 한 번은 불멸의 사람이 될 기회를 가진 이 나라는 얼마나 행복한가! 고대의 미덕이 살아있는 모범을 이토록 많이 모신 민족, 지나간 모든 시대의 지혜를 가르쳐줄 준비가 된 스승을 이토록 많이 가진 민족은 얼마나 행복한가!" 그는 감탄하면서 '그 누구보다도 비할 바 없이 가장 행복한 사람들은 바로 저 탁월한 '스트룰드브루그' 들, 즉 불멸의 사람들'이라고 부러워한다. 그리고 "나를 기꺼이 받아준다면, 저 탁월한 존재들인 '스트룰드브루그' 들과 대화하면서 여기서 여생을 보내겠다."라고 소망한다. 그의 꿈은 이어졌다.

"만일 내가 운이 좋아서 스트룰드브루그, 즉 불멸의 인간으로 태어난다면, ……절약과 재산관리를 통해서 재산을 축적하다가 보면, 적어도 200년 안에는 이 왕국에서 가장 큰 부자가 될 것이라고 기대해도 된다. 그다음에는 젊은 시절의 초기부터 각종 예술과 학문에 몰두하여, 언젠가는 이 방면에서 그 누구보다도 학식이 뛰어나게 될 것이다. 끝으로 사회적·국가적 모든 조치와 주요사건을 잘 기록하고, 여러 대에 걸친 군주들과 위대한 각료들의 성격을 관찰하여 공정하게 묘사할

것이다. 그리고 관습, 언어, 유행, 복장, 식생활, 오락의 각종 변화를
정확하게 기록할 것이다. 이렇게 축적된 지식에 의해 나는 지식과 지
혜의 살아 있는 보물창고가 되고, 틀림없이 이 나라의 예언자가 될 것
이다." — 〈위와 같음〉

그러나 여러 스트룰드브루그를 만나 그들의 삶을 차차 알고 나서
다음과 같이 토로한다.

"문제가 되는 것은 번영과 건강이 따르는 영원한 젊음을 선택할 것
인지가 여부가 아니라, 노년기에 흔히 수반되는 모든 불이익을 감당하
면서 어떻게 영원히 살 것인가 하는 것이다.

그들은 30세가 될 때까지 목숨이 유한한 일반인들과 똑같이 행동하
고, 30세부터 80세까지는 날이 갈수록 더욱더 우울해지고 의욕을 한
층 더 상실했다. …… 이 나라에서는 80세를 살면 가장 오래 살았다고
치는데, 그들이 80세가 되면 평범한 노인들의 모든 어리석음과 쇠약
함뿐만 아니라, 영원히 죽지 않는다는 무서운 사실에서 파생되는 많은
결함들을 보여주었다.

그들은 독선적이고, 화를 잘 내고. 탐욕스럽고, 침울하고, 허영심이
많고, 수다스러울 뿐만 아니라, 우정을 품을 수 없고, 모든 형태의 자
연스러운 사랑이 완전히 결핍되어, 자기 손자들보다 어린 사람들에 대
해서는 우정도 사랑도 전혀 베풀지 않았다.

그들은 시기, 그리고 이룰 수 없는 욕망들에 주로 좌우된다. 그들이
가장 심하게 시기하는 듯 보이는 것은 젊은 세대의 악습과 늙은이들의
죽음이다. 젊은 세대의 악습에 대해 곰곰이 생각해볼 때, 그들은 쾌락
을 누릴 가능성이 자기들에게는 전혀 없다고 깨닫고, 장례식을 볼 때

마다 자기들은 거기 도달할 희망조차 품을 수도 없는 안식의 항구로 다른 사람들이 떠나갔다고 탄식하고 불평한다. 그들은 젊은 시절과 중년기에 배우고 관찰한 것 이외에는 아무것도 기억하지 못하고, 기억한다 해도 그것은 대단히 부정확하다. 어떠한 일이든 그 진상이나 세부적 내용에 관해서는 그들의 기억력보다 일반적인 전통에 의존하는 편이 더 안전하다.

그들 가운데 가장 덜 비참한 사람은 노망이 들어서 기억력을 완전히 상실한 사람일 것이다. 이들은 다른 '스트룰드브루그' 들의 수많은 고약한 특질이 별로 없기 때문에, 동정과 지원을 더 많이 받는다."

– 〈위와 같음〉

미국의 헌터대학 교수 무디(Moody)는 고령사회를 가늠하여 네 가지 시나리오를 제시하였다. 질병상태는 어떻든 그저 수명만 길어지기, 질병을 억제하여 질병에 의해 삭감되는 수명을 되찾기, 건강하게 오래 살기, 늙지 않고 영생하기. 이 중에서 첫 번째 시나리오를 '스트룰드브루그 시나리오'라 부른다.

5. 치매환자들, 스트룰드브루그와 스위프트

조나단 스위프트(Jonathan Swift, 아일랜드, 1667~1745)는 78세까지 살았다. 당시로선 오래 산 것이다. 20대 초기엔 메니에르(Meniere)병으로 고생했는데, 메니에르병은 귀의 내이의 병으로 어지러움,

오심, 간헐적 청각장애가 온다. 그는 이렇게 기록하고 있다. "나는 현훈 또는 마치 귓속에 일곱 대의 물레방아가 들어서는 것처럼, 귀청을 찢는 듯한, 사람 목소리를 전연 들을 수 없을 정도의 굉음으로 하루도 편할 날이 없었다." 메니에르병은 나이가 들어감에 따라 악화되었다. 노년기에 걸린 다른 질병으로 스위프트는 마지막 15년 동안은 글을 쓰지 못했다. 사망 3년 전인 1742년에 그는 노쇠 때문에 마음이 약해졌다고 고백했다. "온갖 모욕과 악담으로부터 그를 보호하기 위해 정신이상에 관한 법령을 철회해야 한다는 이야기가 마을 전체에 자자했다."라고 그의 사촌인 딘 스위프트(Deane Swift)는 전했다. 예비 조사 명령이 내려졌는데, 이는 스위프트의 정신상태를 조사하는 것이 아니라, 오히려 그의 신병과 상황을 감독하려는 조치였다. 스위프트의 정신 상태 조사단은 다음과 같이 보고하고 있다.

그는 과거 9개월 동안, 기억력과 이해력이 점차 감퇴하였고, 그는 어떤 일의 집행 또는 부동산과 인력 관리를 할 수 없을 정도로 마음과 기억이 온전치 않았다. 이해력이 상당히 많이 손상되었고, 기억 또한 심히 훼손되었다. 대화가 안 되는 것은 말할 것도 없고 낯선 사람들은 그에게 접근조차 할 수 없었다. 그의 친구들은 그와 그의 재산을 돌보아야 할 개호자가 필요하다는 사실을 알게 되었다.

스위프트가 『걸리버 여행기』〈그림 3〉 속에 스트룰드브루그를 그려낸 해는 1726년이었다.

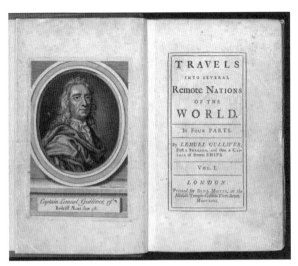

〈그림 3〉 걸리버 여행기 초판본(1726년). 발행인 리차드 심슨(Richard Sympson)은
다음과 같은 결단을 머리글에 담았다.
"내가 원고의 많은 부분을 사정없이 삭제하지 않았더라면,
이 책은 두 배 이상의 두꺼운 책이 되었을 것이다."

    십여 년 뒤인 1742년에, 그는 마치 스트룰드브루그처럼 노쇠한
무능력자로 선고받은 채 삼 년쯤 지내다, 1745년 10월 19일에 사망
했다. 나흘 동안 대성당 종소리가 그의 죽음을 슬퍼했다. 그의 요
청에 따라 아일랜드 더블린에 있는 성 패트릭 대성당(St Patrick's
Cathedral)의 중앙 중간 통로의 남쪽에 묻혔다. 지금 그의 무덤을 라
틴어 비문이 지키고 있다. 비문을 아일랜드의 시인 예이츠(William
Butler Yeats)는 시적으로 다음과 같이 영역했다. 한역을 붙여 옮
긴다.

Swift has sailed into his rest; / Savage indignation there / Cannot lacerate his Breast. / Imitate him if you dare, / World-Besotted Traveler; he / Served human liberty.

- WB Yeats, 「Swift's Epitaph」

스위프트는 자신의 휴식을 향해 항해했다. 잔인한 분개 그의 가슴을 찢을 수 없다. 만약 용기가 있다면 닮아라. 세상에 열중했던 여행자; 인간의 자유를 위해 헌신했던 그를.

- 예이츠, 「스위프트 비문」

풍자문학의 최고봉인『걸리버 여행기』작가의 영원한 휴식에 보내는 글이다. 자신의 삶과 무관치 않은 불멸에 관한 풍자로 세상을 회피하기보다 자극하여 깨우는 불멸의 선경지명에 바치는 헌시다.

6. 스트롤드브루그의 우려

노인 인구가 급증하고 있다. 우리나라 65세 이상 노인 인구는 전체 인구의 16.5%인 835만 7천 명이다. 3년 뒤인 2025년에는 65세 이상 노인 인구 천만 명 시대를 맞게 되고, 2050년대에는 전체 인구의 40% 이상이 노인이다. 더 주목할 점은 우리나라 고령화 속도가 세계 어느 곳에서도 겪어보지 못한 정도로 가장 빠르다는 사실이다. 1990년에 전체인구수의 5.1%이던 65세 이상 노인 인구가

2000년에 7.2%, 2010년에 11.0%를 차지하고, 2050년이면 40%에 달하게 된다. 이에 따라 1990년 이후 2040년까지 매 10년마다 노인 인구비율이 2.1% 포인트에서 8.0% 포인트 이상으로 더욱 가파르게 급증하고 있다. 또한 통계청에서 발표한 '한국의 사회동향 2017'에 따르면 우리나라 66세 이상 노인들의 상대적 빈곤율은 2013년 49.6%로 OECD 국가의 평균인 12.6%보다 현저하게 높다. 가난하고 병든 노인이 지구상에서 가장 빨리 늘고 있다. 따라서 고령화를 우리보다 먼저 경험하였으나, 그 고령화 속도가 느렸던 선진국들에 비해 우리 사회는 노인 관련 건강이나 복지, 사회 문제 등 모든 분야에서 서둘러 시나리오를 마련해야 할 시점에 서 있다. 개인과 사회의 빠른 고령화는 어느 분야보다도 의학에서 가장 중요한 키워드다.

노인 인구 증가를 강제로 줄일 순 없다. 고려장이나 베르나르 베르베르의 「황혼의 반란」에 나오는 노인배척운동은 상상조차 할 수 없다. 힘들고 벅찰지라도 질병 치료와 예방을 통한 건강 장수, 출산 장려로 노인 인구 비율 줄이기 등의 방안들이 연구, 제시되고 있다. 그러나 그러한 대책들이 노인차별 우려까지도 해소시켜 줄 순 없을 것이다. 근 2,300년 전에 팔십오 세를 누린 스토아 철학자 카토 (Marcus Porcius Cato, 기원전 234년~기원전 149년)가 이미 했던 우려.

"팔백 살을 산다면 여든 살을 살 때보다 그 늙음이 사람들에게 덜 부담스러울 것으로 생각하는가? 아무리 긴 세월이 흘러갔다 해도 흘러간 세월이 위안이 되어 어리석은 자의 늙음을 가볍게 해 줄 수는 없지."

스위프트만큼 스트룰드브루그의 우려를 잘 아는 이는 없었을 것이다. 아마도 모든 사람이 스트룰드브루그를 만나보는 게 제일 낫겠다고 여겨 풍자적 여행기로 남기지 않았을까. 그의 의도 대로 스트룰드브루그를 만난 이들은 시에나의 성인 베르나르디노(Bernardino)의 말을 떠올릴 게 분명하다. "당신네는 오래 살고자 했고, 오래 살기를 원했으며, 오래 살지 못할까 걱정했소. 이제 오래 살게 되자 당신네는 불평하오. 누구나 오래 살기를 바라지만 아무도 늙으려고 하지는 않는군."

진료실 안의 한 노인병 의사도 스트룰드브루그를 만나 세상에 열중했던 스위프트의 용기를 얻어 입을 뗀다. "늙음이 엄연히 지니는 평범하기도 하고 특별하기도 한 속성들을, 아름답게 옹호할 용기와 에너지를 발휘할 수 있어야 노인병 의사다."

스위프트의 풍자가, 아니, 스위프트가 스트룰드브루그의 이름으로 의학의 곳곳에서 나이들어도 조금도 늙지 않고 불멸하고 있다. 스위프트는 살아있다. 진정한 영생불멸이다.

제3부

문학은 의약품이다

황정견(黃庭堅), 의서(醫書)에 들다

馬齕枯萁喧午枕(마흘고기훤오침)

夢成風雨浪飜江(몽성풍우랑번강)

말이 콩깍지 씹는 소리에 낮잠이 시끄러워 꿈에 비바람이 되어 파도
가 강을 뒤집는다.

- 『신경정신의학』 제2판 p.332

정신과학 교과서 제15장 「수면장애」의 첫머리에 음영을 담은 박
스 안에 강조하여 적어놓은 황정견(黃庭堅, 1045~1105)의 시 뒷부분
이다〈그림 1〉.

교과서엔 한자발음이 쓰여 있지 않아 읽기 불편하다.

원래 네 개의 구로 이루어진 이 시의 앞 두 구는 다음과 같다.

紅塵席帽烏韡裏(홍진석모오위리) 想見滄洲白鳥雙(상견창주백조쌍)

등나무로 엮어 만든 모자와 검은 신발은 속세에서, 고니 한 쌍이 푸
른 물가에서 노니는 것을 생각하여 본다

- 황정견, 「六月十七日晝寢(유월십칠일주침, 6월 17일 낮잠을 자다)」

수면장애

馬齕枯萁喧午枕 夢成風雨浪飜江
말이 콩깍지 씹는 소리에 낮잠이 시끄러워 꿈에 비바람이 되어 파도가 강을 뒤집는다.

- 黃庭堅 -

〈그림 1〉 황정견의 시구가 인용된 「수면장애」 장의 첫머리 부분
(『신경정신의학』 제2판 제15장 332쪽).

시 전체를 뭉뚱그려 나름대로 감상한다. '속세에 살면서도 동방의 신선 나라 창주의 삶을 그려보지만, 이 또한 한 낮잠의 꿈이려니. 낮잠 깨운 말 콩깍지 씹는 소리는 일상의 세상살이 비바람으로 거센 세파(世波)처럼 몰려오네.' 외부 소음 때문에 낮잠에서 깨어, 등교 시간에 늦었다고 화들짝 놀라 허겁지겁 허둥댄 적이 있을 것이다. 비바람 거센 파도는 아니더라도.

시인 황정견은 정신과학 교과서의 수면장애 장머리에 왜 들어서 자신의 시를 노래하고 있을까. 그 재주(在住)를 논하기 위해 수면장애에 대해 전문용어를 가능한 줄여 알아본다.

1. 수면 장애와 쾌면

1) 수면 장애

수면 장애는 주간의 신체 기능과 스트레스에 문제를 일으키는 수면의 질, 시기 및 양과 관련된 문제를 포함한다. 불면증으로 가장 잘 알려진 수면 장애는 여러 가지 유형이 있다. 다른 수면 장애는 기면증(嗜眠症), 폐쇄성 수면 무호흡 및 하지 불안 증후군이다.

수면 장애는 신체적, 정서적 문제와 관련이 있다. 수면 문제는 정신 건강 상태에 좋지 않은 영향을 줄 수 있으며, 다른 정신 건강 상태의 증상 일 수 있다.

일차 진료에서 10%에서 20%의 사람들이 심각한 수면 장애를 호소한다(일차 진료는 보건소와 동네의원과 같이 지역을 기반으로 하는 의료 서비스 전달체계의 한 영역으로, 일반적으로 환자가 받는 첫 단계의 의료 서비스다.─필자 주). 성인 세 명 중의 한 명이 불면증 증상을 보이며 6%에서 10%는 불면증 장애로 고생하고 있다.

2) 수면의 중요성

수면은 시간적으로 하루 생활 중 삼 분의 일을 차지한다. 수면은 기본적인 인간의 필요이며 육체적 정신적 건강에 필수적이다. 즉, 잠자는 동안 몸과 마음에 쌓인 피로를 풀어주어 안정시키고, 낮에 익힌 학습과 기억을 튼튼히 해준다. 일반적으로 하룻밤 잠에 3~5 사이클의 패턴으로 발생하는 두 가지 유형의 수면이 있다〈그림 2〉. 하나는 급속 안구 운동 수면으로 흔히 렘(REM, Rapid Eye Movement) 수면이라 한다. 또 하나는 급속 안구 운동이 없는 비렘(REM) 수면으로 비렘수면은 수면의 깊이에 따라 1~4단계로 구분하여, 1, 2단계를 얕은 수면이라 하고, 3, 4단계는 깊은 수면으로 뇌파가 느릿해지므로 서파수면이라고도 하는데 이 시기에 깊은 잠을 잔다.

꿈은 렘수면에 막 접어들 때와 렘수면 중에 발생한다. 렘수면 시에 꾸는 꿈은 대개 역동적이다. 반면에, 비렘수면의 깊은 단계인 서파수면 시에 꾸는 꿈은 장면의 반복이 잦고 좀처럼 하나의 이야기로 엮이지 않는다.

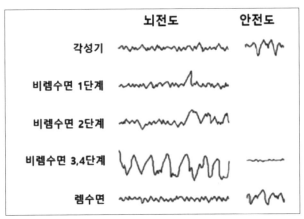

〈그림 2〉 각성기와 수면시기에 따른 뇌전도(EEG)와 안구의 운동을 전기적으로 그린 안전도(EOG). 렘수면 시엔 빠른 안구 운동으로 안전도의 진폭이 크다. 잠이 들면 1단계 비렘수면에서 점차 3, 4단계의 서파 수면에 이른 다음에, 역으로 2단계 비렘수면쯤 와서 렘수면에 든다. 대략 90분 간격으로 되풀이하여 렘수면에 들어 꿈을 꾼다.

언제 잠을 자는가도 중요하다. 사람의 몸은 일반적으로 24시간 주기(일주기 리듬)로 작동하며 언제 자는 게 적당한지 자연스레 알려주고 터득하게 한다.

필요한 수면은 나이에 따라 다르며 사람마다 다르다. 미국 국립 수면 재단(National Sleep Foundation)에 따르면 대부분의 성인들은 매일 밤 7~9시간의 편안한 잠이 필요하다.

수면장애, 불면증은 '수면에 대한 적절한 기회와 환경에도 불구하고 여러 가지 주간 장애를 초래하는 수면의 개시와 유지, 수면의 질이 지속적으로 어려워' '수면에 대한 불만족과 그로 인해 주간 활동에 심각하게 나쁜 영향이 일어남을 호소하는 경우'이다. 여기서 '수면불만족'은 '적절한 수면 기회에도 불구하고 최소 3개월 동안 3회 이상 수면 개시와(또는) 수면 유지, 신체회복이 안된다고 호소하는 경우'를 가리킨다. 그리고 '주간활동에 심각하게 나쁜 영향' 즉, 주간 장애 증상은 다음 항목 중 한 가지 이상을 호소할 때, 그 영향 또는 증상이 있다고 진단한다. 피곤함, 집중력 감퇴, 기억 장애, 사회활동 또는 직장, 학업 활동에 지장, 기분 장애 또는 짜증, 주간 졸림, 의욕저하와 무기력, 업무 혹은 운전과 관련하여 실수하거나 사고를 내는 경향, 수면 부족에 의한 긴장, 두통, 위장관 증상(소화불량 등), 수면에 대한 걱정과 불안.

우리나라 건강보험심사평가원의 보고에 따르면, 2016년에 수면 장애로 병원을 찾은 환자 수는 오십만 명에 가깝다. 그러나 수면장애로 고생하면서도 병원을 찾지 않는 이들은 훨씬 더 많을 것으로 여겨진다. 우리와 환경 등이 다르지만, 미국 성인의 거의 삼십 퍼센트가 매일 밤 6시간 미만의 수면을 취하고, 고등학생의 약 삼십 퍼센트만이 평균적으로 밤에 최소한 8시간의 수면을 잔다고 한다. 만성적으로 수면 장애가 있는 미국인은 오천만 명 이상이다.

3) 수면장애에 따른 문제들

수면은 두뇌가 제대로 기능하도록 도와준다. 따라서 수면장애는 피곤함과 에너지 감소, 과민 반응 및 집중력 저하를 가져온다. 기분과 결정하는 능력도 영향을 받을 수 있다. 수면 장애는 종종 우울증이나 불안 증상과 공존하여, 수면 장애는 우울증이나 불안을 악화시킬 수 있고, 우울증이나 불안은 수면 장애를 유발할 수 있다.

수면장애는 심장 질환이나 당뇨병과 같은 많은 만성질환과 관련이 있다. 수면 장애는 울혈성 심부전, 골관절염 및 파킨슨병과 같은 의학적 및 신경학적 문제에 대한 경고 표시가 될 수도 있다.

4) 쾌면(快眠) 지침

이와 같이 적지 않은 수의 사람에서 수면이 만만치 않은 일이라는 점을 확인하였다. 이처럼 수면장애는 개인뿐 아니라 사회, 국가 전체의 건강을 해치고 노동력과 기분을 상하게 하여 활력을 떨군다. 자연히 수면장애에 대한 다양한 대책이 제시되고 있다. 많은 제언 중에서 가까운 이웃인 일본의 후생노동성이 2014년에 제안한 건강 증진을 위한 수면 지침 12개조와, 국내의 여러 진료실에서 권하는 깊은 수면을 위한 생활습관을 이어서 살펴본다.

먼저 일본의 건강수면 지침이다. (1)좋은 수면으로 몸도 마음도 건강하게, (2)적당한 운동, 반드시 아침 식사, 수면과 기상을 분명히 한다. (3)좋은 수면은 생활습관병 예방에 도움이 된다. (4)수면에 의한 휴식은 마음의 건강에 중요하다. (5)연령이나 계절에 따라 낮의 졸음으로 곤란하지 않은 정도의 수면을 취한다. (6)좋은 수면을 위해서는 환경 만들기도 중요하다. (7)젊은 세대는 밤샘을 피해 체내 시계의 리듬을 유지한다. (8)근로 세대의 피로 회복·능률 향상에 매일 충분한 수면을 취한다. (9)노년 세대는 아침저녁을 적절히 신축성 있게 구분하여, 낮에 적당한 운동으로 밤에 좋은 수면을 잔다. (10)졸려서 잠자리에 들고, 일어나는 시간은 늦추지 않는다. (11)평소와 다른 수면은 주의를 요한다. (12)잠들 수 없는 고통을 끌어안고 있지 말고 전문가와 상담을 한다.

이상의 지침은 다른 기관의 제안들도 대부분 공유하고 있다. 이어서 필자도 실제로 진료실에서 권하고 있는 깊게 잘 자는 구체적 생활습관을 소개한다. (1)취침 시간과 기상 시간을 규칙적으로 한다. (2)잠자는 환경을 조용하고, 환하지 않게 하고 너무 덥거나 춥지 않게 한다. (3)낮에 규칙적 운동을 한다. (4)카페인이 든 음료나 음식은 피한다. (5)자기 전 흡연이나 음주를 피한다. (6)자기 전 배고픈 상태와 과식을 피한다. (7)자기 전 따뜻한 목욕은 도움이 된다. (8)잠자리에서 시계나 휴대전화를 보지 않는다. (8)잠자리에서 잠자는 일만 한다. (9)누워서 20분 이내에 잠이 오지 않거나 중간에 깨어 잠이 들지 않으면 일어나 다른 일을 한다.

이러한 수면장애에 관한 의학 교과서를 마련하면서, 정신의학 전문가인 집필자와 의학서 편집 전문가는 당연히 정성스레 구상하고 계획하였을 것이다. 진지한 계획 중에 드디어 황정견의 시를 생각해내고 혹시 기쁨에 손뼉을 쳤을지도 모르겠다는 상상도 해본다. 그리고 최소한도 황정견과 그의 시에 대해 검색하며 이런 추정을 했을지도 모르겠다. '황정견은 렘수면 상태에서 꿈을 꾸다가 시끄러운 바깥 소음 때문에 잠을 설쳤다. 혹시 훗날 그를 만나 뵐 기회가 온다면 앞서 이른 건강 수면 지침을 알려드릴 수 있을 것이다. 그러나 말이 콩깍지도 씹지 않는 사위에 둘러싸여 꿀잠만 주무셨다면 그 어르신이 시를 쓸 수 있었을까?'

2. 황정견과 그의 시

황정견은 중국 북송시대의 시인이며 서가(書家)다. 자는 노직(魯直), 호는 산곡도인(山谷道人)이다. 소식(蘇軾)에게 사사받았다. 초서에도 능하며, 산곡집(山谷集), 배오잡설(涪翁雜說), 「두시전(杜詩箋)」 등의 저술이 있다.

중국시학연구에서 필수 자료인 엄우(嚴羽)의 『창랑시화(滄浪詩話)』

는 송대 시인을 평술하면서 황정견을 이렇게 평하고 있다.

'소식(蘇軾)과 황정견에 이르러 비로소 창의를 작시하니 당인의 풍격
이 변하게 되었다.'

유미주의적이고 화려하며 퇴폐적이기까지 한 당대의 시풍을 벗
어나서, 논리와 이지가 엄격히 담긴 시의 율격을 존중하는 시의 품
격을 세웠다는 것이다. 황정견이 정립한 시의 품격은 한 흐름을 이
루었다. 그의 출신지 이름을 따서 '강서시파(江西詩派)'라 불리며 그
후 천 년이나 지나 청나라 말기까지 이어졌다. 그의 시 율격이 엄격
한 이유는 소문난 효자란 사실과 관계가 있을 것이다. 고위직에 올
라 이름이 널리 알려졌지만, 모친 봉양은 변함없이 정성을 다했다
고 한다. 그의 모친은 청결한 것을 좋아하므로 매일 저녁 모친의 변
기를 반드시 손수 정결하게 하였다고 한다. 이 효심은 '척친익기(滌
親溺器, 어머니의 변기를 씻다)'로 전해지고 있다.

그에 관한 여러 일화와 생애 평가가 전해지고 있는데, 한 장의 그
림을 통하여 한눈에 알 수 있다고 본다〈그림 3〉.

초상화 왼쪽 위의 문구와 그 문구를 류성준 교수의 도움을 받아
한글로 번역한 것은 다음과 같다.

朱稱孝友 神愛草詩 / 卒于貶所 累贈太師
(주칭효우 신애초시 / 졸우폄소 누증태사)
주자는 어버이에 대한 효도와 동기에 대한 우애를 칭찬하고 초서체

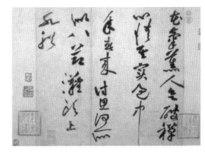

〈그림 3〉 황정견의 초상화(왼쪽)와 초서(草書) 묵적(墨跡). 초상화 오른쪽
위에 그의 호 황산곡이 씌어 있고, 왼쪽 위엔 그를 기리는 글이 자리하고 있다(초상화
왼쪽 글의 한글 해석은 본문 참조). (출처: 초상화, 한국인문고전연구소 /『화기훈인첩
(花氣薰人帖)』에 실린 칠언시(七言詩) 초서 묵적).

로 쓴 시를 매우 좋아했다 / 귀양 간 곳에서 죽으매 후대에 쌓아서 큰
스승이란 시호를 바친다) *참고로 주자와 황정견은 동시대를 살았다.

초서체로 유명한 그의 서예 중에서 가장 잘 알려졌고, 지금 타이
완의 고궁박물관에 소장된 〈그림 3〉의 오른 쪽 시는『화기훈인첩(花
氣薰人帖)』에 실린 7언시(七言詩)다.

花氣薰人欲破禪 心情其實過中年(화기훈인욕파선 심정기실과중년)
春來詩思何所似 八節灘頭上水船(춘래시사하소사 팔절탄두상수선)
꽃의 향기로 참선을 어지럽히네. 심정은 실제로 중년을 지나네. 봄
이 오고 시를 짓고 싶은 생각이 드네. 팔절탄 급류를 거슬러 상류로 오
르는 배처럼.

3. 의학서 글머리에 한시가

새로운 장(章)이 시작되는 장두(章頭)에 한시가 있다. 수면장애 챕터의 머리에 황정견의 시가 놓여 있다. 작고 보기 좋은 그림, 삽화, 무늬로 서두를 장식하는 비네트(vignette)와 유사한 것이다. 이를 무엇이라 불러야 하나?

한글로 '전문(前文)'이라 표현하는 이도 있으나 마뜩하지 않다. 영어로 lead라고도 하는 전문은 본문의 요점을 간동그린 문장 또는 한 편의 글에서 앞부분에 해당하는 글을 일컫는다. 좀 더 정확하게 이르면 '리드인(lead-in)'과 더 가까울 것이다. 리드인은 일반적으로 텔레비전 프로그램을 소개하기 위하여 글씨, 음악 등을 앞서 넣는 것을 칭한다. 기사, 책, 웹 페이지 또는 중요한 텍스트의 내용에 주의를 집중시키는 데 도움이 되는, 다양한 편집 기술로서 리드인은 활용된다. 즉, 리드인은 독자를 새로운 장으로 부드럽고 자연스럽게 이끌어 주는 역할을 하는 텍스트 시작의 좀 다른 스타일이나 방식 전체를 가리킨다. 그래서 혹자는 인입(引入)이라 번역하여 사용하기도 한다.

리드인 서술 방식은 뒤이은 본 텍스트 첫 줄, 첫 문장, 첫 구로 구성 될 수 있으며, 경우에 따라 나머지 단어와 뚜렷이 구분되는 단일 단어나 문장으로 구성될 수도 있다. 본 글의 예는 후자의 경우로 더 정확히 이르면 리드인 프레이즈(lead-in phrase), 즉 리드인 구문, '인입구문'이라 해야 할 것이다. 리드인 구문을 사용할 때는 문맥에 맞는 구문을 사용해야 한다. 아울러 편집 디자인에선 리드인 처리의 모양과 나머지 디자인의 균형을 유지하면서, 편집 레이아웃에 정교함과 세련미를 추가하는 동시에, 새 장의 시작을 알리는 시각적 신호를 자아낼 수 있어야 한다. 시각적으로 작은 요소는 감각적으로 작지 않은 영향을 주고, 타이포그래피를 비롯한 전반적인 편집 디자인과 관련하여 가독성과 전반적인 매력에 상당한 영향을 줄 수 있기 때문이다.

의학서 속 문학의 재주를 천착하는 중이다. 그 천착의 의미와 목적 그리고 쓸모는 지금 원고의 바탕이 될지는 모르겠으나, 본령은 아니어서 일단 차후로 미룬다. 다만 천착의 과정에서 본문의 머리에 문학 작품을 인용하여 얹는 것, 이른바 리드인 프레이즈를 넣은 이유를 의학적 시각으로 논술해본다.

책을 펼치는 순간 그 내용을 읽어 보기도 전에 느낌을 받는다. 밋밋, 따분, 재미 등의 흥미 정도를 순간적으로 느낀다. 시선 집중, 관심, 흥미유발은 필자와 편찬자에겐 중요하고 절실한 관심거리다. 딱딱하고 지루하기 쉬운 의학서, 그것도 수면장애의 내용과 메시지를 집필 의도대로 전달하여 설득하는 첫 관문이 바로 글의 첫머리이기 때문이다. 시선은 시각의 방향이다. 시각이 다가가 닿는 방향이며 관심의 다른 표현이다. 따라서 시선유인(視線誘引)은 책이 지녀야 할 소중한 필수 장치 중의 하나여야 한다.

시선유인을 위해 인용한 황정견의 시는 수면과 수면 장애를 몇 글자로 요약하여 담고 있다. 앞의 두 구에 나타난 최상의 꿈을 그리워하는 시인의 소망을 빌어 비렘수면에 자는 쾌면을 요약하고, 뒤의 두 구에선 방해받은 수면의 문제를 요약하고 있다. 물론 시가 지니는 꿈과 현실의 몽환적인 예술적 감각을 슬쩍 보태어, 한두 번 더 리드인 구문에 머물게 하는 멋도 느끼게 하여 시선유인을 강화하고 있다. 이지적 대가 시인의 글솜씨를 백분 활용하고 있다.

멋은 인용한 시구에서만 얻어지는 결과가 아니다. 집필자의 멋도 넉넉히 얹혀 있다. 집필자와 책 편집자의 심중(心中)이 드러내는 무늬, 내면의 씨알이 드러난 다름 아닌 인문(人文)이다. 백 보 양보해 생각해도 그들은 사람의 무늬, 인문에 만만치 않은 관심을 갖고 있는 게 분명하다.

시선유인과 멋을 돋우면서, 황정견의 시는 수면장애의 본문에 앞장서서 의학이 지니는 어쩌면 이미 과도해진 건조함과 딱딱함을 배우고 익히는 단계에서부터, 부드럽고 따스한 마음 자세를 강조하고 있다. 아마 집필자와 편집자는 의학이야말로 인문학의 주요 영역임을 잘 알고 있었을 것이다.

4. 맺는 글

정의적으로 인문학을 인간성, 인간적인 것을 탐구하는 학문이며, 인간이 무엇이며 또한 인간다운 삶이란 어떤 것인가를 모색하는 규범적, 윤리적 성격을 지닐 수밖에 없다고 한다. 이에 대하여 과학은 어떤 영역의 대상을 객관적 방법으로 연구하는 활동 또는 그 성과의 내용이라 정의하기도 한다. 인문학과 과학의 접근 방법을 전자는 사변(思辨)이고 후자는 논리적 추론, 실험적 검증, 수학적 연역이라고 나누는 이도 있다. 아마도 단편적 근본의 인문학자는 대부분 인문학의 사변적 방법론에 방점을 찍어 다른 분야와 차별화를 주장하는 경향이 있다. 사변의 진정한 의미를 깨우치지 못한 결과다. 사변은 사전적으로 깊이 생각하여 시비를 가리는 것, 또는 경험이나 실증에 의하지 아니하고 순수한 사유(思惟)만으로 인식에 도달하려는 일이다. 이러한 설명이 쉽게 이해 안 되는 이들에겐 '사변은 영어로 speculation이다.'라는 설명이 훨씬 더 쉽다는 이들이 오히려 많다. 의학을 포함한 과학은 상상력, 직관, 감정, 시각화인 speculation을 어느 분야보다 풍성하게 누리고 있다. 의학의 이 풍성함을 잘 활용하여 황정견을 글머리에 들였을 거란 추론을 하지 않을 수 없다.

당뇨병의 노래

　우리나라 성인 인구 100명 중 14명이 당뇨병을 앓고 있을 정도로 당뇨병은 이제 거의 일반적 질환으로 여겨지고 있다. 널리 알려진 질병임에도 불구하고 아직도 모호한 부분이 많다. 그러나 이만큼이라도 당뇨병의 본태를 밝혀낸 열정과 헌신의 역사는 땀과 눈물로 점철되어 있다. 그 땀과 눈물의 목청으로, 당뇨병의 성상에 대한 지식이 지금보다 박약했던 1952년, 미국의 당뇨병 의사이며 시인인 스트라이커(Cecil Striker)는 「당뇨병의 노래」를 부른다. 췌장의 존재와 생리적 의의, 1922년 인슐린의 발견과 그에 따른 당뇨병 환자들의 생존율 증가, 식사 및 운동 등의 실제 치료 방법 등을 담아 노래한다. 당뇨병 의사답게 치료의 불확실성과 합병증에 대한 두려움, 그리고 당뇨병의 진행을 만성 질환으로 추적하는 의사들과 함께 살았던 환자들의 침묵에서 배어나오는 울림과 함께, 당뇨병 완치의 간절한 소망도 담고 있다. 시선을 끄는 점은 당뇨병 환자의 생존뿐만 아니라, 더러 당뇨병 자체의 생존을 당뇨병으로 의인화하여 당뇨병과 대화를 주고받듯이 노래하고 있다는 것이다.

근 70년 전 당시로선 다소 생소한 질병, 당뇨병을 시로 기록한 당뇨병 의사의 마음속에서 일어난 심사(心事)를, 의학과 문학의 접경에서 「당뇨병의 노래」 편편(片片)을 듬성듬성 감상하며 좇는다.

1. 의사가 부르는 「당뇨병의 노래」

1952년 6월 7일 미국 시카고에서 개최된 제12차 미국 당뇨병 학회 연례 연설에서, 세실 스트라이커(Cecil Striker) 박사〈그림 1〉는 총 11연 238행의 자작시 「당뇨병의 노래」를 낭송하였다.

〈그림 1〉 세실 스트라이커. 당뇨병 의사이며 시인.

당뇨병 의사인 시인은 진료실에서 당뇨병을 가진 환자와 당뇨병 자체를 만나며 노래를 시작한다. 시의 율려(律呂)는 차치하고 뜻만을 한글로 번역한다.

의사의 사무실에,
전문가의 서재에,
당뇨병 환자가 앉았다.
그는 갖고 있었다 일곱 가지 주요 증상을,

일곱 가지 당뇨병 무늬를,

고혈당, 영양불량,

늘 따라다니는 허약, 그리고 다음 무늬들,

다음(多飮), 다뇨(多尿),

다식(多食), 요당(尿糖))

(In the office of the doctor,/ In the sanctum of the specialist,/
Sat the diabetic patient./ Seven cardinal symptoms had he,/
Seven means of recognition,/ High blood sugar, malnutrition,/
Nagging weakness, all these had he,/ Polydipsia, polyuria,/
Polyphagia, glycosuria,)
– 스트라이커(Striker), 「당뇨병의 노래(The Song of Diabetes)」, 제1
연 첫 부분

이어서 시인은 당뇨병 의사—시인 자신—의 정체성을 담담하게
토정(吐情)한다.

그리고 의사는 말문을 열었다./ 나는 여기 있습니다. 당신을 인도하
고 경고하기 위해/ 당신을 치료하고 지도하기 위해.

(And the doctor started speaking,/ I am here to guide and
warn you,/ Here to treat you and instruct you.)
– 앞의 시, 제1연 중간 부분

1950년대엔 당뇨병에 걸린 사람들의 삶은 걱정거리로 가득 차

있었으며 합병증에 시달리고 있었다. 그런 상황 중에도 인슐린의 발견과 사용은 삶의 길이와 질을 크게 향상시키고 있었다. 스트라이커는 그러한 형편을 다음과 같이 표현하고 있다.

기본 치료는 식사 요법,/ 적응이 될 땐 인슐린,/ 인슐린이 필요 없는 사람도 있지:/ 식사요법만으로도 조절이 되는 사람,/ 인슐린은 마법 같은 구원자,/ 인슐린을 필요로 하는 사람들에겐.

(Basic therapy is diet,/ Insulin when indicated,/ Some there are who need no insulin:/ Diet only may control them,/ Magic savior is insulin,/ For those others who require it.)

– 앞의 시, 제1연 뒷부분

마법의 구원자인 인슐린이 1922년 발견되기 전, 인슐린이 필요한 제1형 당뇨병 환자는 스물아홉 살을 못 넘기고 세상을 떠나야 했다. 혈당을 조절하여 수명을 연장하는 인슐린 주사를 스트라이커는 '마법의 구원자'라 부를 수밖에 없었을 것이다. 인슐린 발견 전에는 오로지 적게 먹는 것만을 강요했던 탓에 영양 결핍으로 사망했다. 굶어 죽은 것이다. 의사 시인 스트라이커는 마법이 선사하는 기쁨을 다음과 같이 노래하고 있다.

의사의 감사하는 마음/ 그로 하여금 노래하게 하자/ 노래하자, 당뇨병의 노래를/ 이어지는 행복한 날들을,/ 요당(尿糖)의 땅에서,/ 기쁨과

평화의 땅에서./ 췌장의 신비를 노래하자,/ 인슐린의 축복을 노래하자/ 영양 부족의 두려움을 묻고,/ 굶주려야만 하는 식사요법을 묻고,

(And the doctor's grateful spirit/ Set him in a mood for singing:/ "Sing, oh song of diabetes/ Of the happy days to follow,/ In the land of glycosuria,/ In the pleasant land and peaceful./ Sing the mysteries of the pancreas,/ Sing the blessings of the insulins;/ Buried is dread malnutrition,/ Buried is starvation diet,)

- 앞의 시, 제9연 앞부분

시인은 시의 마무리에서 당뇨병 치료의 발전을 갈구하는 의사로서의 확신이 깃든 소망을 꿈꾸며 노래를 맺는다.

이제 의사는 기대한다./ 미래의 진보를 바라보면서,/ 당뇨병에 관한/ 더 많은 지식, 통찰력을 꿈꾸고/ 인슐린을 꿈꾼다/ 그 복잡하고 무거운 구조와/ 화학적 조성 중에/ … / 환자 치료에 효과가 있는 부분이 있지 않을까?/ 아직 합성할 순 없지만,/ 경구(經口)용 인슐린을 꿈꾸고/ 새로운 화학물질을 발견하여/ 당뇨병의 원인을 밝혀내는 꿈을

(Then the doctor, looking forward,/ Looking, then, toward future progress,/ Dreamed of greater knowledge, insight,/ Into diabetic problems./ Dreamed a dream of insulin, of/ Molecule complex and heavy,/ Of its structural arrangement,/ Of its chemical components./ ---/ Might more fractions be discovered,/ Fractions which might be effective/ In the treatment of the patient?/ Might not synthesis be realized,/ Oral insulin perfected,/ Newer chemicals discovered/ Finding cause for diabetes?)

– 앞의 시, 제9연 앞부분

세실 스트라이커의 당뇨병연구에 대한 지대한 직업적 열정은 1923년 신시내티(Cincinnati) 종합병원에 1년간 머무르는 동안에 시작되었다. 당시에 내분비학교실의 로저 실베스터 모리스(Roger Sylvester Morris)교수는 그에게 새로운 약제인 인슐린 임상시험 연구를 시켰다.

그의 사후, 그를 아는 이들은 이렇게 기억하고 있다. "당뇨병은 그에게 매혹적 전문분야였다. 그는 당뇨병 환자를 돌보는 의사들의 전문상담자로서 국내외적으로 알려졌다. 더구나 뛰어난 조직력은 미국당뇨병학회 창립의 동인력(動因力)이 되었다."

시인이 꿈을 꾼 지 70년 가까이 흘렀다. 당뇨병에 대한 지식은 상상할 수 없을 정도로 많아졌고 깊어졌다. 진단 방법도 치료 방법도 놀랄 만큼 발전하였다. 그러나 경구용 인슐린은 아직 연구 중이고, 당뇨병의 원인 또한 명징하게 밝혀진 게 없이 백가쟁명 중이다. 많은 당뇨병 의사와 연구자들은 여전히 의사 시인 스트라이커의 꿈을 지금도 꾸고 있다. 「당뇨병의 노래」를 부르고, 꿈꾸고 있다. 당뇨병 환자의 지독한 갈증이 안타까워 젖과 꿀이 흐르는 가나안을 꿈꾸는 한 당뇨병 의사의 시 한 구절도 스트라이커가 「당뇨병의 노래」
에 실은 당뇨병 완치를 간구하는 웅얼거림이다.

　　… 전략 … 해는 눈동자로 들어와/ 땀조차 말려/ 이 땅의 처음으로
닿으리니// 이선생도 함께/ 김선생도 함께/ 가나안으로 갈거나
　　　　　　　　　　　　　　　　－ 유담, 「가나안으로 갈거나」 부분

　그러면 스트라이커가 시와 꿈의 소재로 삼은 당뇨병은 어떠한 병
인가. 간동그려 살펴본다.

2. 당뇨병, Diabetes － 그 이름

　"다량의 소변 … 식물의 추출액으로 치료할 수 있다."

　다뇨(多尿)와 관련된 내용으로 짐작되는 이 기록은, 중동지역에서
발견된 이른바 에버스 파피루스(Ebers Papyrus)에서 발견한 당뇨병
에 관한 최초의 임상 기록이다. 기원전 1550년경에 기록된 것으로
1862년 테베(Thebes)의 무덤에서 발견되어, 독일의 고대 이집트어
학자인 게오르그 에버스(Georg Ebers, 1837~1898)에 의해 해독, 번역
되었다. 이 파피루스는 현재 독일의 라이프치히(Leipzig) 대학 도서
관에 보관되어 있다.

인도 의사들은 기원 6세기경 당뇨병 임상 테스트로 여길 수 있는 내용을 베다범어(梵語) 문헌에 남겼다. "당뇨병은 주로 부유한 사람들에게 많이 발병하며, 쌀·밀가루·설탕 등을 지나치게 섭취함이 그 발병원인이다." 또한 "당뇨병 환자들은 몸이 약하고 체중이 감소하며, 갈증과 다뇨를 호소하며, 당뇨병 환자의 소변에는 개미들이 모여들며, 피부에 종기가 자주 난다."라고 기록하였다. 그들은 그 상황을 '마드후메아(madhumea)'(honey urine, 꿀처럼 단 소변)라 하였다. '소변이 달다'는 것에 관한 최초의 언급이었다. 또한 '마드후메아'가 있는 사람들이 매우 목말라 하고 더러운 냄새(아마 케톤증 때문으로)가 난다고 기록하였다. 비록 당뇨병과 관련된 다뇨를 알았지만, 현재의 당뇨병에 의한 것인지 아니면 다른 원인에 의한 것인지를 분별하지는 못했다.

갈레누스(갈렌, Claudius Galenus, 기원전 2세기경)는 평생 단지 두 명의 당뇨병 환자를 경험하고 당뇨병은 콩팥의 병이라고 지적하였다. 즉, 콩팥이 수분을 온전히 간직하지 못하는 것이 그 원인이라고 인식하여 '소변 설사'라 칭하였다. 이러한 잘못된 인식은 무려 1,500년 동안이나 정설로 믿어졌다.

당뇨병에 관한 완전한 임상 기록을 남긴 이는 셀수스(Celsus, 기원전 30년~기원후 50년)다. 훌륭한 라틴어 구사로 '의사 키케로(Cicero)'로 불렸던 그의 기념비적 저서인 8권의 『의학(De Medicina)』에 당뇨병을 다음과 같이 적고 있다.

"물을 많이 마시든 적게 마시든 소변을 많이 누는 것을 보아 소변량은 마신 물의 양과 비례하지 않는다. 소변은 비정상적으로 걸쭉하고 혼탁하며 잘 씻기지 않았다. 몸이 녹아 나오는 것으로 창자가 아프고 위험한 지경을 초래한다."

　　로마와 알렉산드리아에서 활동하였던 그리스인 의사 카파도키아(Capadokia)의 아레테우스(Aretaeus, 130~200)는 "그들은 쉼 없이 소변을 보며… 수명은 짧고 고통스러우며… 그들은 구역질과 불안과 타는 듯한 갈증 속에서 짧은 삶을 누리고 죽는다."라고 적고 당뇨병과 요붕증을 처음으로 구별하였다.

　　당뇨병을 두 가지 형태로 구별한 의사는 5세기경 인도의 수쉬루타(Sushruta)와 차라크(Charaka)였다. 그들은 몸무게가 무거운 사람이 나이 들어 발병하고 비교적 오래 사는데 반해, 마른 사람은 젊어서 발병한다는 사실을 발견하였다.

　　우리나라에서는 13세기 중엽 고려 고종 때 발간된 「향약구급방(鄕藥救急方)」에 '소갈(消渴)'이란 말로 당뇨병에 관한 내용이 최초로 기록되어 있다. 그 후 1433년(세종 15년)에 간행된 「향약집성방(鄕藥集成方)」에는 '소변이 달다[甘尿, 감뇨]'는 사실을 적고 있다. 그 뒤에 1613년(광해군 5년)에 지은 「동의보감(東醫寶鑑)」에서는 실명 등의 합병증에 관해 기록했고, 당뇨병에는 당 섭취의 제한, 안정 등이 필요하다고 적고 있다.

　　984년 일본의 가장 오래된 30권짜리 의학서인 『이신뽀(醫心方)』를

〈그림 2〉 멤피스의 아폴로니우스
'당뇨병(Diabetes)'이란 말을
조어(造語)하였다.

쓴 단파 야스요리(丹波康賴)는 중국의 제병원후론(諸病源候論)을 인용하여 당뇨병을 '쇼우카치(消渴, 소갈)'라 칭했다.

'Diabetes'라는 용어는 기원전 230년에서 250년경 사이에 멤피스의 아폴로니우스(Apollonius of Memphis)〈그림 2〉가 앞에 이른 그리스어를 엉구어서 새로운 뜻을 지닌 말을 만든 것으로 여겨진다.

영어로 'diabetes'라고 쓰인 첫 기록은 1425년경의 의학서에 'diabete'로 적힌 것이다. 그 후 1675년 토마스 윌리스(Thomas Willis)가 'diabetes'에 'mellitus'를 덧붙여 'diabetes mellitus'로 표기하였다. 'diabetes'는 'diabetes mellitus'를 줄여 쓰는 용어다. 'Diabetes mellitus'는 '사이펀(siphon)'을 의미하는 그리스어 'diabetes'와 '벌꿀 또는 달콤함'을 의미하는 라틴어 'mellitus'의 합성어다. 좀 더 설명하면 'diabetes'는 'through'를 뜻하는 'dia'와

'to go'를 의미하는 'betes'의 합성어로 '통과하다(pass through)'는 뜻이다.

　당뇨병은 크게 제1형과 제2형의 두 가지 종류가 있다. 이 두 가지는 발생 원인이 다르다고 밝혀져 있다. 제1형 당뇨병은 주로 자가면역성 기전에 의해 췌장의 인슐린 분비기능이 많이 저하되어 인슐린이 거의 분비되지 않는 상태로서, 인슐린 주사로 치료해야 한다. 제2형 당뇨병은 인슐린 비의존성 당뇨병이라고도 하며, 인슐린의 분비가 부족하기는 하나 어느 정도 되며, 세포에서 인슐린이 제대로 효과를 나타내지 못해서 생기는 당뇨병이다. 즉, 췌장의 인슐린 분비능력은 비교적 유지되나, 비만 등 여러 가지 이유로 체내 인슐린의 필요량은 증가되고 작용은 저하되어 있는 상태로, 반드시 인슐린으로 치료할 필요는 없다. 가장 흔한 형태의 당뇨병이다. 제2형 당뇨병의 특징은 서서히 발병하며, 비만한 사람에서 발생되는 경우가 많고, 반드시 인슐린 요법이 필요한 것은 아니고, 식사요법 또는 경구 혈당강하제의 병용으로 치료가 가능한 경우가 많으며, 유전성은 있으나 그 유전인자는 규명되지 않았다.
　이 두 가지 외에도 임신성 당뇨병, 췌장염이나 췌장 적출 수술 후 당뇨병, 약물에 의한 당뇨병, 다른 내분비 질환에 의한 당뇨병, 아주 드문 유전병에 의한 당뇨병 등도 있다.

〈그림 3〉 롱펠로우(왼쪽), 「하이어워사의 노래」의 삽화 '하이어워사와 친구들'

3. 롱펠로우의 「하이어워사의 노래」와 스트라이커의 「당뇨병의 노래」

당시에 스트라이커는 전통적 트로키(장단격, 長短格, trochee)인 칼레발라(Kalevala) 4보격(四步格, teramter)을 느슨하게 변형하여 낭랑하게 낭송하였다. 하나의 트로키는 길거나 강한 음절 하나와 짧거나 약한 한 음절로 구성되므로, 스트라이커는 각 줄을 4개의 트로키로 이루어진 4보격으로 지어 낭송을 하였다. 롱펠로우(Henry Wadsworth Longfellow, 1807~1882)가 1855년 발표한 「하이어워사의 노래(Song of Hiawatha)」〈그림 3〉의 운율과 박자를 본뜨면서, 「당뇨병의 노래」는 자연스레 칼레발라 운격을 띠게 되었다.

하이어워사(Hiawatha, 1450~?)는 전설적 추장의 이름이다. 「하이어워사의 노래」는 롱펠로우가 하이어워사의 이야기를 「칼레발라」의 음보에 맞추어 쓴 장시로서, 그 당시 널리 읽혀 많은 이들에게 감동을 주며 인기를 누렸다. 의사 스트라이커도 그 애송자들 중의 한 사람이었을 것이다. 다음은 「하이어워사의 노래」 한 대목이다. 각 행마다 앞의 두 음절은 강하고 길게, 뒤 두 음절은 짧고 약하게 소리 내어 읽으며, 스트라이커가 롱펠로우의 시를 소리 내어 읽었을 카바렐라의 4보격을 맛볼 수 있다.

On the shores of Gitche Gumee,
Of the shining Big-Sea-Water,
Stood Nokomis, the old woman,
Pointing with her finger westward,
O'er the water pointing westward,
To the purple clouds of sunset.

(거대한 바닷물이 빛나는/ 짓치구미 기슭,/ 늙은 노코미스가 서서,/ 손가락으로 서쪽을 가리킨다,/ 바다 건너 서쪽,/ 석양의 보랏빛 구름을 향해)

− 롱펠로우, 「하이어워사의 노래(The Song of Hiawatha)」,
서시(Introduction) 첫 부분

'영웅들의 나라'라는 뜻의 '칼레발라'는 핀란드 의사이면서 언어학자이고 시 수집가인 엘리아스 뢴루트(Elias Lönnrot, 1802~1884)가 채록 집대성한 민족 서사시의 제목이다.

1832년 핀란드 헬싱키 의대를 졸업한 뢴루트는, 다음 해 핀란드 동부에 위치한 카야니(Kajaani) 지역을 기근과 전염병이 덮쳤을 때,

바로 그곳의 의사로 일했다. 기아와 역병이 닥치자 앞서 근무하던 의사가 서둘러 사임하는 바람에, 젊은 그가 지역 의사 자리를 차지할 수 있었다. 몇 년 연속 농작물 수확을 못 해 인구와 가축이 줄어들었다. 심지어 그곳엔 다른 병원이 없어 뢴루트의 일은 간단하지가 않았다. 4,000명 정도의 주민에 의사는 뢴루트 단 한 사람뿐이었다. 의료비와 약값이 비싸 대부분의 사람들은 마을 치료사와 민간치료법에 의존했다. 의료 환경에 맞추어 뢴루트 자신도 그러한 전통 치료법에 열중하여, 자주 실제 치료에 전통 치료법을 적용하였다. 그러나 그는 좋은 위생, 모유 수유 아기 및 백신과 같은 예방조치가 대부분 환자에게 가장 효과적인 치료법이라고 강력히 믿고 있었다. 이처럼 남다른 현지 적응력을 발휘하며 진료에 전력을 다해 카야니에 20년간 머물면서, 뢴루트는 사미(Sami), 에스토니아, 러시아 서북부의 핀랜드 부족 마을 등을 여행하여 민요시뿐만 아니라, 핀우고르어(Finno-Ugric)의 발틱어 갈래들의 관계에 관한 증거

〈그림 4〉 엘리아스 뢴루트(왼쪽), 시 수집을 나선 뢴루트 그림. 핀랜드 의사이며 언어문학자. 그가 집대성한 핀랜드 민족 대서사시 「칼레발라」는 롱펠로우의 시 율격에 깊은 영향을 끼쳤다. 시 수집을 위해 매년 한 번씩 핀랜드를 종단했다.

들을 수집하였다〈그림 4〉. 사미 주민은 스칸디나비아 북부에서 핀란드 북부, 러시아 연방령 콜라 반도에 걸쳐서 거주하고 있는 민족으로서 핀우고르어파에 속한 사미어계 언어들을 사용한다.

뢴루트는 그가 수집한 짧은 시들이 전체가 남아있지 않은 연속 서사시의 일부라고 믿고, 짧게 흩어진 시들을 잇고 엮어 단일 플롯으로 일체화하여 「칼레발라」를 출판하였다. 「칼레발라」는 천지창조와 예언자, 대장장이, 협객 등 세 사람이 여왕의 딸에게 구혼하러 가는 이야기를 담고 있다. 그의 시도와 노력을 못마땅하게 여긴 학자들도 있었지만, 핀란드의 국가 의식, 예술 및 문화에 끼친 「칼레발라」의 영향은 엄청나다. 핀란드는 2월 28일을 '칼레발라의 날'로 제정하여 매년 기념하고 있다. 뢴루트는 1853년부터 1962년까지 헬싱키 대학의 핀란드어문학 교수로 재임하며, 스웨덴어가 더 많이 쓰이고 있던 것을 핀란드어가 국가 언어로 인정받게 하여 현대 핀란드 문학의 탄생을 위한 길을 열었다.

4. 맺음 - 의학 속 문학의 재주(在住)

「당뇨병의 노래」엔—이 글에선 가능한 언급하지 않았지만—전문의학적 어휘가 적지 않게 들어있다. 예를 들어 뇌하수체를 가리키는 '하이포피시스(hypophysis)' '두통'을 의미하는 '세팔지아(cephalgia)' 등은 흔히 쓰이는 의학 용어는 아니다. 그렇게 어려운 전문용어를 동원하면서 까지 시를 지어 의학 모임에서 낭송까지 할 이유가 있었을까? 왜 당뇨병을 소재와 제목으로 한 시가 의학 속에 들어와 있을까?

질병은 환자의 입장에선 몸의 정상적 구조나 기능으로부터 벗어난 주관적 실체이며, 의사의 시각에선 정상 이탈의 진행 또는 과정인 객관적 실체이다. 주관적이든 객관적이든 질병은 사람이 겪어야 할 근본적 문제로서 생명의 취약한 유한성을 깨닫게 한다. 즉, 질병은 심한 고통을 비롯하여 몸과 마음, 그리고 사회적 문제에서 죽음까지를 휩싼다. 실제로 진료실에선 병식을 비롯한 개인 사정, 가정사, 직장, 신앙 등의 모든 세파를 서로 짊어진 환자와 의사가 마주한다. 그러므로 의학은 인간탐구와 인간이해를 전제로, '저 깊숙한 인간의 고통과 생명의 의미'를 철저히 헤아리기 위해, 질병에 관한 의학적 지식−기술과 더불어 인간에 대한 문학을 비롯한 인문학적 지혜를 아울러 활용하여야 온전해질 수 있다.

다시 묻는다. 의학 속으로 문학이 들어오는 이유는 무엇인가? 영국 더럼(Durham) 대학 의료인문학과 에반스(Evans) 교수의 의견처럼, 문학은 의학 속에서 작가의 세계관과 접촉하는 강렬하고 직접적인 경험을 제공하고, 환자를 포함한 인간 이해를 증진시켜 소통 기술, 윤리 의식 등을 높일 수 있다. 이처럼 체험을 문자 언어인 글로 표현하는 문학은 의학이 인간적으로 온전하도록 자극 촉진하는 영향을 끼친다. 이를 인문학적 수사로 부연하면, 문학이 인문학의 한 분야로서 문자를 도구로 인간의 무늬에 주관심을 쏟고 있듯이, 의학 역시 인간의 무늬에서 시작하고 완결된다. 즉, 의학은 병적 변화가 증상과 징후로 드러내는 무늬를 연구하고 실행하는 인문학이다. 더구나 인간의 신체를 실제로 해부하고 나아가서 유전자 수준까지 미세하게 파악하고 있다는 점에선, 어느 분야의 인문학자도 파악할 수 없는 세세한 인간 실체를 잘 알고 있다. 이처럼 인문학적 토양에 기초한 의학은 문학이 들어와 살기, 즉 의학 속 문학의 재주에 어색하지 않은 거주 환경일 것이다. 이러한 의학 속 문학의 역할과 의학의 인문학적 환경에 더하여, 앞서 기술한 바와 같이 의학과 문학이 둘 다 저 깊숙한 인간의 고통과 생명의 의미를 살펴, 그것을 치유하는데 바탕을 함께 두고 있다는 사실도 중요한 이유로 인식되고 있다.

1952년 시카고에서 열린 제12차 미국당뇨병학회, 참석자들은 「당뇨병의 노래」를 들으며, 귀로 의학적 '당뇨병'만 듣지 않고 '당뇨병 환자'의 고통과 생명의 의미를 가슴으로 동시에 들었을 것이다. 의사 뢴루트가 정리한 「칼레발라」 음보에 맞추어 롱펠로우의 시를 즐겨 읽었을, 당뇨병 의사 스트라이커의 시가 그렇게 '당뇨병'을 들려주었다.

시(詩) 짓는 의사들

1. 인간 이해의 통로인 문학은 의학을 온전하게 한다

"질병을 치료할 수 있는 두 가지 수단이 있다. 하나는 약(藥)이고 다른 하나는 언어다." 히포크라테스의 말이다. 여기서 '약'은 의학 정신에 기초한 지식과 기술을 가리키고, '언어'는 과학적 진리에 대한 이해를 정서적 경향과 유기적으로 통합하는 인간 이해를 의미한다. 선한 의사는 약과 언어 둘 다 지녀야 한다. 약은 언어의 도움으로 최선의 약효를 낸다. 그러나 현실은 눈에 띄게 버그러져 있다. 언어가 메마른 의학. 검사 데이터만 수북한 진료실. 마주 보고 앉아 있어도 멀게만 느껴지는 거리. 점점 더 멀어져 이제는 아예 환자는 최첨단 진단기기 속에 누워있고, 의사는 동떨어진 곳에서 모니터에 뜨는 숫자만을 분석하고 있다. 변해야 한다. 미셸 푸코(Michel Foucault)의 어법을 빌리면, 과학의 도움을 받아 환자의 내부로만 파고들던 의학의 시선(le regard)을 사람 전체로 돌려야 한다.

시선 전환의 핵심 방향은 질병을 질병으로만 보지 않고 '인간 본질의 일부'로 인식하는 거다. 그러면 어떻게 해야 인간 이해의 의학이 될 수 있나? 여러 방안이 제시되고 있다. 그중에서 문학은 의학과 똑같이 인간에 대한 심오한 이해에 관점을 두고 있다는 점에서, 가장 뚜렷한 방안의 하나로 인정받고 있다. 〈표 1〉에서 보듯이 문학은 인간 이해를 필수로 하는 의학에서 인간 이해의 구체적 통로가 된다.

〈표 1〉 의학에 끼치는 문학의 영향

- 본질적 영향: 작가의 세계관과 접촉하는 강렬하고 직접적인 경험을 통한 인간 이해
- 도구적 영향: 환자의 신체 이해와 인간 이해 증진 – 소통 기술, 윤리 의식 고양, 개인의 가치 개발, 인간 속성에 대한 경이(驚異) 자극

즉, 문학은 본질적, 도구적으로 의학의 시선을 인간 이해 쪽으로 이끈다. 문학, 그 가운데 시, 시를 짓는 이가 다름 아닌 의사라면, 그 전환은 보다 구체적으로 강렬하게 전개될 것이다. 의사시인을 이야기한다.

2. 의학과 시의 공통점은 무엇인가?

의학과 시의 공통점은 무엇인가? 고대 그리스인들은 의학과 시, 둘 다 태양신인 아폴로가 주재하도록 함으로써 의학과 시의 연결을

인정하고 존중했다. 퍼시 셸리(Percy Bysshe Shelley)는 그의 시 「아폴로의 찬가」에서 그 근거를 시적으로 제시하였다.

> 태양광선은 나의 예봉, 그걸로 나는
> 밤을 사랑하고 낮을 두려워하는 속임수를 죽이지;
> 병을 앓고 있거나 상상하는 모든 사람들이여
> 나를 날려 보내라; 나의 영광스러운 광선으로부터
> 선한 마음과 열린 행동은 새로운 힘을 얻으리니,
> 밤의 지배로 줄어들 때까지.
> ......
> 악기나 시가의 모든 조화.
> 모든 예언, 모든 의학은 나의 것,
> 예술이나 자연의 모든 빛; — 내 노래에
> 승리와 칭찬 그 자체로 속하리니.

질병과 관련한 몸과 마음의 고통과 변화의 체험은 고스란히 시의 소중한 소재이며 주제다. 의사가 아픈 사람을 진찰하고 진단하고 치료하고 예방하듯이, 시인 역시 사람의 고통과 변화에 모든 관심을 쏟아 시어를 도구로 시를 짓는다. "임상적 시선은 작가의 감각과 공통점이 많다."는 미국 텍사스 의대 마취과학 및 의료윤리학 교수인 맥렐란(Faith McLellan)의 말이 떠오른다. 이처럼 둘 다 저 깊숙한 인간의 고통과 생명의 의미를 헤아려, 그것을 치유하는데 연원을 함께하는 의학과 시가 다붓한 건 어쩌면 당연하다. 그래서 의학과 문학이 맞닿으면 서로 인간적 본바탕을 자극하여 서로를 더 여물게 한다.

3. 시인의 경지에 이른 과학자

〈그림 1〉 윌리엄 휴웰

영국의 철학자 윌리엄 휴웰(William Whewell)〈그림 1〉은 컨실리언스 (consilience, 마땅치 않지만 국내에선 '통섭 (統攝)'으로 번역해 쓴다. 필자 주)란 용어 를 만든 사람으로 잘 알려져 있다. 휴 웰이 1834년『Quarterly Review』에 서 다음과 같은 제안을 하였다.

"과학은 철학에서 시작하여 다양한 분야로 나뉘어 발달해왔다. 과 학의 여러 분야 종사자를 화학자(chemist), 의사(physician), 수학자 (mathematician) 등으로 부르지만, 이들을 총칭하는 용어가 없다. 최 근 설립된 영국과학진흥협회에서도 지난 3년간 이 문제를 논의했으 나, 결론을 내지 못하고 불만만 커지고 있다. 예술을 하는 이를 '아티 스트(artist)'라고 부르듯이 과학을 하는 이를 '사이언티스트(scientist)' 라 칭하길 제안한다."

19세기 중반까지 과학자를 '자연철학자(natural philosopher)'라 불

렀다. 현재도 세계적 과학 잡지의 이
름은『네이처(Nature)』다.

〈그림 2〉 존 키츠

오래전부터 많은 인사가 과학과 시
의 연관을 긍정적으로만 생각하지는
않았다. 한 예로, 19세기 영국 문학
을 대표하며 셰익스피어의 진정한 후
계자로 일컬어지는 천재 시인 존 키츠
(John Keats)〈그림 2〉는, 1819년 이야
기 시『라미아(Lamia)』233행과 234행에서 다음과 같이 읊었다.

> 과학은 천사의 날개를 자르고
> 규칙과 선으로 모든 미지를 억누른다
> (Philosophy will clip an Angel's wings,
> Conquer all mysteries by rule and line)

[앞서 일렀듯이 영문 첫 행의 'philosophy'는 자연철학(natural
philosophy)이고 이는 곧 자연과학(natural science)을 뜻한다. 필자 주]

즉, 과학이 시에 내재하여 있는 불가사의한 매력을 앗아가는 현
상을 비판하고 있다. 이러한 비판이 엄연히 있음에도 역사를 통틀
어 과학자와 작가는 언어와 과정의 장벽을 넘어 서로 의사소통을
모색해 왔다. 그중 가장 가시적인 징표 하나가 '루이스 토마스(Lewis
Thomas)상(賞)'이라 생각한다.

루이스 토마스상은 시인의 경지에 이른 과학자에게 수여하는 국제적인 상으로, 과학과 문학의 두 세계 사이에 다리를 놓아 이어준 과학자이며 작가로서 뛰어난 인물을 표창한다. 이 상은 1993년 록펠러 대학교의 이사들에 의해 제정되었으며, 첫 번째 수상자인 루이스 토마스의 이름을 따서 상 이름을 지었다. 1972년 미국 국립 과학 아카데미에 선출된 루이스 토마스는 의사, 시인, 어원학자, 수필가로서, 성공적인 문학 경력과 함께 적극적인 의료 실습, 교육 및 행정으로 의학에 뚜렷한 업적을 쌓았다. 하버드 대학교 의대생 시절 토마스는 문학적 야망을 보여주었고 여러 편의 시를 발표했다. 1971년에 『뉴잉글랜드 의학 저널(New England Journal of Medicine)』에 '생물학 관찰자의 노트'라는 정기 칼럼을 기고했다. 이 멋진 에세이 중 일부는 단행본으로 발간되어 '전국 도서상(National Book Award)'을 수상하였다. 예일 대학교와 뉴욕대학교 의과대학 학장을 지냈으며 슬로안-케터링 암센터(Memorial Sloan Kettering Cancer Center) 회장을 역임했다. 1993년 80세의 나이로 별세했다.

루이스 토마스의 『해외여행(A Trip Abroad)』에 나오는 한 대목이다.

"우리가 가까운 거리를 찾아갈 땐 과학자에게 의지하지만, 멀리 있는 미래로 갈 때는 시인에게 의지한다."

평자들은 '시인의 경지에 이른 과학자'를 이렇게 논한다. '시인의

경지에 이른 과학자의 목소리와 비전은 과학의 미학적이고 철학적
차원을 알려준다. 아울러 새로운 정보를 제공할 뿐만 아니라, 성찰
하게 하고 영감을 주어 뜻밖의 사실을 깨우치게 한다.'

4. 의사시인

1) 외도(外道)하는 희귀한 사람

내과 의사이며 작가인 다니엘 브라이언트(Daniel Bryant)는 미국
의사시인의 현황을 연구 발표한 바 있다. 그의 연구 결과에 따르면
1930년 이후 1990년대 초까지 미국 의사 622,693명 중 의사시인은
12명으로 0.0019퍼센트였다. 당시 브라이언트도 논문에 언급했듯
이, 의사 명부를 근거로 시행한 연구라는 점을 감안한다면, 실제 숫
자는 더 많았을 수도 있다. 최근 데이터를 포함하여 분석한다면 그
수는 더 늘어나지 않을까 짐작된다. 그렇더
라도 의사시인은 드문 편이고, 브라이언트
는 '의사시인은 더없이 특별한 주목을 받을
만큼 희귀한 존재'라고 논문을 마무리하고
있다.

희귀한 의사시인은 안톤 파블로비치 체홉
(Anton Pavlovich Chekhov, 1860~1904)〈그림 3〉

〈그림 3〉 안톤 체홉

의 어법으로 묘사하면 외도자다. 1888년 9월 11일 체홉이 친구 알렉세이 수보린(Alexei Suvorin)에게 보낸 편지의 한 부분이다.

"의학은 나의 합법적 아내이고 문학은 나의 정부(情婦)다. 한쪽에 진저리가 나면 다른 쪽과 밤을 보낸다. 변칙이긴 하지만 덜 지루하며, 게다가 두 사람 누구도 나의 부정(不貞) 때문에 잃는 건 아무것도 없다."

그는 마흔여섯 해, 길지 않은 인생에서 화려한 명작들을 썼지만, 스물네 살에 모스크바 대학에서 의사 자격을 받고 성인 시절 대부분을 병원에서 근무했다. 의대에서 강사가 되고 싶어 박사 학위를 받고자 의료사회적 연구를 수행했다. 의료사회학은 사회학적 시각으로 의학적 상황을 연구하는 학문이다. 연구 과정에서 열악한 사회적 조건이 건강에 좋지 않다는 것을 발견하고, 의사의 역할이 환자 치료가 우선이 아니라, 질병에 걸리지 않도록 열악한 사회적 조건을 개선하는 것이라는 결론에 닿았다. 따라서 자선과 복지만이 답이 아니라 정부가 해야 할 역할이 있다고 제안했다. 그러나 논문은 대학에 의해 거부되었다. 거기까지가 안톤 체홉의 의학적 행로다. 그 후론 문학에만 전념하였다.

2) '의사'와 '시인'의 합성어

'의사시인'은 '의사'와 '시인'의 합성어다. 합성어는 흔히 대등 합성어, 종속 합성어, 융합 합성어로 나뉜다. 의사와 시인의 본래 의미와 역할이 각각 대등한 자격과 용량으로 담겨 있다면 대등합성 의사시인이다. 용량이 어느 한 편으로 기울어져 '시도 짓는 의사'라면 시작이 의업에 종속되어 있어 '시인'은 '의사'를 수식하고 있다. 물론 시인이 주가 되고 의사가 종속인 경우도 있을 수 있다. 예를 들면, 의과대학을 졸업하며 의사면허는 획득하였으나 의업은 접고 시인으로 활동하는 경우다. 그러나 이런 경우는 의학을 배웠고 의사 면허 소지자니까 '의사시인'이라 부르긴 해도, 실제 환자 진료 경험이 희박하다는 점에서 '의대 출신 시인'이라 불러야 할 것이다.

'융합'이란 말이 '다른 것이 녹아서 서로 구별이 없게 하나로 합하여지거나' 또는 '둘 이상의 요소가 합쳐져 하나의 통일된 감각을 일으키는' 것을 의미한다면, 의사와 시인이 녹아서 하나로 합쳐지는 일은 불가능하다. 의학과 시문학이 사람의 고통을 동일한 연원으로 공유한다 해도 각각을 버리고 새로운 직업군을 만들어낼 순 없다. 따라서 필자는 융합 합성의 의사시인은 아직은 이론상의 명칭이라고 생각한다. 혹시 시테라피처럼 의료 현장에서 시인이 활동하는 새로운 직종이 생겨난다면 가능할지 모를 일이다.

3) 의사시인들

세상을 떠난 일부 구미의 의사시인들을 중심으로 이름을 열거하면 다음과 같다. 토마스 캠피온(Thomas Campion, 1567~1620), 아브라함 카울리(Abraham Cowley, 1618~1667), 헨리 본(Henry Vaughan, 1621~1695), 사무엘 가스(Samuel Garth, 1661~1719), 존 아부트노트(John Arbuthnot, 1667~1735), 마크 아켄사이드(Mark Akenside, 1721~1770), 올리버 골드 스미스(Oliver Goldsmith, 1730?~1774), 조지 크랩(George Crabbe, 1754~1832), 프리드리히 폰 쉴러(Friedrich von Schiller, 1759~1805), 존 키츠(John Keats, 1795~1821), 토마스 러벨 베도스(Thomas Lovell Beddoes, 1803~1849), 올리버 웬델 홈즈(Oliver Wendell Holmes, 1809~1894), 로버트 브릿지(Robert Bridges, 1844~1930), 드럼몬드(W H Drummond, 1854~1907), 존 맥크레이(John McCrae, 1872~1918), 윌리엄 카를로스 윌리엄스(William Carlos Williams, 1883~1963), 고트프리트 벤(Gottfried Benn, 1886~1956). 여기에 최근 왕성하게 활동하고 있는 라파엘 캄포(Rafael Campo), 론 캐러치(Ron Charach), 잭 쿨한(Jack Coulhan), 앨리스 존스(Alice Jones), 존 머캔드(Jon Mukand) 등의 이름을 보탤 수 있다. 이 명단에서 흥미로운 점은 여성이 없다는 사실이다. 미국 텍사스 대학 의학부 의료인문학 교수 존스(Anne Hudson Jones)의 견해에 의하면, 과거엔 여자가 의사 되기가 어려웠기 때문이라 한다. 만일 의학을 잠깐이라도 배운 사람까지 다 포함한다면 여성으로서 겔트루드 스타인(Gertrude Stein, 1874~1941), 남성으로서 프란시스 톰슨(Francis Thompson, 1895~1907), 로빈슨 제퍼스(Robinson Jeffers, 1895~1907) 등을 추가할 수 있다.

의사시인 몇을 필자 나름의 분류방식에 따라 기술한다.

① **종속합성 의사시인**

아마도 가장 잘 알려진 의사시인은 퍼시 셸리, 조지 바이런 (George Gordon Byron)과 함께 영국의 3대 낭만주의 시인으로 인정받는 존 키츠다. 약제사 면허를 따고 수년간 수련을 받아 스물한 살에 외과 의사가 되었는데, 그 무렵 키츠는 의학을 접고 문학에 전념하기 시작했다. 그의 시가 의학적 지식을 반영하지 않음에도, 많은 의사와 시인은 그의 생애와 작품에 지대한 관심을 보인다. 흔히 '의사 키츠가 시인 키츠에게 물려준 가장 위대한 유산은 질병으로 고통받고 낫기를 갈망하는 사람에 대한 공감이었으며, 그 공감이 키츠를 그가 바라던 아폴로 같은 시인-의사로 바꾸었다.'고 이른다. 그래서 키츠를 '의사시인' 대신에 '시인의사'라 부른다. 필자의 분류로 '종속합성 의사시인'이다. 달리 부르면 '의사 출신 시인'이다.

② **대등합성 의사시인**

반면에 윌리엄 카를로스 윌리엄스는 줄곧 의업과 시작을 함께한 가장 유명한 의사시인이다. 그에게 의학은 시인으로의 도약판이었다. 그는 '시 없이 의학을 실행할 수 없다.'고 말하곤 했다. 그러나 시인으로서의 명성은 그의 의학적 활동과 거의 무관하다. 그의 시는 종종 의학에 눈길을 주기도 했지만, 미국 문화에 더 쏠려있었다.

의학의 세계에서 쉼 없이 환자를 보면서도 의학엔 무관심한 듯, 시를 지었던 윌리엄스는 시에 관심을 둔 많은 의사의 대표적 표상으로 여겨지고 있다. 한 예로 미국 의과대학생들의 연례 시 콘테스트는 1983년 그를 기려 설립되었다.

윌리엄스보다 더 대등합성에 가까운 의사시인은 존 스톤(John Stone)이다. 미국 미시시피 태생의 그는 주저 없이 의사가 되길 원했다. 의대에 입학하기 전에 잠깐 시를 지었지만, 1950년대 후반 미주리 세인트루이스의 워싱턴 대학 의과대학에 입학하자 의학에 전념하여 1969년까지는 시를 짓지 않았다. 그러다 우연히 버몬트에서 열린 브레드로프 작가 콘퍼런스(Breadloaf Writer's Conference)에 의료 지원 의사로 참가했다가 전환점을 맞았다. 그로부터 3년 후인 1972년 시집 『성냥 냄새(The Smell of Matches)』를 상재하였다. 이어서 심장 전문의, 교수, 학장 등으로 학문적으로도 큰 활동을 하며 틈틈이 시를 지었다. 작은 인덱스 카드를 넣고 다니며 그때그때 떠오르는 시상이나 구절을 간결하게 적었다. 윌리엄스가 진료 중에 처방전에 시상을 간략히 적었듯이. 그의 시는 의학을 주제로 삼지 않지만 시 속에 의학이 작동하고 있다. 의사 생활과 시인 활동의 알맞은 균형은 그를 의학적으로도 시학적으로도 걸출한 대등합성 의사시인으로서 인정받게 하였다. 그런 연유로 오랫동안 연례 윌리엄 카를로스 윌리엄스 의대생 시 콘테스트의 최종심사위원을 맡아 수고하기도 했다.

5. 의사시인들 모이다

1) 미국의사시인협회

흥미로운 자료를 발견하였다. 1997년 미국의 발두치(Lodovico Balducci)가 『미국 노인병학회 잡지(Journal of American Geriatrics Society)』 편집자에게 보낸 흥미로운 편지다.

"편집자께, 독자들에게 미국 의사시인 협회(APPA, American Physicians' Poetry Association)의 범위와 활동에 대해 알려 드리고자 합니다. 우리 협회는 1996년 6월 16일 코네티컷(Connecticut)주 파밍턴(Farmington)에 위치한 바니 하우스(Barney House)에서 첫 모임을 가졌습니다. 우리 협회는 시를 사랑하는 모든 의사에게 열려 있는 장으로서, 의학과 인문학의 상호 작용을 촉진하여 상호 더욱더 풍요로워지도록 열망하는 의사들이 협력하는 모임입니다. 연간 약 4회, 회원들의 작품을 묶어 발간하고 있습니다." [협회 창립연도는 1976년이다. 잡지 게재 과정에서 생긴 오류로 여겨진다. 필자 주]

노인병학계에서 잘 알려진 발두치가, 의사시인으로서 자신이 속해 있던 협회를 소개하는 편지를 노인병학 분야의 세계적 학술지에 보내어 게재된 내용이다.

모핏(Mofitt) 암 센터와 연구소에 근무했던 발두치는 노인종양학의 대가이며 미국을 대표하는 노인암 전문의다. 동시에 의학과 영

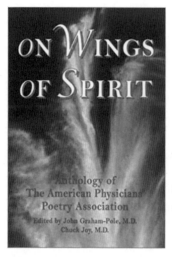

〈그림 4〉 미국의사시인협회 공동시집
『영혼의 날개 위에(On Wings of Spirit)』
표지

성에 깊이 들어갔던 작가로 명성을 떨치고 있다. 평소 "저는 환자가 앓고 있는 질병보다 환자 자신에 더 관심을 가지게 되었습니다. 의사 앞에 존재하는 것은 환자인데, 환자는 앓고 있는 암의 고유한 특성과는 다른 개개인의 특성을 지니고 있습니다."라고 말했다.

1976년 미국을 대표하는 직업환경의학자인 리처드 리핀(Richard Lippin)이 주도하여 창립한 미국의사시인협회가 2002년 1월 15일 발간한 『영혼의 날개 위에(On Wings of Spirit)』〈그림 4〉는 미국의사시인협회 회원 34명의 시를 담고 있다.

이 앤솔로지는 여러 평가를 받았다. '과학과 예술, 의학, 문학, 정신과 신체의 다양한 영역을 넘어서기 위한 노력의 표현이다.' '치료 기술과 관련된 인류 및 윤리 문제를 탐구하여 탄생한 결과물로, 의사와 환자 모두에게 영감의 원천으로 샘솟고 있다.' '인간의 몸에 대한 존경, 인간의 정신에 대한 경이감, 그리고 인간의 감정의 보편성에 대한 감사들. 이것들은 모두 의사시인들의 끊임없는 주제이며 쉼 없는 감각임을 밝히고 있다.' 미국 예일대 의대 외과학 교수이며 가장 활발했던 의사시인이었던 리처드 셀저(Allen Richard Selzer, 1928~2016)도 다음과 같이 시작하는 평문을 더하였다.

"얼마 전까지만 해도 의사들이 지은 시집의 출현은 어색하게 여겨졌다. 의사들은 예술을 후원하지 예술을 실천하지 않는다고 여기고 있었기 때문이다. 이 책의 등장은 의학 속 휴머니즘의 성장을 보여주는 척도다. 이 책에 실린 시들의 수준이 비범하지 않음이 놀라운 일은 아니다."

셀저는 6·25전쟁 중 외딴 한 마을에서 젊은 외과 군의관으로서 겪은 경험을 바탕으로 한 소설 『Knife Song Korea』로 국내에도 잘 알려져 있다.

2) 한국의사시인회

2012년 6월 9일, 한국의사시인회(韓國醫師詩人會, Korean Physicians' Poet Association)가 첫걸음을 내디뎠다. 대한민국 의사시인들이 시적 능력 고양과 의료발전에 기여하고자 모였다.

2011년 11월 7일 월요일 오후 8시. 서둘러 진료를 마치고 모인 몇몇 의사시인과의 교류 석상에서 당시 한림대학교 의과대학 내과 교수로 재직하던 유담 시인은 의사시인들의 모임 창립을 발의하였다.

유난히 추운 겨울을 겪고 난 2012년 3월 17일 토요일 오후 8시, 대치동 '카페베네'에서, 유담은 이비인후과 원장인 홍지헌 시인에게 창립 취지를 설명하고 의기(意企)를 나누었다. 곧이어 병리학자인 허만하 시인과 방사선과 전문의인 마종기 시인 등을 비롯하여 의사시인들에게 창립 취지와 계획을 알렸다. 동참 의사 표시와 함께 격려 응원이 답지하였다. 특히 3월 23일 금요일, 미국에 거주하는 마종기 시인이 지원 의사를 이메일로 보내왔다.

유담과 홍지헌은 3월 29일 오후 7시, 영등포 신세계백화점 식당가의 칠보면옥과 10층 커피점에서, 연이은 회의를 하고, 목적, 명칭, 사업 내용 등의 초안을 잡았다. 이즈음 창립 준비의 열성을 북돋운 것은 마종기 시인으로부터 온 두 번째 이메일이었다.

"안녕들 하세요?
좋은 일을 계획하시는 여러분께 멀리서나마 힘찬 응원을 보냅니다.
언젠가는 시작이 되어야 할 모임이라고 나도 생각합니다.
그리고 내가 할 수 있는 일이라면 무엇이든 돕도록 하겠습니다.
되도록 많은 분이 참여할 수 있으면 좋겠지만 여건이 허락지 않는다면
"첫술에 배부를 수 없다"는 말도 참고하셔서 차근차근 모임을 키워나가면 되지 않을까 생각도 하게 됩니다.
반가운 마음으로 오늘은 이만 그칩니다(2012년 4월 7일 오후 11

시)."

5월 7일 오후 8시 30분, 충무로에 있는 스타벅스에서 준비 모임을 갖고 창립일시와 장소를 확정하고, 창립취지문은 유담 시인이 작성하기로 하였다. 아울러 그동안 일일이 연락하고 접촉한 의사시인들의 명부를 작성하였다.

드디어 2012년 6월 9일 오후 6시, 서울역 KTX5 회의실에서 창립총회를 개최하였다. 회의 순서에 따라 창립취지문을 낭독, 채택하였다.

의학을 실험적 검증과 과학적 추론만의 영역으로 경계 짓는 것은 미흡하다. 진정한 의학은 인간에 대한 심오한 이해에 관점을 두고 있다는 점에서 시(詩)와 깊이 닿아 있다. 따라서 시와 의학의 융합은 직관, 상상력 그리고 창의적 공감을 바탕으로 서로를 풍부하게 한다.

그러나 현실은 의학과 시가 과학과 예술로 구분되어 각각의 영토에 제각기 놓여 있을 뿐이다. 이러한 상황은 의학과 시의 사이에 놓여 있는 고급스러운 구별을 헐어내고 사귀어, 서로 오가는 통섭(通涉)의 능력을 갖춘 의사시인의 능동적 역할을 요구하고 있다.

이에, 의사시인들이 시적 소양을 증진하기 위한 상호 교류의 터전을 마련하여, 궁극적으로 의료발전과 시적 능력 고양에 함께 기여함을 목적으로 '한국의사시인회'를 창립한다.

우리 '한국의사시인회'는 창립 목적을 달성하고자 시회(詩會), 시집 발간, 강연회 등을 포함한 의료와 시의 통합으로 오히려 각각의 고유성이 한결 빛나는 활동을 할 것이다.

먼 후일, '한국의사시인회'가 내딛는 오늘의 첫걸음이 의료계와 시계(詩界)의 많은 이들에게 지혜와 포용의 무변(無邊)한 가능성으로 기억되기를 소망하며, 시를 사랑하는 의사들의 동참을 청한다.

-(글: 유담)

이어서, 유담을 초대 회장으로 선출하고, 마종기, 김춘추, 신승철, 김경수 등을 고문으로 위촉했다. 부회장으로 송세헌, 박언휘, 총무에 김연종을 선임했다. 창립회원은 김경수, 김세영, 김연종,

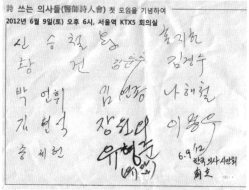

詩 쓰는 의사들(醫師詩人會) 첫 모임을 기념하여
2012년 6월 9일(토) 오후 6시, 서울역 KTX5 회의실

〈그림 5〉 한국의사시인회 창립 기념사진(앞줄 오른쪽부터 시계방향으로 김경수, 김춘추, 유담, 박언휘, 신승철, 송세헌, 김연종, 나해철, 김현식, 장원의, 이용우, 황 건, 홍지헌)과 창립기념서명판.

김완, 김춘추, 김현식, 나해철, 남상혁, 마종기, 박강우, 박언휘, 서홍관, 송세헌, 신승철, 이규열, 이용우, 유담, 장원의, 조광현, 홍지헌, 황 건(가나다순) 등이다〈그림 5〉.

일 년 후 6월 29일, 25명의 회원이 참여하여 첫 번 시집인『닥터 K』(황금알)를 마종기 시인의 축하 서문을 실어 펴냈다. 이후 빠짐없이 매년 공동시집을 발행하고 있다.

또한 한국의사시인회는 정기적으로 강사를 초청하여 특강을 개최하고 있다. 그간 이승하 시인, 김종주 의사 문학평론가, 홍일표 시인, 이경철 평론가, 황학주 시인, 엄경희 교수, 홍용희 평론가, 고영 시인, 이병률 시인 등을 초청하였다.

현재 한국의사시인회 홈페이지 공식 등록 회원 수는 삼십 오 명이다. 아직 등록하지는 않았으나 개인적으로 알고 있는 몇 명을 보태어, 현재 국내에서 시작 활동을 하는 의사시인은 사십여 명 정도라 어림한다. 참고로 통계청 자료에 따르면 2019년도 우리나라 의사 숫자는 십만오천육백이십팔 명이다.

6. 맺는 글

의료는 철저히 인간 탐구, 인간 이해를 전제로 한다. 질병에 관한 의학적 지식과 기술 및 인간에 관한 인문학적 지혜를 아울러 활용하여야 진정한 의료가 작동할 수 있다. 바로 의료인문학의 능동적

작용이다. 흔히 의학과 인문학의 접목이라 일컫는 작동이다. 문학을 위시한 예술, 철학, 윤리, 역사, 정치경제, 언론, 법, 종교 등과의 다학제간 합력(合力) 융합을 접목이라 칭하는 것을 동의한다. 그러나 보다 정확히 표현한다면 '본디로의 회복'이다. 당연히 원래 갖추고 있어야 할 틀을 이제야 제대로 추스르기 시작하였다.

의대생 시절 인체 해부학 실습을 했다. 사체를 부위별로 세밀하게 해부하고 익혔다. 비록 생명이 떠난 차가운 심장이고 폐일지라도, 한 때 따스한 생명이 있어 박동하고 호흡했었음을 연상하고 하나하나 익혔다. 그렇게 해야 생명을 다루는 진료 현장에서, 박동과 호흡의 의미와 생명의 가치를 따스한 냉철로 발휘할 수 있기 때문이다. 만일, 이 따스한 냉철이 아픈 이들의 삶의 리듬과 근원에 담긴 진실에 빛을 비추는 단어들로 발광(發光)한다면, 그 리듬과 단어를 가장 차갑게 연구하고 따스하게 쓰고 있는 사람은 바로 의사시인이다. 흰 가운을 입은 그가, 신화 속 아폴로가 동시에 구사(驅使)했다는 치유와 시의 풍요로움을 짓고 있다.

오스먼드와 헉슬리의 사이키델릭

1945년경, 정신질환 치료법은 과도기를 겪고 있었다. 정신분석이 주된 치료법이었지만 그 효과는 마뜩잖았다. 전기 경련 요법, 화학적 정화요법, 수면 요법 등이 보태졌으나 기대에 못 미쳤다. 이런 상황에서 약물을 이용한 치료법을 구하려는 노력이 활발히 시도되었다. 그중에서 인간의 지각에 생생한 변화를 일으키는 것으로 알려진 또 다른 화학 물질, 즉 오늘날 환각제라고 불리는 메스칼린과 LSD 등의 약물에 많은 연구자들이 몰두하였다. 새로운 접근 시각이었다. 특히 캐나다 대초원 한가운데 덩그러니 위치한 정신병원의 의사 오스먼드는 사람의 지각을 바꾸는 환각제가 정신질환 치료의 미흡함을 채워 주리라 믿었다. 오스먼드에겐 그 믿음을 함께 나눌 누군가 필요했다.

1. 사이키델릭이란 말

'사이키델릭(psychedelic)'은 도취 또는 환각을 일으키는 지각상태를 가리키는 말이다. 이 용어를 만든 사람은 오스먼드(Humphry Fortescue Osmond)와 헉슬리(Aldous Leonard Huxley)다. 둘은 편지를 주고받으며 인간의 의식에 대한 예전의 이해 방식과 다른 방식으로 인간의 의식을 파악하고 해석하였다.

1955년, 헉슬리는 직접 체험한 환각적인 공상의 비행에 관해 오스먼드에게 편지를 쓰면서 다음과 같은 구절을 넣었다.

이 평범한 세상을 숭고하게 만들려면
반 그램의 페이너로싸임을 섭취하십시오.

헉슬리는 정신 상태를 바꾸는 약물의 효과를 묘사하는 새로운 용어로 '페이너로싸임(phanerothyme)'을 제안했다. 'phane(보이는)'과 'thymos(영혼)' 두 그리스 단어의 합성어인 '페이너로싸임'은 '영혼(마음)이 보이다'의 의미다.

다음 해 오스먼드는 새로 만든 단어를 넣어 답장을 보냈다.

지옥을 헤아리거나 천사처럼 날아오르려면
그냥 사이키델릭을 조금 복용하십시오.

‘사이키델릭(psychedelic)’은 ‘영혼(마음)’을 의미하는 ‘psyche’와, ‘드러내다’는 의미를 지닌 ‘delos’의 그리스어 합성어로 ‘영혼을 드러내다’는 뜻이다.

두 용어는 거의 같은 의미다. 두 사람 다 환각 현상을 표시하기 위해 ‘영혼을 드러내어 보인다’는 새로운 용어를 제시하였는데, 이는 환각의 개념을 공유하고 있었음을 보여준다. 즉, 환각은 헛것 또는 헛소리가 아니라 내면의 표출이라고 둘 다 인식했던 것이다.

‘사이키델릭’이란 단어가 더 흔히 쓰이게 된 까닭은 오스먼드의 의학적 영향력 때문이라 여겨진다. 오스먼드는 1957년 뉴욕 과학 아카데미에서 새로운 용어 ‘사이키델릭’을 공식적으로 발표하였고, LSD(Lysergic acid diethylamide), 메스칼린(mescaline), DMT(N, N-Dimethyltryptamine), 실로시빈(psilocybin)과 같은 환각성 약물의 행복감, 지각 변화, 정신 확장 효과를 의학적으로 설명하는 용어로 ‘사이키델릭’을 적극적으로 사용하였다. 그 이전에 환각을 서술하는 용어는 환각이 정신병의 증상이라는 단편적 시각에서 ‘정신이상적 환각(psychotomimetic)’이었다. 물론 일부 학자가 ‘사이코델릭(psychodelic)’이 의미론적으로 더 알맞은 용어라고 지적했지만, ‘사이키델릭’은 정신과 영역을 넘어서 사회 문화 전체에 깊은 영향력을 주는 단어가 되었다.

환각에 관한 용어의 출현을 알기 쉽게 시간상으로 요약하면 〈그림 1〉과 같다.

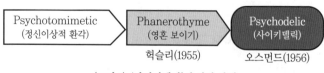

| Psychotomimetic (정신이상적 환각) | Phanerothyme (영혼 보이기) | Psychodelic (사이키델릭) |

헉슬리(1955)　　　　오스먼드(1956)

〈그림 1〉 '사이키델릭' 용어의 탄생

오스먼드와 헉슬리는 환각 상태도 인간 정신세계의 한 부분이라 믿었고, 그 믿음은 새로운 '사이키델릭'이란 용어로 인간 정신의 지경(地境)을 확장시켰다.

2. 사이키델릭한 만남

〈그림 2〉 험프리 오스먼드

험프리 오스먼드〈그림 2〉는 1917년 영국 서리(Surrey)에서 태어났다. 전형적인 영국 중산층 가정에서 자랐다. 아버지는 지역 병원의 급여 책임자였다. 오스먼드는 정신과 의사가 될 생각이 없었다. 희곡을 썼고, 은행 업무에 종사한 적이 있었지만, 곧 적성에 맞지 않음을 깨달았다. 잠깐 건축에 관심을 두기도 했다. 그러던 중 의사이자 의사학자(醫史學者)인 헥터 카메론(Hector Cameron)의 영향을 받아, 제2차 세계 대전이 발발했을 때, 런던의 가이(Guy) 병원 의과대학에서 6년 과정을 마치고 졸업했다. 전쟁 중에 인턴십을 완료하기 위한 자리를 구하기가 쉽지 않자, 자원봉사를 하다가 1942년 왕립 해군에 입대하여 군의관 중위로 복무했다. 당시 정신과장인 데스몬드 커란(Desmond Curran)의 격려로 정신과 공부를 하게 되었다. 그 후 런던의 세인트 조지 병원 정신과 선임의사로 근무했다. 정신병의 생물학적 특성과 정신병 치료제, 특히 조현병을 치료할 수 있는 사이키델릭 약물의 잠재력에 관심이 있던 오스먼드는 그곳에서 연구파트너인 존 스마이티즈(John Smythies)를 만났다.

스마이티즈와 오스먼드는 1940년대 후반에, **뻬요떼**(peyote) 선인장에서 추출한 환각 유발 물질인 메스칼린에 관해 여러 연구를 했다. 메스칼린은 멕시코·미국 남서부에 생장하는 **뻬요떼** 선인장에 들어 있는 환각성 중독성 화합 물질이다. 향정신성 알칼로이드 성분이 많이 함유되어 있어 환각 작용을 일으키는 가장 대표적인 성분이다. 화학식은 $(CH_3O)_3C_6H_2CH_2CH_2NH_2$다. **뻬요떼**는 미국 인디언 부족의 영혼 의식에서 쓰이는 환각제로 알려지기 시작했다. **뻬요떼**의 모양은 둥글넓적한 호박 같고 가시가 없다. 지름은 십 센티미터, 높이는 오 센티미터 정도로 겉면은 청록색, 암녹색을 띤다〈그림 3〉. 뜨거운 폭양과 다습을 싫어하는 **뻬요떼**는 배수가 잘되는 나무

〈그림 3〉 뻬요떼 선인장

그늘 밑이나 뿌리 언저리에 파묻혀 산다. 늦은 봄부터 여름까지 하얀색, 붉은색, 노란색 꽃을 피운다. 꽃이 지고 나면 작은 열매와 씨를 맺는데, 두툼한 단추처럼 다닥다닥 붙어 있다고 해서 '뻬요떼 버튼'이라 불리기도 한다.

멕시코 아스떼까 인디오, 미국 메스칼레로 아파치 인디언들은 광야에서 뻬요떼를 찾아내면 뿌리째 들어내기도 하지만, 지표면을 뚫고 살짝 고개를 내민 윗부분만 날렵한 쇠줄로 잘라내 사용한다. 수확한 뻬요떼를 다듬고 먹기 좋게 깍둑썰기하여 껍데기와 속살을 함께 잘라낸다. 진저리칠 정도로 쓴맛을 피하기 위해 오렌지 속살을 칼로 가르고, 그사이에 뻬요떼 조각을 핫도그처럼 싸서 먹고 기나긴 환각 여행에 빠진다. 미국의 인디언들은 환각 함유율이 높아지도록 뻬요떼를 잘 말려서 차로 끓여 마신다. 침략자에 대한 저항이 아닌 체념을 선택한 인디언들은 뻬요떼를 이용한 영혼 의식을 통해 위안을 찾았다.

오스먼드와 스마이티즈는 메스칼린에 의해 나타나는 증상이 조현병 증상과 유사하다는 결과를 얻었다. 그 결과를 토대로 조현병은 메스칼린과 연관이 있는 화학물질이 과잉으로 생기는 병이라고 가정했다. 그들은 이 가설을 'M 가설'이라고 불렀다. 그러나 당시 프로이드적 사고가 지배하던 영국 정신 의학계에서 그들의 가설은 쉬이 받아들여지지 않았다. 그들은 학문적으로 고립을 느꼈다. 더구나 런던에선 연구비를 확보할 수가 없었다. 그럴 즈음 마침 제2차 세계대전 이후의 캐나다는, 사회민주주의 정부의 공공정책 일환

〈그림 4〉 오스몬드가 급진적 정신과 프로그램과 LSD의 세계 최대 시험을 시작한
캐나다 서스캐처원의 웨이번 병원.

으로 새로운 실험 연구 지원을 활성화하고 있었다. 특히 서스캐처
원(Saskatchewan)주는 정신과 영역을 포함한 여러 분야에 많은 연구
비를 투자하여 해외연구자들을 불러 모으고 있었다.

1951년 오스먼드는 캐나다 서스캐처원의 웨이번(Weyburn) 정신
병원에 정신과 부과장으로 취임하여 가족과 함께 이사했다〈그림
4〉.

웨이번에서 오스먼드는 생화학자이며 정신과 의사인 아브라함
호퍼(Abram Hoffer)를 만났다. 호퍼와 함께 LSD를 이용한 실험을
시작했다. 오스먼드는 LSD를 자신의 몸에 투약하여 의식에 중대
한 변화가 일어남을 직접 확인했다. 또한 오스먼드와 호퍼는 자원
봉사자들을 대상으로 연구한 결과로부터, LSD가 새로운 수준의 자
기 인식을 유도할 수 있다고 이론화했다. 그 이론을 임상에 적용하
여 알코올 중독자들에게 LSD를 처방하기 시작했다. 이어진 연구를

통하여, 오스먼드와 호퍼는 조현병 환자가 과잉 생산하는 물질은 메스칼린 및 다른 환각제와 구조적으로 유사한 아드레날린의 부산물인 아드레노크롬이라고 주장했다. 즉, 조현병 환자는 과도한 아드레노크롬을 생성하거나 아드레날린을 적절히 대사하지 못해 발병할 수 있다는 이론적 근거를 얻었다. 이러한 연구 결과를 근거로, 오스먼드와 호퍼는 앞서 이른 M-가설의 기본 개념을 이어받은 '호퍼-오스먼드 아드레노크롬 가설'을 제안했다.

이 가설을 바탕으로 오스먼드와 호퍼는 아드레노크롬의 과잉 생산을 줄이는 방법을 찾고자 노력했다. 실제로 나이아신(niacin, 비타민 B_3)이 아드레날린 생성을 제한할 수 있다는 사실을 발견하고, 조현병 환자에게 다량의 비타민 B_3 투여를 시도하였다.

오스먼드와 호퍼는 연구를 계속 심화시켰다. 환각제에 의해 어떤 심령 상태가 만들어지고 있는지 정확히 이해하기 위해, 자신, 친구와 대학원생을 대상으로 주관적 영향을 탐구하기 시작했다. 이는 정신이상적 환각 해석이라는 전통적 방법에서 벗어나, 메스칼린과 LSD 연구에서 얻은 소견들을 새로운 시각으로 이해하려는 탐사의 시작이었다.

그러나 당시 북아메리카의 정신의과학분야의 주도적 연구 경향과는 동떨어진 채, 변두리 일개 병원에서 외톨이로 연구했던 오스먼드에겐 정신과 분야 저 너머의 착상을 지닌 협력자가 필요했다. 그때 영국의 한 작가로부터 편지 한 통을 받았다.

3. 헉슬리, 오스먼드에게 편지를 보내다

헉슬리〈그림 5〉는 1953년 메스칼린 실험에 관한 기사를 보고 오스먼드에게 감사 편지를 보냈다. 기사는 오스먼드와 동료들이 1952년 4월 『히버트 잡지(Hibbert Journal)』에 발표한 「조현병: 새로운 접근」이라는 제목의 논문을 소개하고 있었다. 헉슬리는 편지에 '재능있는 사람들'이라는 붙임글을 달았다.

〈그림 5〉 올더스 헉슬리.

올더스 헉슬리(Aldous Huxley)는 1894년 7월 26일 영국의 고달밍(Godalming)에서 태어났다. 첫 번째 소설은 『크롬 옐로(Chrome Yellow)』(1921)였으며, 가장 유명한 작품인 『멋진 신세계(Brave New World)』는 십일 년 뒤 1932년에 출간되었다. 이 소설에는 디스토피아 세계에서 통제 수단으로 사용되는 가상의 마약 소마(soma)에 관한 내용이 적혀 있다. 헉슬리는 루이스 루윈(Louis Lewin)의 『팬타스티카(Phantastica)』를 읽은 후 마약 사용에 관심을 두게 되었다. 루이스 루윈은 독일의 약리학자였다. 루윈은 심리적 효과에 따라 약물과 식물을 분류하는 연구를 했었다. 특히 뻬요테 선인장에 대한 분석을 세계 최초로 발표했었다.

헉슬리는 1937년 미국에 온 직후, 뉴멕시코에 있는 아메리카 원주민 교회가 예배 의식에서 **뻬요떼**를 사용한다는 소문을 처음 들었다. **뻬요테** 선인장의 활성 성분인 메스칼린이 조현병에 이용된다는 내용은 오스먼드의 논문 기사를 읽고 이미 알고 있었다.

1937년 캘리포니아 로스앤젤레스로 이주한 헉슬리는 2차 세계대전을 앞두고 신비로운 경험을 통해, 개개인을 계몽함으로써 세상의 문제를 해결하려는 생각에 점점 이끌리고 있었다. 신비로운 경험에의 관심은 자연스레 약물, 특히 마약의 모호한 효과에 주의를 집중하게 했다.

헉슬리는 미국정신의학회 학술대회에 참가하기 위해 로스앤젤레스에 온 오스먼드를, 1953년 5월 캘리포니아 헐리우드 언덕의 자신의 집에 초대했다. 아내 마리아와 함께 오스먼드를 따스하게 맞았다.

학술대회 후 헉슬리는 오스먼드에게 메스칼린 실험에 참여하고 싶다며, 메스칼린을 충분히 공급해줄 수 있는지 물었다. 1953년 5월 초 오스먼드는 헉슬리가 스스로 시도한 실험적 문학 경험의 모든 과정을 이끌었다. 헉슬리는 그 순간의 장면을 다음과 같이 적고 있다.

"나는 물 반 컵에 메스칼린 0.4g을 녹여 삼켰고, 앉아서 결과를 기다렸다."

이 장면은 환각제가 유발하는 체험을 정신적으로 독해(讀解)해

내고자 감행한 아슬아슬한 도전의 순간이었다. 비프로이드 문학적 모험을 시도한 최초의 장면이었다. 이 도전적 시도는 사이키델릭 탐구의 첫걸음으로 역사적 한 획을 그었다. 또한 20세기 정신의학, 문학, 그리고 문화에서 환각제의 정체성에 대한 일반적인 이해를 바꾸어 놓은 사건이었다.

헉슬리는 다음 해 1954년 『인식의 문(The Doors of Perception)』에 이 환각 경험을 상세히 기록했다. 종교적 경험과 광기가 화학적으로 유도될 수 있다는 추측과 함께. 헉슬리는 '순수 미학'에서 '성례(聖禮)적 비전'에 이르기까지 자신이 경험한 통찰력을 회상하고 철학적, 심리적 의미를 반영했다. 이태 후 이러한 성찰을 더 자세히 설명하는 또 다른 책 『천국과 지옥(Heaven and Hell)』을 출판했다.

여기서 한 가지 확인할 게 있다. 흔히 오스먼드는 헉슬리를 미치게 한 사람으로 문학사에 알려졌으나, 오스먼드는 헉슬리의 제안을 탐탁지 않게 생각했고 불안해했다고 한다. 그러나 헉슬리의 진지한 열정은 오스먼드의 불안을 억누르고, 오스먼드의 연구욕을 더 강력히 솟구치게 하였다. 이후 두 사람은 서로의 세계로 성큼 들어섰고, 사이키델릭한 우정은 헉슬리가 세상을 뜨기 몇 주 전인 1963년 가을까지 십일 년간 이어졌다.

제2차 세계대전 이후 미국은 기계의 시대였다. 지나치게 팽배한 기술적 낙관주의, 만연한 개인주의, 냉전의 군사 과학 등이 넘쳐 나는 시기였다. 또한 전쟁 직후 정신질환자의 숫자가 급증하면서 정신의학의 필요성이 폭발적으로 증가하였다. 그러나 당시 정신의학은 프로이드와 아돌프 마이어(Adolf Meyer)의 논리에 깊이 빠져, 정신병자를 가두어 근근이 연명하게 하는 보호시설에 만족하고 있었다.

헉슬리와 오스먼드는 그러한 정신의학 문화에 엇섰다. 보호 수용 치료의 암울한 현실과 환자의 분리를 날카롭게 비판했다. 대신에 추가 감각 인식과 실증과 실험을 중시하는 초심리학(parapsychology)을 진지하게 받아들였다. 근본적으로 두 사람 다 인본주의자였다. 과학, 의학, 철학 및 영성의 차이를 초월한 넓은 관점에서 주변 세계를 이해했다.

헉슬리와 오스먼드가 공유한 인본주의적 관점의 중심에는 환각제의 잠재력에 대한 믿음이 굳게 자리하고 있었다. 환각제가 인간의 의식과 마음에 관한 고정 관념을 확장시킬 수 있으며, 환각제 연구가 그러한 상태를 이해하는 데 큰 도움이 될 수 있다고 믿었다. 나아가서 환각제가 영혼에 접근해 죽음의 과정을 더 안락하게 해 준다는 사실을, 특히 헉슬리는 잘 알고 있었다.

실제로 헉슬리는 임종 때 LSD를 이용하였다. 1963년 11월 22일, 아내 로라 헉슬리는 환각제 LSD를 두 번째 주사하고, 숨을 거두어 가는 남편에게 속삭였다.

"너무 쉬워요. 정말 아름답고요. 당신은 그렇게 아름답고 쉽게 하고 있어요. 가볍고 자유롭게."

사이키델릭한 만남. 사이키델릭은 본디 의미를 훌쩍 뛰어넘어 확장을 계속하며, 현란하고 황홀한 상태를 가리키기도 한다. 그래서, 필자는 두 사람의 조우를 사이키델릭한 만남이라 칭한다.

4. 약물 속에 문학을 담가내다

혁슬리는 영국에서 가장 유명한 지식층 가문의 하나인 혁슬리가의 자손이다. 할아버지 토머스 혁슬리(Thomas Henry Huxley)는 19세기 최고의 자연주의자로 다윈과 절친이었고, 아버지 레오나르도 혁슬리(Leonard Huxley)는 저명한 작가이자 약초학자였다.

좋은 가정 교육을 받은 혁슬리는 어머니가 세상을 뜨자, 이튼 칼리지(Eton College)에서 공부를 계속했고 옥스포드대학 밸리올 칼리지(Balliol College)를 졸업했다. 이튼 칼리지와 밸리올 칼리지 학업 사이에 혁슬리는 '점(點) 모양 각막염(Keratitis punctata)'에 걸려 이삼 년 동안 거의 실명 상태였다. 두꺼운 안경과 돋보기를 사용하여 학업을 마칠 수 있었다. 주변 사람들의 권유와 설득으로 자연광이 유익할 수 있으며, 일련의 운동과 기술이 개선에 도움이 될 수 있다는 베이츠(Bates) 시력 회복 방법을 실행했다. 상당한 논란이 일고 있었음에도 불구하고 베이츠 방법은 혁슬리의 눈에서 효험을 발휘하였다.

"몇 달 안에 안경 없이 책을 읽었고, 긴장과 피로 없이 더 나은 것은 … 현재 제 시력은 정상과는 거리가 멀지만 안경을 썼을 때보다 약 두 배나 좋다."

진화생물학자인 헉슬리의 둘째 형 줄리언 헉슬리(Julian Huxley)는 『올더스 헉슬리 추억(Aldous Huxley 1894–1963: a Memorial Volume)』(1965년 출간)에 이렇게 적고 있다.

"동생의 실명(失明)은 변장한 축복이라고 믿는다. 실명은 동생에게 작가는 창작을 위해 약물이라도 취해야 한다는 인식을 주었고 …"

헉슬리는 신비로운 경험과 유토피아적 삶에 관심을 가졌다. 스스로 경험하기를 주저하지 않고, 체험의 매개 도구로 약물을 택하였다.

1955년 크리스마스 이브, 헉슬리는 아내와 함께 LSD를 처음으로 투약했다. 메스칼린보다 훨씬 더 깊은 곳으로 뛰어들 수 있다고 주장했다. 이 자가치료의 문학적 절정은 1962년 소설 『아일랜드』에 들어 있다. 자신이 겪은 문학적 절정은 마약에 의해 통제되는 전체주의 사회를 묘사했던 『멋진 신세계』가 던진 의학적 의문, 즉 '암울한 디스토피아여야만 하는가?'라는 의학적 질문에 대한 문학적 답이었다. 환각 약물이 디스토피아보다는 유토피아를, 불안과 공포보다 평온과 이해를 제공한다고 답하였다. 『아일랜드』가 품고 있는 자가치료의 효과와 경험들은 바로 '의학' 그 자체였다. 다른 여러 그의 작품처럼 작가 헉슬리의 의학적 문학 체험 보고서였다.

1955년 첫 경험 이후, 헉슬리는 예술의 창의성에서 LSD 사용의 큰 지지자가 되었다. 환각제가 매개해 주는 경험에 집중함으로써 우주를 더 명확하게 보았고, 그 경험을 자신의 예술에 반영할 수 있다고 믿었다. 줄여서 반복 표현하면, '문학이 약물을 복용하면 예술적 창의성이 튼튼해진다'고 확신하였다.

5. 맺는 글

의사 오스먼드는 헉슬리에게 환각제를 제공하고, 작가 헉슬리는 즐겁게 사려 깊고 널리 읽힌 글로 환각제에 신비한 의미를 부여함으로써, 반문화(counterculture) 역사의 한 페이지를 썼다. 오스먼드는 환각제를 정신질환 치료제로 보았고, 그것을 증명하기 위해 헉슬리를 만나 의기투합하였다. 오스먼드는 정신의학 분야의 개척자였고, 헉슬리에게 환각제는 문학의 귀중한 약물이었고 문학은 환각제 실험의 기록이었다.

문학의 경계를 넘어 넓은 의미에서 오스먼드와 헉슬리의 환각제에 대한 정직한 수용은 문화를 변화시켰다. 사물을 다르게 보고 경계에 서 있는 문(門)의 개방을 맹렬히 옹호했다. 기존의 모든 것에 의문을 제기하고, 의심할 필요가 있다고 판단한 '고착한 아이디어'와 '더 안전한 확실성'을 경멸했다. 의사 오스먼드와 작가 헉슬리는 사이키델릭하게 만나, 새로운 세계를 찾아 약물과 글, 의학과 문학의 경계를 섞어 재배치하였다.

지금 이 시각, '멋진 신세계(Brave New World)'에서 오스먼드와 헉슬리는 알파, 베타, 감마, 델타, 어느 인간 유형으로 살고 있을까? 혹시나 알파 유형의 인간으로 살고 있지 않을까. 이 세상에서 그들은 이미 인간이 누릴 수 있는 최상급의 상상력과 극한의 예술적 직관에 대한 확고한 철학을 몸소 행하지 않았던가.

의과대학 강의실에 들어선 문학

　문화를 한마디로 정의하긴 어렵다. 시대와 공간에 따라 다양한 의미를 품고 있기 때문이다. 예를 들면 못 살던 시절에 문화는 선진 서구의 편리성을 주로 일컬었다. 수세식 변소, 문화 주택, 전화기 등과 같이 시설의 개선과 편의가 주를 이루었다. 그런 연유로 당시에는 문화란 이름의 연필, 참고서, 극장, 목욕탕, 구멍가게 등이 곳곳에 있었다. 현재보다 나은 것, 좋은 것, 편리한 것, 깨우친 것을 가리키는 말이었다. 형편이 꽤 나아진 요즈음은 높은 교양, 철학, 지식, 세련된 생활양식, 예술성까지 품어 규정한다. 예를 들면, 인류학자 타일러(Edward Burnett Tylor)는 문화를 지식, 신앙, 예술, 도덕, 법률, 관습 등 인간이 사회의 구성원으로서 획득한 능력 또는 습관의 총체라고 정의했다. 즉, 사고와 행동의 양식 중에서, 소속한 사회로부터 학습을 통해 습득하고 전달받은 것 전체가 문화라는 뜻이다. 이러한 논설적 정의보다 꽉 찬 느낌은 덜하지만, 문화를 알기 쉽게 '삶의 방식'이라 말하면 훨씬 쉽게 다가온다. 이런 까닭에 문화를 풀어 이야기하는 많은 이들이 '문화는 삶의 방식이요 살아가는 방식 그 자체가 문화'라고 설명한다.

문화는 영어로 culture다. 라틴어 cultura에서 파생한 말로 본래 뜻은 경작이나 재배다. 연구실험실에선 배양을 뜻한다. 즉, 자연 그대로인 natura가 아니라, 배양과 변형을 거쳐 진리를 구하고 끊임없이 진보 향상하려는 인간의 정신적 활동, 또는 그에 따른 정신적 · 물질적인 성과가 문화다. 문화는 철저히 긍정적 생산성이 있어야 하고, 그럴 때만 문화라는 말을 붙일 수 있다. 의학과 연관된 삶의 방식 역시 생활이 나아지는 쪽으로 변형되고 또한 진행되어야 한다. 그러한 긍정은 의학 문화를 변형하고 형성하는 의학 주체들의 실행이 있어야 드러난다.

물리화학자이자 작가인 스노우(Charles Percy Snow)〈그림 1〉는 잘 알려진 자신의 저서 『두 문화(Two cultures)』(1959년)에서 사회를 과학과 예술의 '두 가지 문화'로 나누었다.

〈그림 1〉 찰스 스노우

그는 조기 교육의 지나친 전문화로 빚어진 분열적 파괴 현상을 비난하면서, '두 문화 사이의 격차를 줄이는 것은 실용뿐 아니라 가장 추상적인 지적 의미에서도 필요하다.'라고 결론지었다. 아울러 인간의 지식을 발전시키고 더 나은 사회를 만들기 위해 각 문화 영역의 실천자들이 양쪽 문화를 잇는 다리를 놓아야 한다고 제언했다. 21세기를 바로 앞에 둔 1995년, 영국 애버딘 대학의 역사문화학 교수인 미국 국적의 루소(George Sebastian Rousseau)는 다음과 같은 말로 스노우의 제창에 동조했다. "문학과 의학을 잇는 다리는 별도의 정당화가 필요 없는 가장 자연스러운 통로라 생각한다. 인간의 경험과 그 경험의 진술이 이들보다 더 자연스레 연결되는 분야가 있는가?"

지금 의학이 차지하고 있는 과학적 영역으로부터 비옥한 예술의 영역으로 다리를 놓는 관심과 열정을 몸소 행하는 이들이 있다. 의학도 문학도 스스로 과학과 예술의 지경에 갇히지 않고 다리 놓기에 합력하고 있다. 이 다리야말로 의학을 완성하는 길이며, 방향이며, 방법이며, 전진이라 믿으며, 다리의 중요한 핵심구조인 의과대학 교육에 들어선 문학 강좌를 서술한다.

1. 의료인문학 – 왜 의료에 인문학을 덧붙이나?

의료인문학(medical humanities)은 말뜻 그대로 보면 의술로 병을 고치는 일의 인문학이다. 그런데 의료인문학은 엄밀히 말하면 '의(醫)인문학'이라 불러야 한다. 의(醫, 영어로 medicine)는 의학, 의술, 의료 셋 모두를 아우르는 말이다〈그림 2〉. 그러나 현재 쓰이고 있는 의료인문학이란 말 속엔 의학과 의술의 의미도 함께 들어 있어, 그런대로 의(醫) 전체의 인문학을 가리킨다.

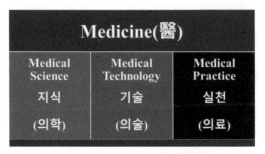

〈그림 2〉 의(醫)는 지식, 기술, 실천의 합체다.

여기서 잠시 인문학의 실속을 단출히 정리한다. 하늘의 무늬, 천문을 연구하고 실천하는 학문이 천문학이듯 사람의 무늬, 인문을 연구 실행하는 학문이 바로 인문학이다. 내면의 씨알, 생각이 드러내는 무늬를 살펴 인간을 이해하는 학문이다. 부연하면, 글로, 호흡으로, 소리로, 몸짓으로, 걸음걸이로, 손짓으로, 색깔로, 눈빛으로, 양미간의 찌푸림으로, 또한 그것들로 육신, 감성, 이성, 지성, 영성을 살펴 강구하는 학문이다.

인문학은 인간이 무엇이며 또한 인간다운 삶이란 어떤 것인가를 모색하는 학문이어서 규범적, 윤리적 성격을 지닐 수밖에 없다. 이에 대하여 과학은 어떤 영역의 대상을 객관적 방법으로 연구하는 활동 또는 그 성과의 내용이라 정의하기도 한다. 인문학과 과학의 접근 방법을 전자는 사변(思辨)이고 후자는 논리적 추론, 실험적 검증, 수학적 연역이라고 일도양단하여 우기는 이가 있다. 사변의 본뜻을 제대로 모르는 답답한 고집이다.

사변은 '깊이 생각하여 시비를 가리는 것' 또는 '경험이나 실증에 의하지 아니하고 순수한 사유(思惟)만으로 인식에 도달하려는 일'이라고 사전은 퍽 추상적으로 설명하고 있다. 쉽게 일러, 논리적 생각으로 사물의 옳고 그름을 가려내는 일이다. 의학에선 상상력, 직관, 감정, 시각화 등의 사변이 어느 분야보다 논리적으로 작동한다. 의학은 인간의 무늬, 인문을 살펴 사변하는 데서 시작하고 마무리되는 분야다. 예를 들면 맥박을 재고, 감별 진단하고, 치료하고, 예방한다. 의학적 증상과 징후, 환자와 보호자의 표정 역시 체내 병적 변화가 드러내는 무늬다. 진료실에 들어서는 환자의 얼굴, 몸매, 걸음걸이, 말씨부터 혈액, 소변, 영상 촬영 등의 검사에 이르기까지 모든 무늬를 쉴 새 없이 관찰하며 진단하고 처방한다. 환자만이 아니다. 함께 온 보호자의 표정을 눈여겨보고, 언어에 귀 기울여, 건강 판정과 증진에 보탠다. 그것들로 육신, 감성, 이성, 지성, 영성을 아울러 건강을 강구한다. 바로 치열한 사변이다.

그렇다. 본디 의학은 인문학의 핵심적 실체를 간직하고 있다. 의학은 사유에 갇힌 비과학적 사변에 더하여, 경험과 실증을 동원하여 인간을 더 알아내고 인간성을 더 온전히 캐내고 있다. 드러내는 인문을 겉으로만 보고 이른바 사변으로 그 의미를 짐작하는 추론에 그치지 않고, 깊이 파고들어 인간의 몸과 마음을 살피는 의학은, 인문학 중에서도 더 깊고 더 구체적인 인문학을 이미 하고 있다. 더 진보한 사변으로 더 진전한 인문학을 구사하고 있다. 다만, 그렇게 하고 있다는 사실을 인문학이란 이름으로 부르지 않고 있었을 뿐이다. 그래서일까, 영국의 철학자 겸 교육자 툴민(Stephen Toulmin)

〈그림 3〉 툴민 교수(왼쪽)와 클러그먼 교수

은 "의학은 철학을 얼토당토않음과 멸종으로부터 구했다." 드폴
(DePaul) 대학의 클러그먼(Craig Klugman) 교수는 "인문학의 전반적
쇠퇴를 막기 위해 건강인문학이 알맞은 기능을 발휘할 수 있다."라
고 제안한 바 있다〈그림 3〉. 이 사실을 놓치고 있는 이들이 뜻밖에
많다.

그동안 잊고 있던 인문학적 특성을 기억해내어 의학은 인문학이
란 용어를 붙이고 있다. 이미 인문학적으로 왕성하게 역동하고 있
는 의학에 인문학적 풍모를 갖추어주는 재강조에 불과하다. 그래서
지금, 있는 그대로의 이름을 붙여 모양새를 다듬기 위해 의학에서
인문학의 역할과 효과를 되짚고 있다.

의료인문학은 환자와 가족과의 개인적, 직업적 관계의 영향,
나아가서 건강과 건강증진에 관한 신념과 가치에 관해 성찰하게
한다. 환자 및 가족, 직역 구성원이 지닌 풍부한 역사와 배경을 배
려하게 한다. 즉, 타인의 관점에 관한 인식을 올바르게 하여 나와

우리에 대한 비판적 견해를 넉넉히 받아들이게 하고, 건전한 판단을 내리는 능력을 향상시키고, 의료현장에서 겪는 모호함에 관한 관용을 키우고, 공감을 함양한다. 결과적으로 의료에서 효과적 관계를 구축하여 작동하게 한다. 아울러 인문학은 의료의 효과적 관계 구동(驅動)에 필수인 서술능력을 높여 환자의 이야기와 조직구성원의 말에 더 귀 기울이게 한다. 잘 듣고, 잘 인정하고, 잘 흡수하고, 잘 해석하고, 잘 행할 수 있게 한다. 의료인문학은 본질적으로 학제간 분야여서, 강의실, 연구실, 진료실에서 다른 영역의 전문가들에 관한 인식과 관계설정도 긍정적으로 발전시킨다.

2. 문학이 의대 교육에 들어온 까닭

1980년 이후 많은 교육자가 의과 교육 과정에 문학을 포함하기 위해 노력해 왔다. 미래의 의사들에게 문학이 기존의 생물학에서 제공하지 않는 가치를 부여할 수 있다는 견해에 동조하는 까닭이다. 조금 더 구체적으로 이르면, 의대생 교육 커리큘럼에 들어온 문학을 학생들이 자신의 감정, 연민과 공감을 들이고 내는 관문으로 활용하여, 자신의 감정이 자신의 실천에 가장 잘 통합될 수 있는 방법을 구할 수 있어, 더 나은 치료자이자 더 풍요로운 개인이 될 수 있기 때문이다.

문학 작품 속에 묘사된 질병에 관한 설명은 환자의 관점에 관한 이해를 높이고 공감 능력을 키우는 데도 유용하다. 학생들은 의학 교과서 속의 여러 증상에 관해 읽을 수 있지만, 자신이 어떻게 느끼는지 이해하려면 상상력의 작동이 필요하다. 문학은 독자와 소설 속 인물을 연결해 상상력을 더 잘 작동시켜 이해를 돕는다. 환자의 이야기와 문학적 이야기의 유사점은 의사와 환자에 관한 허구의 이야기를 모델 사례로 체험하게 한다. 가상의 사례는 임상에서 실제로 만나는 질병의 배경, 상황 및 개인적 경험에 관한 심도 있는 통찰력을 제공한다. 환자의 이야기는 한때 의사-환자 만남의 규범이었지만, 현재는 데이터 수집 및 비인간적 진단 테스트 시스템에 밀려 만남의 귀퉁이에 놓여있다. 만남의 본래 자리로 되돌리기 위한 의학 교육에서 문학은 유의한 효과를 발휘할 수 있다.

감정적 측면뿐 아니라 문학 속에 담긴 질병의 허구적 표현의 분석이 의사의 환자 치료 능력을 향상할 수 있다는 증거도 있다. 서던 덴마크 대학과 미국 버지니아 대학 미학과 문학 교수인 리타 펠스키(Rita Felski)가 『문학의 사용(The Uses of Literature)』에서 주장한 바와 같이, 문학은 단순한 인간 정신을 만남을 넘어서는 비판적이고 지적인 활동이다. 따라서 의과대학 강의실에서 문학의 목적은 도덕적 또는 결정론적 추론 연습이 아니라, 이야기의 다양성과 개별적 독특성을 체험하는 데 있다. '문학에서 배울 수 있는 것은 초월적이거나 도덕적이거나 도구주의자가 아니'라는 문학 및 문화비평가 조지 레빈(George Levine)의 견해와 같다. 분명 문학은, 문학적 비평이 아니라면, 체계화를 거부하고, 추상적으로 구상된 아이디어를 풍부한 경험의 질감으로 검정하며, 일반보다 특성 있는 단수에 더 관심이 있다.

실제로 병원은 사람, 출생 및 사망의 중요한 장소다. 이러한 공간에서 환자와 의사의 상호 작용은 매우 중요하다. 문학적 대상의 독창성을 접한 체험은 환자를 치료하는 의사의 경험에 적용될 수 있다. 의사는 문학 속 인물들의 특이성, 조우의 복잡성 및 예측 불가능성을 접하면서, 치료 과정에서 맞닥뜨릴 수 있는 기술 만능주의 경향에 적절히 대응할 선험적 능력을 갖추게 된다.

이와 같이 문학은 의대 강의실에서 일반적 인문교양뿐 아니라 서사지식(narrative knowledge)을 함양시켜 대상을 바라보는 비평의 눈과 평가능력을 밝혀 다듬어준다. 의사소통 기법과 병력 청취 능력과 함께 자기표현 능력을 길러준다. 병력청취는 문진(問診)을 활용하여 환자의 현재 증상, 징후, 질병은 물론, 질병과 관련된 개인적, 사회환경적, 가족력 등을 묻고 듣는 과정이다. 질병 진단의 팔십 퍼센트가 병력청취에서 이루어진다고 평가할 정도로 질병 치료에서 병력을 잘 듣는 행위는 중요하다. 특히 환자—의사의 관계 설정의 첫 단계로 그 의미가 더욱 강조된다. 환자의 이야기를 들을 때 환자가 말한 내용을 해석하기 위해 직관과 상상력을 사용할 필요가 있다. 바로 문학은 서사의 해석 능력을 향상하는 직관력과 상상력을 키워준다.

또한 문학은 작품 속에서 겪은 대리 경험을 통한 서사윤리

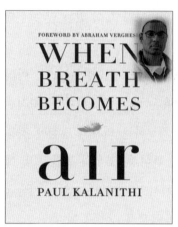

〈그림 4〉 폴 칼라니티
(그림 오른쪽 위)와 그의 회고록
『숨결이 바람 될 때』 표지

(narrative ethics)의 고양으로 의사의 역할과 윤리를 깨닫게 한다. "문학은 인간의 의미를 다채로운 이야기로 전하며 뇌는 그것을 가능케 해주는 기관이다. 문학은 타인의 경험을 비추어주고 도덕적 반성에 도움을 준다. 문학은 정신적 삶을 가장 잘 설명해주기 때문이다."[폴 칼라니티(Paul Kalanithi) 저/이종인 역, 『When breath becomes air(숨결이 바람 될 때)』, 2016] 칼라니티는 미국의 신경외과 의사이며 작가다〈그림 4〉.

3. 의대 문학 교육 일부 상황

1967년 펜실베이니아 주립 의대에 미국 의과대학으로선 처음으로 인문학과가 설치되었다. 문학의 본격적 포함은 5년 후인 1972년

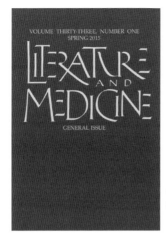

〈그림 5〉『Literature and Medicine
(문학과 의학)』표지.
(출처: 존스홉킨스대학 출판 블로그)

에 '의학과 문학'이란 강좌가 자리를 잡으면서부터다. 1970년대 후
반부터 하버드대 의대 등도 문학 강좌를 개설하였다. 예를 들면, 하
버드 의대에서 '죽음과 임종 세미나'에서 솔제니친의 『암병동』을 소
재로 한 강의가 이루어졌고, 아칸소(Arkansas) 대학에선 의대 교수
와 영문과 교수가 합동으로 '문학 작품을 통한 질병과 치유' 강의가
실시되었다.

　미국의 의대 문학 교육은 1982년 존스 홉킨스 의대에서 관련 잡
지『문학과 의학(Literature and Medicine)』을 간행하며 문학은 의학
속에 더 가시적 위치를 점하게 되었다〈그림 5〉.

　『문학과 의학』은 건강관리 및 신체에 관한 표현 및 문화적 관행을
탐구하는 잡지로, 문학과 의학 지식의 경계면을 연구하고 이해하
는 데 전념하고 있다. 일 년에 2회, 5월과 11월에 발간된다. 창간호
에서 편집자 라부지(Kathryn Allen Rabuzzi)는 '편집자 칼럼'의 첫머

리를 이렇게 썼다. "윌리엄 카를로스 윌리엄스는 자신의 시집 『패터슨(Paterson)』에서 이혼을 '우리 시대 지식의 표시'라고 한다. 그러나 그 시의 반테마(countertheme)는 이혼과 양립하기 어려울 것처럼 보이는 결합으로서의 결혼이다. 『문학과 의학』은 그러한 결합이 '가능하도록' 도우려고 창간되었다."

우리나라 의과대학에서도 의료인문학 과목과 연계하여 산발적으로 문학교육이 이루어지고 있다. 몇 의과대학 문학교육 상황을 기술한다.

연세대학교 의과대학에선, 국내 최초로 2002년 '문학과 의학' 학과목을 정식 개설하여 재미 마종기 시인을 전담 교수로 특별 초빙하였다. 9월에 처음 시작한 강좌는 본과 2학년 학생 오십여 명을 대상으로 일 년에 한 학기씩 매주 수요일 세 시간 동안 의료문학론, 의사작가론 등의 강의가 진행되었다. 소설가 김훈, 연세대 국문과 교수 정과리를 비롯한 연세대학교 문과대학의 여러 교수가 도왔지만, 대부분은 마종기 시인이 감당하였다.

강좌는 의학교육과에 속했지만 교수실은 따로 있었고, 의대 이병훈 전임강사가 정식 조교로 담당 교수의 강의를 준비해주고, 강의와 함께 출석과 학점 관리의 실무를 도왔다. 교수실엔 차 제공 등의 심부름을 해주는 일반인도 한 사람 함께 있었다. 강좌는 3년 동안 지속되었다. 강좌 운영이 활발히 진행된 데엔 손명세 교수의 역할이 컸었다.

그러나 5년 후인 2007년경부터 예산 확보의 어려움으로, 이병훈 교수는 아주대학교 의과대학으로 옮겨 갔고, 강좌는 비정식 교과목으로 관심 있는 몇몇 동창들이 문학 이야기를 해주는 형식으로 바뀌었다[마종기와 개인적 교신].

그 후 휴지기를 거쳐, 2015년부터 선택과목으로 개설된 '의술과 예술' 강좌에 한 번의 문학 강의가 들어 있다. 강좌는 장르별로 '의학과 음악'은 용태순 연세의대 환경의생물학과 교수, '의술과 미술'은 피부과 의사 이성락(전 아주대 총장), '의학과 사진'은 고중화 전문의(수 이비인후과 원장), '의학과 문학'은 시인인 홍지헌 전문의(홍지헌 이비인후과 원장) 등이 각 3시간씩 맡아 강의한다. 아울러 '레오나르도 다빈치의 창의적 발상 따라 하기: X-ray art' '의학과 문화' 등의 추가 강의를 하였다. 강좌는 다음과 같은 방침에 근거하여 운영된다. '예술에 대한 이해를 높이는 것은 좋은 의사가 되기 위해서 매우 효과가 있다고 여겨진다. 더불어 예술은 치료의 역할도 할 수 있어 의술의 한 분야로서 이해하는 것도 의학도들에게 유익하다. 의학을 전공함과 동시에 각 예술 방면에 소양이 깊은 연세의대 및 타 의과대학 교수와 선배들이 강좌를 나누어 맡아 진행함으로써, 전문인보다도 학생들에게 더 가까이 다가가서 지식과 경험을 나눌 수 있도록 과목을 운영한다.'[홍지헌과 개인적 소통]

한림대학교 의과대학에선 의예과생들을 대상으로 2012년 2학기부터 독서 중심의 '오거서(五車書) 세미나'를, 의대 본과생들을 위해선 2016년 2학기부터 '문학과 인간' 강좌를, '의료인문학' 수업에 넣

어 실시해오고 있다.[이종호, 김미영 등과 개인적 소통]

독서를 문학 교육 실행의 관점으로 택한 이유는, 의학 교육에서 독서가 나 자신과 타인의 인간적 가치를 새삼 경이롭게 느끼게 하고, 윤리적 측면을 비롯한 우리들의 소통 기술을 터득하도록 도와주기 때문이다. 환자는 감정적, 실존적 맥락에서 문제를 경험하는 복잡한 인간이다. 최선의 치료를 제공하기 위해 의사는 이러한 다양한 개인적 차원을 이해할 수 있어야 한다. 의료 현장에서 환자 자신은 종종 자신의 결정과 행동을 주도하는 자신의 개인적인 이야기를 가지고 있다. 하지만 진료실에서 환자의 이야기를 직접 고스란히 듣기는 쉽지 않다. 독서는 바로 그 이야기를 접하게 해준다. 접함으로써 환자의 반응과 행동을 예측하고 의사소통을 개선하는 데 도움이 될 수 있다. 엘리엇(TS Eliot)도 『문화의 정의에 관한 노트』에서 "우리는 충분히 사람을 알 수 없기 때문에 많은 책을 읽었다."라고 말한 바 있다. 만약 의대생 자신이 개인적으로 참고할 틀과 자료가 불충분하다면, 독서야말로 새로운 관점을 제공할 수 있는 유효한 자료며 틀이다.

강좌 기간에 이야기 나눈 문학 작품 중 하나를 조별로 선택하여 읽고 독후감을 적어 공유하며 강의를 구체화한다. 세 학기에 걸쳐 한 학기마다 한 주에 두 시간씩 총 30시간으로 총 아흔 시간 정도 진행한다. 이렇게 함으로써, 다음의 효과를 구하고 있다. 첫째, 환자의 인격을 존중하며 정직과 신뢰에 바탕을 둔 환자-의사 관계를 형성할 수 있다. 둘째, 환자와 보호자 그리고 의료진과 원활한 의사소통을 이룰 수 있다. 셋째, 환자 또는 보호자의 이야기를 경청하고 공감하며, 그 의견과 가치관을 존중할 수 있다.

의예과 2년 동안에 오거서(五車書)세미나로 문학작품을 통한 문학교육을 받은 후, 의대 본과에 진입하면 본격적으로 의료인문학 강의 중의 문학 강좌를 수강한다. 문학만을 따로 떼어서 실시하는 것보다, 인문학 전반에 걸친 다양한 분야 간의 접경을 통섭(通涉)할 수 있도록 한 기획은 오히려 바람직하다고 판단한다. 필자가 담당했던 2018년도 '문학과 인간' 강좌를 두 시간의 강의와 두 시간의 분임토의 실습으로 구성하였다. '문학 속에 인간이 있고, 인간 속에 문학이 있다'는 주제로 다음의 취지에 바탕을 두고 진행하였다. "문학은 사람들을 결합하고 사람들에게 감정이나 사상을 전달하는 수단이다. 문학의 속성은 창의성과 공감능력을 고양하고 통합적 사고를 배양하며, 이른바 인문을 파악하고 이해하는 능력을 개발 발전시킨다. 따라서 문학을 통해 의료현장에서 의사와 환자가 소통하는 치유, 공감, 창의의 동일체 느낌이 실제로 발휘될 수 있다."

4. 맺는 글

의학 교육의 목적은 유능한 의사를 양성하는 것이다. 이를 달성하기 위해서는 균형적이고 통합된 방식으로 지식과 기술을 전달하고 의학적 가치와 태도를 가르쳐야 한다.

질병은 환자에겐 주관적 실체지만 의사에겐 객관적 실체이며, 의료는 일방성, 불확실성, 경제적 공공재성 등의 특성을 지니고 있다. 이 모든 특성은 의학 지식과 경험만으로 오롯해질 수 없다. 의학은 인본주의자의 의심과 과학자의 확신 사이에 있다고 한다. 철저한 인간탐구와 인간 이해를 전제로, 의학 속에 이미 들어 있는 인문학적 속성을 재가동하여 진정한 의료를 완성하려는 노력이 더욱 가시화되고 있다. 그 중의 구체적 노력 하나가 의과대학 내 문학교육이다.

의학과 문학 둘 다 그 연원은 치유다. 체험을 문자 언어인 글로 표현하는 문학은 인간적 의학을 온전하도록 자극 촉진하는 영향을 지닌 채, 인간 이해를 필수로 하는 의학에서 문학은 구체적 통로로서의 몫을 담당한다. 본질적으로 작가의 세계관과 접촉하는 강렬하고 직접적인 경험을 하고, 도구적으로는 환자를 신체적 변화의 개체인 동시에 인간 주체로 이해하여, 소통 기술, 윤리 의식 고양, 개인의 가치 개발, 인간 속성에 대한 경이 등의 효험을 구할 수 있다.

의학 교과 과정에서 문학 교육을 받은 모든 의대생이, 하나도 빠짐없이 더 깊은 동정심이나 더 넓은 이해심을 지닌 의사가 될 거라는 완벽한 보장은 없다. 그러나 문학을 활용하여 학생들이 사람을 전체적으로 올바르게 보는 능력과 감수성을 지니도록, 또한 의사와 환자의 공통된 인간성을 이해하도록 교육하는 일은 지속해야 한다. 인간애와 동정심은 판에 박힌 방식이 아니라 구체적 실제이기 때문이다.

　의학은 실생활이다. 질병과 건강은 사람과 함께 하고, 질병과 건강을 다루는 의학은 사람과 더불어 살아가는 실생활이다. 실생활에서 가장 넓고 깊게 쓸모가 있는 삶의 방식이 문화다. 따라서 문화는 언제나 방식이어야지 목적이어서는 안 된다. 의도한 의학 문화를 지어내기 위해 무리 지어 선동하는 것은 의학과 문화에 대한 불경이다. 의학의 삶의 방식이 의학 문화이고 또한, 그 문화가 바로 의학일진대, 어떠한 경우든 변형을 위해 험한 도구나 뒤틀린 방법을 쓰는 것은 곱지 않다. 행복하고 아름다운 순전한 변형을 정녕 원한다면 거기까지의 방식도 내내 편온(便溫)해야 한다.

　의과대학 강의실에 들어선 문학 교육이야말로 의학 문화 변형의 편온한 방식임을 확신하며, 『잃어버린 치유의 기술: 의학에서 연민을 실천하기』(1999년)의 저자이며 노벨평화상 수상 단체의 대표인 하버드의대 심장내과 버나드 브라운(Bernard Lown) 교수의 의견을 빌려 글을 맺는다. '의술은 이미 정해진 사실 외에 다른 영역에서도 해결책을 찾아야 할 필요가 있다.'

시(詩) 테라피 - 시는 가장 오래된 의약품이다

질병은 대개 환자의 증상, 결손, 혹은 장애 등에 초점을 맞추어 논의된다. 그러나 질병의 고스란한 치료를 위해선 병적 상황에서 환자가 어떻게 반응하고 어떻게 표현하는가 또한 논의되어야 한다. 그 논의의 현장인 의학 속에서 시가 논의를 돕고 있다. 때로는 이끌고 있다. 어째서 의학 속에 시가 들어와 활약하고 있을까?

"시인은 마음의 신성한 역사가이자 도덕적 본성의 주인이다. 꿈의 분석과 마찬가지로, 정신과 의사의 직관은 시구, 은유, 이미지 및 기호의 미로를 깊이 파고들어 시인의 마음을 탐구할 수 있다. 어떤 이는 고뇌와 좌절로, 어떤 이는 깊은 사랑과 황홀경 또는 격렬한 분노로 쓴다. 시를 분석하면 시인의 마음을 알 수 있다."

영국의 시인 밀네스(Richard Monckton Milnes)의 말이다. 그의 말처럼 시를 듣거나 낭송하는 환자는 어떤 이의 좌절과 황홀경을 경험하고, 환자가 스스로 시를 쓰면 자신의 병력과 고뇌와 격렬을 담아낸다. 이와 같은 시의 특성과 힘을 의학적 치료에 활용하려는 시 테라피의 시도와 노력들이 이어지고 있다.

1. '시테라피'라는 말

의학 분야에선 '테라피(therapy)'란 용어를 '치료'보다는 '요법(療法)'으로 더 자주 번역해 쓴다. 수액요법(fluid therapy), 식사요법(diet therapy) 등이 그 예다. 그렇지만 억지로 한자(漢字)로 번역할 필요성 여부와, '테라피'가 이미 정신 심리적 측면이 꽤 포함된 치료요법을 가리키는 말로 자리 잡아가는 분위기 등을 감안하여 '테라피'로 쓰기로 한다.

예술치료의 한 분야인 시테라피(poetry therapy)를 의학계의 대표적 사전인『모스비(Mosby) 의학사전』과『세겐(Segen) 의학 사전』을 인용하여 정의한다. 모스비 사전에서 시테라피는 '선택한 시가 치료 세팅에서 토론을 위한 감정과 반응을 불러일으키는 데 사용되는 책요법(bibliotherapy)의 한 형태다. 시는 출판된 작품이거나 환자가 만든 작품 일 수 있으며, 리듬, 이미지, 은유 같은 시적 장치가 치료 효과에 기여한다.'라고 적고 있다. 아울러 세겐 사전은 '그룹 설정에서 시와 기타 서면 표현을 사용하여, 환자가 상호 관심사의 문제와 갈등을 이해하고 희망적으로 해결할 수 있도록 돕기 위하여, 그룹 세팅에서 시와 기타 글로 쓴 표현을 이용하는 것.'이라고 규정한다.

이와 같은 사전적 정의를 바탕으로 시테라피를 의학적 관점으로 규정하면, '시테라피는 표현 요법 영역에 속하는 독특한 형태의 의학적 심리요법이다.' 요법은 '병을 치료하는 방법'이란 의미를 지닌다. 따라서 말뜻으로만 따지면 '시테라피'는 병을 치료하는 효험이 증명되어야 한다. 그러나 실제론 시테라피는 기존 의학 치료의 보조적 또는 중개적 역할을 감당하고 있는 것이 사실이다. 이런 까닭에 '시테라피' 대신에 '시중개(intervention)'란 말을 사용하기를 권하는 이들도 많다.

2. 시테라피의 역사적 배경

아폴로는 의학과 시의 신이다. 그래서 아폴로를 시테라피의 역사적 토대의 시작점으로 보는 견해가 있다. 이러한 연유로 고대 그리스인들은 시와 치유의 상관성을 직관적으로 알고 있었을 것으로 추정하기도 한다. 많은 연구자들이 고대 인도, 이집트 및 그리스의 치유 의식에서 시적인 구절이 어떻게 사용되었는지 재발견하고 있다. 아리스토텔레스는 『시학』에서 카타르시스의 감정 치유 역할을 논의하면서, 시가 통찰력과 보편적 진리를 제공한다고 주장하였다.

고대인들이 초자연적으로 일으킨 질병에 대한 치료제로 간주했

〈그림 1〉 윌리엄 카를로스 윌리엄스. 미국의 시인, 의사.

던 노래와 주문(呪文)에서부터, 중세시대를 거치며, 묘약의 기억보조물로서뿐 아니라, 약초요법의 보조제로서 인식되어왔던 시가 의학과 손을 잡았다. 시도 오래전부터 기억술처럼 기억에 도움을 주는 방법으로 알려졌다.

시가 의학에 들어와 재주(在住)하며 일정한 치유 효과를 발휘할 거라는 직간접적 증거들 중의 하나가, 사십 년 넘게 의사로 일했던 윌리엄 카를로스 윌리엄스(William Carlos Williams, 1883~1963)〈그림 1〉의 빛나는 시에 들어 있다. 그의 시 「아스포델, 그 초록색 꽃(Asphodel, The Greeny Flower)」은 '시가 완전한 생명과 신체 건강에 필수적'이라는 견해를 반어법적으로 표현하고 있다.

It is difficult
to get the news from poems

yet men die miserably every day

for lack

of what is found there.

(시에서 뉴스를 얻는 것은 어렵다. 거기에서 발견되는 것이 부족하여 여전히 사람들은 매일 비참하게 죽고 있다.)

1843년경 정신질환 환자들은 펜실베이니아 병원 신문인 『일루미네이터(Illuminator)』에 시를 게재하고 있었다. 벤자민 러쉬(Benjamin Rush)는 1800년대 초 정신병 환자에게 독서를 권한 최초의 미국인이었으며, 1925년 로버트 셔플러(Robert Haven Schauffler)는 『시치유: 포켓 의학 시의 가슴(The Poetry Cure: Pocket Medicine Chest of Verse)』을 냈다.

'시테라피'란 용어를 처음 사용한 사람은 엘리 그리퍼(Eli Griefer)로 기록되어 있다. 시인, 변호사이며 약사였던 그는 뉴욕의 크리드무어 주립병원(Creedmoor State Hospital) 정신과 의사인 리디(Jack J. Leedy)를 만나 시테라피 그룹을 개발했다. 1963년 그리퍼는 『시테라피의 원리(Principles of Poetry Therapy)』를 집필했다. 미국에선 1969년에 시테라피협회(Association of Poetry Therapy, APT)가 설립되면서 시테라피에 대한 공식 인식이 확립되기 시작됐다. 1971년부터 뉴욕에서 연례 학회를 개최해오다가, 1981년 APT는 국립시테라피협회(National Association of Poetry Therapy, NAPT)로 미국을 대표하는 정식 단체가 되었다. NAPT는 『시테라피 저널(The Journal of

Poetry Therapy)』 발간을 후원하고 있고, 동시에 건강, 문학, 작문 및 교육 분야의 전문가들을 초청하여, 학문적 연구와 개인, 그룹 및 지역 사회와의 언어, 상징 및 이야기의 적용을 통해 전 세계적으로 성장, 치유 및 변화를 촉진하고 있다.

우리나라에서는 1986년에 원광대학교 의과대학 부속병원에서 정신과 입원환자들을 대상으로 시테라피가 처음으로 시도되었던 것으로 알려졌다. 지금도 시테라피의 이론과 실제를 연구하는 노력들이 이어지고 있으나 미약한 실정이다. 특히 시문학적 능력과 의학적 전문성이 이상적으로 상호작동하고 있는 연구 역동은 더욱 미미하다. 이러한 실정에서 시인이며 시낭송가인 시낭송 테라피스트와 의학자가 함께하는 '달빛 시낭송 테라피 연구회' 등은, 시테라피의 본질 연구와 실제 적용의 적절한 발전을 위한 바람직한 시도라여긴다. 이와같은 시동과 정성은 시가―정확히 이르면 시의 치유능력이―의학 속에 들어와 더 의미 있게 재주할 수 있도록 북돋울 것이다.

3. 시는 가장 오래된 의약품이다 – 시테라피의 의학적 효과

의사는 환자의 정신적, 육체적 요구를 질병 또는 외상과 별개로 취급하는 것이 아니라, 전체 중 일부로 취급하는 법을 배운다. 환자의 감정, 신념 및 질병에 대한 태도를 이해하기 위해 더 공감하도록 권고받고 있다. 유럽과 북아프리카에서는 의학 교육에 시를 비교적 활발히 활용하고 있다. 우리나라에서도 의과대학의 의료인문학 수업에 시를 사용하고 있다.

물론, 예를 들어 병환 중인 사랑하는 사람을 위로하고 격려하기 위하여 시를 쓰고 읽는 것도 넓은 의미의 시테라피다. 어쩌면 이것이야말로 시테라피의 가장 넓고 또한 가장 뚜렷한 효험일 것이다. 그러나 이번 원고에선 시테라피의 객관적 의학적 효과를 조명하기 위하여, 병원 진료실에서 실제로 실행된 시테라피의 연구 결과를 중심으로 기술한다.

1) 정신 심리적 효과

시는 구어 문학의 가장 초기 형태로서 언어와 음악이 혼합되어 있다. 역사적으로 인간은 자장가와 사랑의 노래에서부터 장송가와 비가에 이르기까지 음악을 통해 감정을 표현했다. 여기에 생각 및 심상을 보태어 시가 탄생하였다. 시는 낭만적이고 공격적이거나 허무주의적인 충동을 승화시키는 수단이기도 하다. 시는 카타르시스로서의 역할을 하며, 구제 또는 치료를 제공한다. 문구, 은유, 이미지 및 기호 등의 미로를 정밀히 살펴 시인의 마음속으로 들어갈 수 있다. 어떤 사람은 고뇌와 좌절로, 어떤 사람은 깊은 사랑과 황홀경 또는 격렬한 분노로 시를 쓴다. 시를 분석하면 시인의 마음을 알 수 있다. 시는 잠재의식 수준에서 소통케 하여, 우리를 눈물로 끌거나,

기쁨에 빠지게 하거나, 영감을 주거나, 자기 자신을 자기 파괴로부터 건져준다.

실제로, 2009년 테그너(Tegner) 등은 시테라피가 암 환자 12명의 정서적 탄력성 및 불안 수준을 향상 개선했다는 결과를 보고하였다. 모하마디안(Mohammadian) 등은 2011년 14명의 학부생들을 대상으로 실시한 연구에서 시치료가 우울증, 불안증 및 스트레스 증상을 감소시킴을 발표하였다. 일본의 타무라(Tamura)는 2명의 만성 정신분열증 환자에서 시테라피의 효과를 보고한 바 있다. 터포드(Tufford)는 불임의 경험에 관한 시를 읽고 쓰기가, 불임 환자의 상실, 배신, 좌절, 분노 등의 강렬한 감정을 방출하는 것을 돕는다는 결과를 발표하였다. 아울러 2005년 크로이터(Kreuter)는 수감자를 대상으로 실시한 연구 논문에서, 시테라피가 '수감자에 대한 통찰력을 창출하여 내부사고 과정을 변화시키고 자부심을 증가시킬 수 있는 변화를 일으킨다.'라고 논고하고 있다.

이처럼 시를 읽고 쓰고 낭송하는 것은 정신 건강에 큰 도움이 된다. 마음과 정신을 추슬러 시를 구상하고, 시심(詩心)을 퍼 올려 시를 쓰고, 정신을 가다듬어 열심히 외우다 보면 우선 인지기능이 좋아진다. 또한 이러한 시적 활동은 스트레스를 극복하고 복잡한 마음을 추슬러 정신심리질환의 힐링의 원천이기도 하다. 이러한 시의 테라피 효능에 집중하여 모레노(Moreno) 등은 '심리시학(psychopoetry)'이라는 새로운 분야를 제안, 연구 발전시키고 있다.

2) 치매 치료에서 시테라피의 효과 – 시(詩), 망각의 댐을 무너 뜨리다

열다섯 살 소녀의 목소리가 졸고 있는 백발노인들과 주변을 감싸고 있던 깊은 정적을 깼다.—"만약 주위의 모든 사람이 이성을 잃고 너를 비난해도, 냉정을 유지할 수 있다면……" 시 낭독을 듣고 있던 한 여성 이 갑자기 명료한 의식을 되찾은 것처럼 마지막 구절을 외쳤다. "그리 고, 더 나아가, 너는 진정한 사람이 될 것이다. 내 아들아!"

치매는 이 여성의 기억 대부분을 뺏어갔다. 그러나 여전히 그녀 는 오래전 느꼈던 시 구절을 기억해냈고, 영국의 소설가이자 시인 이며 『정글북』 등의 작가로 알려진 노벨문학상 수상자 러디어드 키 플링(Rudyard Kipling)의 「만약에(If)」의 마지막 한 줄 'And–which is more–you'll be a Man, my son!'을 소리쳤다. 치매가 내린 깊은 안갯속에서 명확한 의식을 되찾은 순간이었다.

영국 중부, 윌리엄 셰익스피어의 고향인 스트랫포드 어폰 에이 번(Stratford-upon-Avon)에 있는 양로원 '하이랜드 하우스(Hylands House)'는 입소자를 위한 시 낭독 또는 낭송을 하고 있었다. 그곳에 서 일어난 상황이었다.

하이랜드 하우스에선 '남성이 연인에게 이별을 고하는 시를 낭독 했을 때, 심한 치매 여성 환자가 별안간 울기 시작하면서 자신의 약 혼자의 죽음에 대해 말문을 연 적도 있었다. 입소한 이래 한마디도

말한 적이 없었던 그녀였다.'

　시를 듣고 기억과 의사소통 능력, 기초적인 기능의 상실 등의 치매 증상을 일시적으로 개선하는 효과가 나타난 것이다. 잘 알려진 구절구절의 리듬과 속도는 기억과 어감을 불러일으키는 계기가 될 수 있다. 시의 리듬이 우리의 마음에 깊이 새겨진 감정의 기억뿐 아니라 언어가 가지는 깊은 인식의 기억을 매만져 깨울 수 있기 때문이다. 시테라피에서 이미지는 감각과 생각의 수문(水門) 역할을 한다. 시의 은유는 저항 없이 깊은 수준에서 의사소통하는 데 사용할 수 있는 대체 언어를 제공한다.

　물론, 시 테라피가 아직은 치매의 진행을 바꿀 수도 멈출 수는 없다. 하지만 '환자는 무엇을 기억했다는 달성감을 얻고 자부심을 느낄 수 있다. 그것은 다른 사람과의 관계 유지로 이어져 삶의 질을 향상시킨다. 또한 치매를 인지하지 못한 개인과 사회가 치매를 인지하는 방식을 변화시킬 수 있다. 시낭송은 창조성과 기쁨의 순간을 포함하도록 바꾸고, 장기 기억에 새로운 단기 기억을 넣어 통합시키는 가능성을 보이고, 고립되고 소외된 인격에서 사회적 활력의 인격과 지속적인 인격으로 인식하게끔 한다. 이러한 변화는 기억 상실의 낙인에 맞서, 보다 인간적이고 효과적인 치료 환경의 전략을 촉진할 수 있게 한다.

3) 시테라피의 면역력 증강

시를 읽고 쓰고 낭송하는 것은 면역 기능을 향상한다. 한 예로 영국 잉글랜드 동북부 헐(Hull) 대학의 로우(Lowe) 등이 발표한 연구 결과를 소개한다. 로우는 건강한 성인 남녀를 대상으로, 시쓰기 전후에 타액 속의 체내 면역력 지표인 면역글로불린 A(Immunoglobulin A, IgA) 농도를 측정하였다. '당신의 가장 행복했던 기억'(긍정 주제), '당신의 가장 슬펐던 기억'(부정 주제), 그리고 '당신이 지금 있는 방'(밍밍한 주제) 등 세 가지 주제의 군에 대상자를 무작위로 배정하였다. 시쓰기를 마친 후 세 군 모두에서 IgA 농도가 증가하였다. 그러나 '긍정' 또는 '부정' 주제로 시를 쓴 두 군에서 통계적으로 의미 있는 IgA 농도가 증가했지만, '밍밍한' 주제 군에선 통계적 유의성이 없었다. 이러한 결과에 관하여 연구진은 시 쓰기의 면역력 증강 효과가 정서적 개입에 의한다는 사실을 논고하였다. 즉, 시테라피는 행동과 면역계 사이의 양방향 상호 작용에 연관된 행동 의학의 한 실행 분야로서 자리할 수 있을 것으로 본다.

시 짓기와 시낭송을 비롯한 시테라피의 의학적 작동 기전과 치유 효과에 관한 행동 면역학(behavioral immunology)적 접근은 많은 정보를 주고 있다. 특히 시낭송에서 아랫배에 힘을 주고 턱을 당기고 큰 소리로 시를 읽다 보면, 입안에 단침이 고이고 호흡이 깊어진다. 침은 구강 질환 예방과 소화력 향상에 중요한 요소이다. 뿐만 아니라 호흡이 깊어지면 림프액 순환이 원활해지면서 면역력이 한층 높아진다. 림프액은 세균·바이러스 같은 이물질과 종양 등을 방어하는 작용을 한다. 림프액이 제대로 돌지 않으면 질병에 취약해질 뿐 아니라 몸이 붓기도 한다. 혈액은 심장이 돌리지만 림프액은 강한 호흡작용으로 순환한다. 따라서 동작 에너지가 상대적으로 많이 소요되는 시낭송 치료가, 행동면역학적으로 더욱 뚜렷한 테라피 효과를 낼 것으로 관심을 끌고 있다.

4) 시테라피의 심폐기능 개선 효과

독일-스위스-오스트리아 연구팀은 6보격 시를 낭송하면 심장 박동수와 호흡의 진동 동기화에 유익한 영향을 끼친다는 결과를 보고하였다〈그림 2〉.

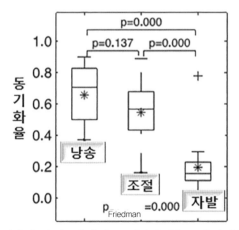

〈그림 2〉심장 박동수와 호흡의 진동 동기화에 대한 6보격 시 낭송의 효과.
낭송: 시낭송군, 조절: 시낭송 없이 6보격 호흡 조절군, 자발: 자발 호흡군.
(Cysarz D 등의 논문을 참조하여 다시 그림)

〈그림 2〉에서 보듯이, 낭송 없이 여섯 보를 걸은 군과 자발적으로 숨 쉰 군에 비해, 6보격에 맞추어 여섯 발자국을 걸으면서 낭송한 군에서 동기화가 뚜렷하게 향상되었다. 이것은 6보 낭송에 의해 호흡 패턴과 보행 패턴과 시의 리듬 간에 조화가 일어난 결과라고 연구자들은 분석하였다.

4. 시테라피의 방법

시테라피는 시, 문헌, 잡지, 노래 가사, 수사적 형상, 은유 및 이야기를 의도적으로 사용하여 인격(또는 성격) 성장, 치유, 그리고 자기 인식을 촉진한다. 치료사는 참가자가 자신의 시와 이야기를 쓰게 하고, 그룹에게(또는 개별 치료 시엔 개인에게) 소리 내어 읽어주고, 출판 된 작품을 읽거나 듣는 등 다양한 대화식 방법을 활용한다. 시테라피는 주로 이러한 창작, 글쓰기, 공유 및 청취 과정을 통해 감성(정서)적 반응을 불러일으킴으로써 작동한다. 시, 문헌, 저널 및 노래 가사는 개인이 완전히 자신을 보도록 도와주며, 시간이 지나면 자신의 숨겨진 면을 경험하게 된다.

'시테라피'엔 출판된 원본시의 사용뿐만 아니라, 문헌(bibloitherapy) 및 치료적 쓰기의 쌍방향 상호활용도 포괄적으로 포함된다. 시쓰기는 환자가 자신의 죽음과 인간 정신의 힘을 인식하는 데 도움을 준다.

전문 치료사의 인도에 따라 시테라피 참가자들은 작품의 환기에 감정적으로 반응한다. 상호 작용 프로세스는 개인의 교육적, 치료적 및 성격적 웰빙에 필수적이다. 선택한 작품에 반응하여 직접 시를 쓰거나, 또는 저널 항목을 작성하는 프로세스는 치유 및 자기-통합을 위한 의미 있는 촉매제다. 시테라피 참가자가 시, 노래 및 저널을 통해 자신의 이야기를 할 때, 그것은 치료 과정에 중요한 자료가 된다. 자신의 목소리를 찾는 일은 자기-긍정의 단계로, 종종 카타르시적 해방, 더 큰 자기-인식, 새로운 통찰력 및 신선한 희망으로 이어진다.

시테라피의 다양한 실제 모델들이 제시되고 있다. 우리나라에도 비교적 잘 알려진 마자(Nicholas Mazza)가 제시한 시테라피 실행 모델도 그 한 예다〈그림 3〉. 물론 마자의 모델은 분석심리학에 비중을 둔 심리학적 토대로 구성되어 있어, 시테라피의 의학적 접근을 대표한다고 볼 수 없음을 전제로 한다. 다만, 세계적으로 제시된 여타의 모델들보다 상대적으로 체계화가 잘 되어 있어, 시테라피의 실행을 이해하는 데 다소라도 도움을 줄 것이라 짐작한다.

〈그림 3〉 마자, 『시테라피』 표지.

마자는 시테라피의 세 가지 모델을 제안한다. 수용/처방(Receptive/prescriptive) 실행 모델, 표현/창의(Expressive/creative) 실행 모델, 상징/의식(Symbolic/ceremonial) 실행 모델 등이다. 마자는 각 모델 이름의 첫 글자를 모아 자신의 모델을 'RES 시테라피 실행 모델'이라 명명하였다.

시테라피의 한 방법으로서 시낭송 테라피는 시 듣고 읽기나 시쓰기보다 오감을 동원한 행동성이 적극적이다. 이러한 점에서 시낭송 테라피는 테라피 효과를 강화하는 것으로 인정받고 있다. 더구나 오감 작동 행동성을 증강한 시낭송 퍼포먼스는, 테라피 효과를 극대화할 수 있어 시테라피의 추구 방향으로 평가되면서 더 많은 관심을 받고 있다. 시낭송 테라피의 능동성을 이해하기 위해 시낭송의 특성을 잠시 살펴본다.

낭송(朗誦)은 영어로 리사이테이션(recitation)이며 글을 소리 내어 읊는 것이다. 읊는 것은 읽는 것과 다르다. 읽는 것은 글을 보고 그 음대로 소리 내어 말로써 나타내는 것이다. 이와 달리 읊는 것은 음의 억양을 변화시키는 것이다. 억양을 변화시킨다는 것은 음절, 단어, 문장 등 글의 모든 면면을 변화시키는 일이다. 낭송에서 억양을 변화시키는 것은 글을 소리 내어 전달하되 그 글 속에 들어 있는 의미 느낌 등을 전하기 위한 것이다. 억양의 변화는 곧 글에 음악성을 부여하는 것이므로, 낭송이란 글이 지니고 있는 특성에 음악성을 보태는 재창조 행위인 것이다. 음악성을 불어넣는다는 의미에서

(유담 2019)

〈그림 4〉 시낭송의 과정 모식도. 시낭송은 시에 대한 낭송자의 진지한
재해석의 음성적 표현 예술이며, 철저한 피드백과 평가가 이루어져야
시낭송은 온전한 테라피 효능을 발휘한다.

낭독은 독일어 Sprechgesang[이야기하는 노래]에 가깝다. 따라서 시
낭송은 시 속에 녹아 있는 시인과 시의 이미지와 메시지와 감정 등
을, 낭송자가 재해석하여 발음이라는 행위를 통하여 소리로 변환
시켜 즉, 문자를 음성으로 바꾸면서 동시에 정서와 감정을 넣어 청
중에게 전달하는 예술이다〈그림 4〉. 문자를 음성으로 바꾸는 과정
에서 낭송자의 글에 대한 재해석이 이루어지게 된다. 시의 측면에
서 이른다면 시의 3대 요소인 이미지, 메시지, 리듬 중에서 리듬과
이미지를 강조하여 시에 음악성을 불어넣는 하나의 예술 장르인 것
이다.

　이러한 시낭송의 속성은 시읽기나 시쓰기와 또 다른 시테라피적
능동성을 우월하게 지니고 있다고 판단한다.

5. 맺는 글

모든 의료 기록 속에는 희망, 두려움, 꿈을 가진 동료 인간이 있다. 시는 환자의 증상에 이름을 부여하고 유사하게 고통당하는 다른 사람들과 직접 대화 할 수 있게 한다. 겉으로 표현할 수 없는 신체적, 심리적 고통과 고통을 표현할 기회는 강력한 치료효과를 가져올 수 있다. 시테라피로 불리는 이 과정은 스트레스를 줄이고, 재활을 돕고, 질병치유를 촉진하고, 자부심을 향상시킬 수 있다.

더러 시가 일부 선택받은 사람들을 위한 것이라지만 그렇지 않다. 시는 모든 사람이 이용할 수 있다는 이점을 지니고 있다. 말과 언어가 우리를 인간으로 느끼게 하고 연결되어 있다고 느끼게 한다. 시는 오랜 세월에 걸쳐 의학의 치료 영역에 꾸준히 출몰하면서, 이제는 시테라피라는 의학적 증거를 기반하여 치유의 중개자로 재주하고 있다. 이런 현상과 믿음에 기초하여, 전 세계적으로 많은 의과 대학에서 교육 커리큘럼에 시를 활용한 강의를 추가하고 있다. 또한 일부 의사들은 시를 쓰고 시테라피에 주목하고 있다. 그중의 한 사람, 의사 시인 라파엘 캄포(Raphael Campo)는 시가 존엄성, 성실성, 존중심으로 환자를 치료하는 것과 같음을 다음과 같이 말한다.

'좋은 시가 우리를 삼켜 버리고 육체적으로 우리를 붙잡는다. 그것의 간결함과 절박함은 완전한 의미를 달성하기 위해 다른 사람의 참여

를 요구한다. 이것은 환자에게 가장 자비로운 치료를 제공하는 것과
크게 다르지 않다.'

시는 테라피하고 있고, 시테라피는 의학 속 의미 있는 논점의 하
나로 꾸준히 자리하고 있다.

크로닌의『성채』, 의료체계에 들어서다

〈그림 1〉 크로닌

코로나바이러스 감염증-19(코비드-19) 팬데믹으로 세계 각국의 의료가 고전하고 있을 때, 영국은 무료 의료 서비스를 제공하며 수십만 명의 생명을 구한 국립 의료제도(NHS, National Health Service)를 자랑했다. 1948년에 세워진 이 제도의 탄생에 깊은 영향을 준 소설이 있다. 가난한 웨일스의 광산 마을에 근무하며 소설을 썼던, 의사 크로닌〈그림 1〉이 1937년 발표한『성채』가 바로 그 소설이다.

좋은 의료는 '좋은 의사소통, 공유된 의사 결정 및 문화적 감수성을 바탕으로 전문 지식과 일치하고, 의료기술적으로 유능한 방식으로 환자에게 양질의 의료서비스를 제공하는 것이다.' 좋은 의료를 순전(純全)하게 실행하고, 또한 누리게 하려면 좋은 의료 제도가 작동해야 한다.

의료제도는 대상 인구의 건강 요구를 충족시키기 위해 의료의 적정을 기하고, 국민의 건강을 보호하고 증진함을 목적으로 의료서비스를 제공하는 사람, 기관 및 자원의 체계다. 줄여서 이르면, 의료제도는 의료를 누리기 위한 세상의 틀이다. 그러므로 좋은 의료제도는 좋은 의료를 누리기 위한 의료의 틀이다. 더 좋은 의료를 찾아 의료의 틀인 의료체계는 꾸준히 변화되어왔고, 지금도 진화하는 중이다.

세상의 틀을 바꾸는 요인을 간단히 말할 순 없다. 의료 역시 세상의 일이어서 그 틀을 변화시키는 요인은 매우 다양하다. 그러나 분명한 것은 문학이 그 변화 요인의 하나라는 사실이다. 그래서 '문학이 세상을 바꾼다.'라고 한다. 왜, 그리고 어떻게 바꾸는지를 간략하게 기술하긴 쉽지 않다. 다만 문학의 동력에 기대어, Book@Work 창립자인 앤 코월 스미스(Ann Kowal Smith)의 의견에 동조한다.

"문학은 시간과 공간을 초월하여 우리를 하나로 묶는 강력한 스토리텔링 기술이다. 문학은 끊임없이 이어지는 인간의 이야기를 기록하고 보존한다. 우리가 우리의 삶에 관해 성찰하고, 시공을 초월한 인간 주제의 탐구에 우리의 목소리를 추가하도록 초대한다. 즉, 문학은 우리에게 생각하게 한다. 그렇게 움직이기 시작한 생각을 통해 삶의 지혜를 활용하고, 경쟁의 장을 고르고 편평하게 만들며, 우리 각자가 인간 대화에서 중요한 목소리를 가지고 있음을 깨닫는다. 문학이 아니면 접할 수 없는 무한한 범위의 인물, 문화 및 위기를 겪음으로써 더 수용적이고 관용적인 관점으로 세상과 세상의 틀을 생각하게 하고, 더러는 바꾸게 한다."

의료제도도 문학의 힘으로 변화될 수 있다. 의학 속에 들어와 의료제도에 영향을 준 문학을 살펴본다.

1. 크로닌의 『성채』, 영국 의료제도에 영향을 주다

1) 의사 작가 크로닌의 의료 체험기, 『성채』

먼저, 영국 의료제도에 중요한 변화를 가져온 『성채』의 줄거리를 본다.

스코틀랜드의 이상주의적 젊은 의사 앤드류 맨슨은 웨일즈의 광산 마을에서 일반의사로 일한다. 선임인 페이지 박사가 뇌졸중으로 무력해져 일할 수 없었기 때문이다. 페이지 박사의 부인은 맨슨을 부당하게 싼 급료로 이용하는 등 욕심이 많고 감사할 줄 모른다. 맨슨은 광부 의료 지원 클럽에서 일하지만, 일이 지나치게 많고 분위기 또한 안 좋아 점점 더 일이 싫어진다. 그럭저럭 지내던 중, 보조 의사인 데니로부터 오염된 물로 인해 마을에 장티푸스가 퍼져 여러 명이 사망했다는 말을 듣는다. 선임 의사들은 문제에 관심을 보이지 않았다. 맨슨과 데니는 결국 오래된 하수구를 폭파하여 당국이 안전한 물 공급을 구축하도록 한다.

맨슨은 지역 학교 교사인 크리스틴과 결혼하고, 그의 의술은 마을 사람들에게 깊은 인상을 주며 명성을 얻는다. 그러던 중, 페이지 부인과의 억울한 다툼에 휘말린다. 어려운 분만 중에 아기의 생명을 구하고, 아기의 아버지로부터 감사의 뜻으로 기부금을 받아 은행에 입금한 일이 사달의 원인이었다. 페이지 부인과 친밀한 관계에 있는 은행장이 맨슨의 기부금 입금 사실을 그녀에게 알리자, 그녀는 맨슨이 남편에게 가야 할 진료비를 가로챘다고 부당하게 비난한다. 맨슨은 모든 혐의를 부인하고 페이지 부인에게 사과를 요구하지만, 이 사건으로 맨슨은 결국 사임한다.

그는 웨일즈의 다른 마을인 어벨러우로 이사하지만, 곧 문제에 부딪힌다. 맨슨은 자신이 받은 급여 일부를 선임 의사에게 상납해야 한다는 어처구니없는 사실을 알게 된다. 또한 꾀병 부리는 광부들이 허위로 신청하는 병가 확인서에 서명을 거부한다.

아내는 임신했지만, 아기를 잃고, 앞으론 아이를 갖지 못할 것이라는 말을 듣는다. 이런 어려움 속에서도, 석탄 먼지로 인한 폐 질환에 관심을 두고 학위 연구를 수행한다. 마을 주민들은 맨슨의 연구를 이해하지 못하고, 맨슨이 내무부로부터 허가받지 않고 동물을 실험에 이용했다고 비난하면서, 맨슨을 괴롭히고 연구 실험을 계속하지 못하도록 막는다. 그들 중 한 명은 실험실에 침입하여 실험동물을 가져가 익사시킨다. 그래도 맨슨은 계속해서 연구를 진행한다.

맨슨이 연구 결과를 발표하자, 처음에 그를 고용한 위원회는 맨슨을 소환한다. 노동자로 구성된 이 위원회는 재계약 여부의 권한을 쥐고 있다. 결국 맨슨의 연구에 문제가 없다고 판정 나고 재계약을 제의받는다. 그러나 맨슨은, 그간 겪었던 굴욕을 떠올리며, 그곳에 남기를 거부하고, 탄광 과로(過勞) 위로(慰勞)위원회 소속 공직 의사로 근무한다.

그러나 새로운 직장에서 그의 이상주의는 더욱 시험대에 오른다. 무지한 사람들은 연구를 못 하게 막고, 그가 추구하는 의학 실천을 훼방 놓는다. 깊은 고려 끝에 맨슨 부부는 웨일스를 떠나 런던으로 가서 병원을 개원한다.

개원 초기에는 어려움을 겪다가, 곧 물질적 욕심에 점점 빠져들면서, 단순히 진료비를 더 받기 위해 의료 양심을 버리기 시작한다. 여성의 귀를 뚫고 이전 진료에서 받았던 진료비의 두 배 이상을 받는다. 자신과 크리스틴을 위해 좋은 옷을 산다. 그들은 값비싼 숙소로 이사하고 처음으로 자동차를 구입한다. 돈과 섹스의 유혹에 굴복하여, 부유한 신경증 환자를 끌어들이고 바람을 피운다. 파렴치한 의사 햄슨이나 아이보리 등과 친해지고, 높은 윤리적 기준을 버리고 수수료를 나누어 챙기고, 돈 많은 신경증 환자를 착취하여 재물을 쌓는다. 크리스틴과 그의 오랜 친구인 데니는 그를 예전의 윤리적 상황으로 되돌리려고 노력한다. 그러던 어느 날, 그녀가 교통사고로 죽는다.

맨슨은 병원을 매각하기로 하고, 신중하게 선택한 미들랜드 마을에서 과학적 원리에 관한 그룹 컨설팅을 설립하기 위해 데니와 다시 연락을 취한다. 또한 의학적으로는 자격이 없지만, 결핵에 관한 획기적인 연구를 수행해온 미국인 과학자 스틸먼과 함께, 오랫동안 결핵으로 고생하며 기흉까지 생긴 친구의 딸을 효과적으로 치료한다. 그러나 의료 자격이 없는 스틸먼의 시술 동참이 비전문적 행위로 지적되어 일반 의료 위원회에 부쳐진다. 맨슨은 성실하게 자신을 변호하고 무죄로 벗어난다. 그리곤 오랜 친구인 데니와 함께 미들랜드로 일하러 떠난다.

『성채』의 영문 제목인 'Citadel'은 흥미로운 단어다. 'citadel'은 16

세기 중반의 프랑스어 'citadelle', 또는 라틴어 'civitas'(현대 영어의 city)를 기반으로 한 이탈리아어 'cittadella'에서 유래했다. 캠브리지 사전은 현대 영어에서의 'citadel'을 '특히 전쟁 중에 사람들이 위험으로부터 대피할 수 있는 도시 안이나 근처의 강력한 성'이라고 정의한다. 해양 용어로 시타델은 해적 공격 중에 선원들이 피난처를 찾을 수 있도록 특별히 설계된 선박의 지정된 방을 가리킨다. 제목의 상징성은 해석의 여지가 좁지 않지만, 아마 크로닌도 좋은 의료의 견고한 피난처란 의미를 품고 제목을 내지 않았을까.

2) 『성채』가 영국의 의료제도에 끼친 영향

1920년대와 1930년대 영국의 과학과 사회는 진보하였지만, 영국 의학은 여전히 그 아이디어와 실천에 있어 본질적으로 빅토리아 시대에 머물러 있었다. 1911년 국민보험법에 따라 질병보험에 가입한 저임금 근로자는 일반의사의 진료를 무료로 받을 수 있었고, 병가 수당도 받았다. 일반의사 진료는 의사에게 낮은 급여를 제공하는 '우호적 사회(Friendly Societies)'에서 운영하는 패널을 통해 이루어졌다. 우호적 사회는 질병, 사망 또는 노년으로 인한 채무로부터 회원을 보호하기 위해 자발적으로 결성한 사적 공제 단체로 17세기와 18세기에 생겨났다. 공제조합, 노동조합, 생명 보험 회사 등은 우호적 사회의 파생 형태 단체다.

그러나 노동자 가족은 이 보험이 적용되지 않았고, 아픈 자녀가 있는 가난한 가족은 의사를 방문할 여유가 거의 없었다. 일반의는 환자 1인당 연간 낮은 진료비를 받았다. 그 결과 의사는 이러한 환자보다 별도의 비용을 지불하는 환자에게 더 많은 시간과 관심을 쏟았다. 일부 일반의사―특히『성채』의 르웰린(Llewellyn)과 같이 다른 의사를 고용한 의사―는 상대적으로 부유했지만, 대부분은 수입이 적었다. 중산층 환자들은 일반의를 방문할 때마다 비용을 지불하거나, 그러한 비용을 충당하기 위해 민간 보험에 가입해야 했다.

개인의원 진료는 부자와 속기 쉬운 사람을 착취하는 돈을 잡아먹는 사업으로 초라하게 변질했다. 돌팔이 치료법이 일상적으로 행해졌다. 대부분의 의사는 새로운 지식과 경험의 습득에 게으른 나머지, 시대에 뒤떨어진 쓸모없고 저질인 의학을 파는 무지한 상태에 멈춰 서 있었다. 더구나 의사들은 서로 거의 협력하지 않고 자신의 이익을 보호하는 데에만 관심이 있었다.

병원은 지방 당국이 관할하는 오래된 구빈원(救貧院) 같은 진료소와 교육 수련병원 역할도 하는 일류 자원봉사 병원이 혼재되어 있었다. 유명한 교육 병원의 대부분은 투자와 자선 기부로 자금을 조달하여 비교적 부유했지만, 1930년대 들어 투자 수입이 급격히 줄었다. 병원 컨설턴트는 병원 외부, 주로 컨설턴트가 재정적 이해관계가 있는 개인 요양원에서 유료 환자를 치료하여 생계를 유지했다. 병원 치료의 질은 매우 다양했다. 런던 교육 병원의 수준이 비교적 높았으며, 그중 일부는 국제적으로 인정받고 있었다. 전문의 치료에 대한 접근은 경제적, 지리적 여건에 달렸다. 예를 들어, 런던에 거주하는 환자는 이러한 전문 서비스를 이용할 가능성이 더 컸다. 지방 도시의 병원 치료는 주로 관리 표준이 매우 열악한 지방 당국이 통제하는 시립병원을 이용해야 했다.

이러한 의료 상황 속에서도 의사 맨슨은 현실을 직접 겪고 헤쳐 나간다. 소설에 나타난 의사 맨슨이 의료와 연관된 대목을 읽기 쉽게 개조식으로 추린다.

① 의료 윤리와 관련한 내용
- 아프지 않은 광부에게 병가를 허락하는 부당한 관행을 거부한다.
- 자신의 실수를 숨기기 위해 백신 맞으러 온 환자를 속여 백신 대신에 멸균수를 주사하고 나서 괴로워하며 고백한다.

"터무니없이 비싼 주사 – 멸균수! 하루는 백신을 맞으러 한 여자 환자가 왔습니다. 아하, 나는 백신을 주문할 것을 잊고 있었습니다. 나의 실수를 감추고, 환자를 실망시키기보다는 백신과 색깔이 비슷한 멸균수를 주사하는 게 낫다고 생각했습니다. 그녀는 반응이 좋았다고 다음날 다시 왔습니다. 그래서, 나는 또 멸균수를 주사했습니다. 왜 안 되지? 저는 전문가가 아닙니다. 주님, 아닙니다!" – 구혜영 역, 크로닌, 『성채』(성바오로출판사, 1980년)

- 부에 대한 높은 윤리적 기준을 거의 포기하고 부패하기 쉬운 상태가 되었지만, 사건 이후에 올바른 기준으로 돌아와 정직하고 과학적인 의학을 실천할 것을 다짐한다.
- 급여 일부를 선임 의사와 공유해야 하는 부당한 의무에 여러 번 직면한다.
- 결국 그는 병원을 개원하고 정직한 진료를 하겠다는 꿈을 세운다.

② 연구와 교육에 관하여
- 광부들에게 흔한 석탄 먼지로 인한 폐 질환에 관한 동물실험 연구를 시작한다. 많은 반대자는 그가 내무부의 허가를 받지 않고 동물을 사용했다고 비난한다.
- 열심히 공부하여 훌륭한 의학적 진수를 구하고 얻는다.

③ 공중 보건 위생과 관련하여
- 마을에서 장티푸스의 근원인 오래되고 방치된 하수 시스템을 지방행정부가 개선하지 않자 그것을 폭파하기로 한다.

이와 같은 맨슨의 의지와 행동이 인정받는 대목이 소설 막바지에 나타난다. 맨슨의 의사면허 박탈 여부를 심리한 결과를 심리 위원장이 발표한다.

"−귀하가 옳은 신념에 의해서 행동했고 의사로서의 행동의 고귀한 규범을, 요구하는 법의 정신에 응할 것을 성의로써 임했다는 것을 인정하는 것입니다. 따라서 위원이 귀하의 성명 삭제를 등록원에 지령하는 것은 적당치 않다고 인정…" −〈위와 같음〉

『성채』는 과학적 연구나 자서전이 아닌 픽션이지만, 줄거리는 저자의 의학적 경험과 경력에 기초하고 있으며, 당시 의료시스템의 여러 현실을 보여준다. 타의 추종을 불허하는 인기에 힘입어 의료계의 비리를 대중에게 알리고, 이를 계기로 전면적인 개혁을 자극한 현실주의 소설이다.

이처럼 『성채』가 드러낸 영국 의료제도의 민낯은 사회에 충격적 영향을 끼쳐, NHS 설립을 시작으로 제도가 보완되기 시작했다.

현재 영국의 공적 일반 의료서비스 비용은 모두 국가가 감당한다. 별도의 건강 보험료를 내지 않고 의료비는 전적으로 세금으로 해결한다. 따라서 고급 의료서비스를 받기 위해 개인 의료보험에 가입해야 한다. 전 국민의 1/5 정도가 가입하고 있으며, 우리나라의 의료 보험료보다 몇 배 비싸다.

영국 의료체계의 가장 눈에 띄는 점은 지피(GP, General Practitioner) 제도다. 영문 그대로 번역하면 '일반의'이지만 실제 내용은 '동네 의사'가 더 적합하다. 영국의 모든 환자는 지피를 거쳐야 상급병원으로 갈 수 있다. 개인의료보험 가입자도 일단은 지피의 진료를 받고 다음 단계의 진료를 받을지 말지를 판정받는다. 전체 환자의 90% 정도가 이 단계에서 걸러지면서 국가 전체 의료비 지출을 적정히 조절할 수 있게 한다. 자연스레 과도한 의료 소비가 통제되어 국가가 의료서비스 비용을 맡아서 책임져 줄 수 있게 된다. 이런 형편이어서 아무래도 우리나라의 진료보다는 대기시간이 길고 상대적으로 의료서비스의 질은 매우 낮다.

『성채』의 영향력을 계량하기는 어렵다. 더구나 국립의료제도가 크로닌이 『성채』에서 그렸던 온전한 구상은 아니다. 크로닌은 등장인물 중 하나인 맨슨을 통해 증거 기반 의학과 지속적인 전문 교육을 주장했다. 증거 기반 의학은 경험에 의존하지 않고 과학적 근거에 의존한다. 전문 교육은 의사가 최신 의학 지식과 기술을 습득하여 유지하도록 한다. 크로닌의 주요 주장은 국가가 통제하는 국영의료서비스의 설립에 비중이 두어진 것이 아니라, 과학적 방법에 대한 교육, 훈련 및 존경에 중점을 두고 있다. 소설 속의 관련 부분을 본다.

"우리는 과학적 구성단위로 조직되어야 합니다. 대학 졸업 후의 강제적인 새 교육 시설을 만들 필요가 있습니다. 과학을 제일선으로 내세우고, 옛날식의 약병 존중주의를 버리고, 개원의 모두에게 배울 기회, 더불어 연구할 기회를 부여할 큰 기획이 이루어져야 합니다. 그런데 그 영리주의는 무엇입니까? 무익한 돈벌이주의의 치료, 필요도 없는 수술, 가치도 없는 무수한 사이비 과학적인 특허 설비 - 이런 따위는 이제는 어지간히 배제해도 좋을 때가 아닙니까? 의학계는 너무나도 편협하며 또한 독선적입니다. 그 조직에서도 비활동 상태입니다." – 〈위와 같음〉

소설의 마지막 페이지에서 맨슨은 통합 의료시스템에 대한 자신의 구상을 제시한다.

"국가 의학과 고립된 개인의 노력 사이에 있습니다. 우리가 여기에서 그것을 가지지 못한 유일한 이유는 큰 사람들이 모든 것을 자신의 손에 보관하는 것을 좋아하기 때문입니다. 하지만 오! 자기야, 우리가 과학적으로, 그리고 – 예, 말씀드리자면 – 영적으로 온전한, 편견을 부수고 오래된 주물을 무너뜨리려는 일종의 선구자 세력을 구성할 수 있다면, 정말 멋지지 않습니까? 아마도 우리의 전체 의료시스템에서 완전한 혁명을 시작할 것입니다." – 〈위와 같음〉

『성채』는 의료서비스체계뿐 아니라 다양한 측면에 영향을 주었다. 대부분의 의과대학이 『성채』가 꼬집은 의료윤리를 가르치기 시작했고, 학회와 의료윤리 연구소가 생겨나기 시작했다. 의료윤리는 이제 연구 분야로 확고히 확립되었다. 아울러 의학교육과 수련 체계 및 방법의 의미 있는 변화와 개선이 이루어졌다.

2. 성채는 어떻게 의학 속에 들어섰나

1) 의사 크로닌의 체험, 그 문학의 힘

"나는 의료계, 그 불의, 은밀한 비과학적인 완고함에 대해 내가 느끼는 모든 것을 썼다. 내가 개인적으로 목격한 이야기에 자세히 설명된 공포와 불평등. 이것은 개인에 대한 공격이 아니라 시스템에 대한 공격이다." – 〈위와 같음〉

『성채』의 주제는 부패하고 사악하고 비과학적이고 이기적인 의료 기관에 맞서는 이상주의적인 젊은 영웅의 투쟁이다. 의사이자 작가인 크로닌은 소설의 주인공인 앤드류 맨슨에게 부여한 삶의 대부분을 살았다. 그러므로 그는 자신이 말하는 내용을 잘 알고 있었다.

크로닌(Archibald Joseph Cronin, 1896~1981)은 스코틀랜드 카드로스(Cardross)에서 태어났다〈그림 2〉. 아버지는 아일랜드계 가톨릭 신자였고 어머니의 가족은 프로테스탄트였다. 아버지는 크로닌이 일곱 살 때 사망했다. 훌륭한 학생이자 다재다능한 운동선수였던 그는, 글래스고 대학교에서 장학금을 받고 1914년에 의학 공부를 시작했다. 제1차 세계 대전 중, 학생 신분으로 영국 해군에서 2년 동안 군의관으로 복무했다.

1925년 의학박사 학위를 취득한 후 사우스 웨일스의 탄광 소

〈그림 2〉 크로닌의 생가(生家). 영국 스코틀랜드 카드로스 로즈뱅크.

재 병원에 근무하다가 런던으로 이사하여 개원했다. 개원은 잘 되었다. 나중에 웨일스 남서부의 광산 마을인 트레데가(Tredegar)로 옮겨 진료하면서 광부 가족의 고통과 궁핍을 보았다. 크로닌은 바쁜 진료의 틈을 내어 공중 보건 학위를 취득했다. 트레데가에 있는 동안 광산의 의료 검사관으로 임명되었고, 의료계 안팎의 무능함과 부패를 목격했다. 흡입된 석탄 먼지와 폐 질환의 발병 사이의 관계를 설명하는 논문을 발표했으며, 1925년에 의학박사 학위를 받았다.

한때 런던에서 부유한 할리 스트리트(Harley Street) 의사들과 친해지면서 부자 환자들을 치료하는 데 합류했다. 그곳에서 웨일즈보다 더 많은 부패, 무능함, 탐욕을 보았다.

1930년, 만성 십이지장궤양 진단을 받은 크로닌은 진료를 중단하고, 우유 식이요법을 비롯한 특정 식이치료를 받으며 반년 동안 휴식을 취해야 했다. 이 기간에 처방전이나 과학 논문과는 전혀 다른 소설을 쓰고자 하는 평생의 열망에 빠져들 수 있었다. 불과 3개월 만에 완성한 첫 번째 소설『모자 장수의 성(Hatter's Castle)』은 출간 즉시 베스트셀러가 되었다. 어릴 적부터 키워온 소망을 이루기 위해 소설을 쓸 계획으로 병원을 정리하였다. 소설가가 되기 위한 여정이 시작되었다. 그 후 결코 의학으로 돌아가지 않았다.

크로닌은 의학에 대한 소명 의식이 크지 않았다는 견해도 있다. 한 가지 근거로, 첫 작품인『모자 장수의 성』에 관한 미국 독자와의 대화에서 다음과 같이 말한 적이 있다.

"내가 싫어하던 의업을 떠나 내가 사랑하는 글쓰기의 일을 맡을 기회를 주었다."

그런 지적에도 불구하고 크로닌의 소설엔 의학에 대한 애착이 가득하다. 그의 소설 속에는 가난한 가톨릭 장학생 소년들이 종파적 편견을 극복하고 학업 성취를 통해 세상에 진출하기 위해 투쟁하거나, 이상주의적인 청년 의사나 청년 성직자가 돈과 성의 유혹으로 도덕적 균형추를 잃는다. 즉 죄, 죄책감 그리고 구속(救贖)에 관한 가톨릭적 주제가 다루어지고 있다. 이렇게 일관된 주제를 인간적 시선으로 거르고 드러낸 문학적 결실에는, 십수 년에 걸친 의사 시절의 체험에서 우러난 자서전적 흔적이 또렷하다.

『모자 장수의 성』의 인기에 이어 두 개의 베스트셀러『별이 내려다본다』와『성채』를 썼다. 소설은 모두 큰 성공을 거둔 베스트셀러였으며 여러 언어로 번역되었다. 크로닌은 부자가 되었다. 크로닌은 평생 서른일곱 권의 책을 썼는데, 대부분 소설과 몇 편의 단편 소설 모음집으로, 마지막 책은 1978년에 출판되었다.

특히『성채』는 출판 후 첫 3개월 동안 영국에서 십오만 부 이상, 나머지 기간 매주 만 부 이상 판매되어 즉각적인 성공을 거두었다. 미국과 유럽, 특히 독일과 러시아에서 똑같이 성공했다. 동유럽의 공산주의 독자들은 기술적 근대화와 사회 비판에 감탄했지만, 나치 독일에서는 유용한 반영국 선전 책자로 간주하였다.

영국 BBC 방송은 1938년에『성채』낭독회를 열 번이나 방송했다. 미국의 킹 비더(King Vidor)가 감독한 영화는 작품상과 남우 주연상을 포함하여 4개의 아카데미상 후보에 올랐으며, 1939년 영국에서 가장 상업적으로 성공한 영화로 기록된다.

1938년에 실시된 갤럽 여론 조사에 따르면,『성채』는『성경』을 제외한 다른 어떤 책보다 많은 사람에게 감동을 주

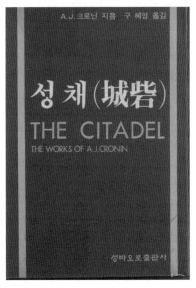

A.J.크로닌 지음 구 혜영 옮김

성 채(城砦)
THE CITADEL
THE WORKS OF A.J.CRONIN

성바오로출판사

〈그림 3〉『성채』한글 번역본(1973년) 표지.

었다〈그림 3〉. 크로닌은 5년 동안 미국에서 살았지만, 생애의 마지막 25년은 그가 묻힌 스위스에서 보냈다.

2) 베번의 활약에 영감을 주다

〈그림 4〉 아뉴린 베번

사람들은 "크로닌의 1937년 소설이 국립의료제도의 설계자로 불리는 아뉴린 베번(Aneurin Bevan)의 고향인 웨일즈 동남부에 위치한 트레데가에 심어져 자라났다."라고 말한다. 또 어떤 이들은 "크로닌의 소설이 베번의 국립의료제도를 위한 길을 닦았다."라고 한다.

앞서 기술하였듯이, 크로닌은 『성채』에서 애벌로우(Aberlaw)란 이름으로 불린 트레데가 탄광 마을에서 3년을 보냈다. 크로닌과 베번이 만났다는 증거는 없지만, 만났을 가능성은 꾸준히 제기되고 있다. 설령 만나지 않았더라도, 그들은 분명히 동일한 영향에 노출되었고, 사우스 웨일즈의 광부 노동조합이 설립한 의료 지원 협회는, 베번이 전국적으로 무료 의료서비스를 확대하도록 영감을 주었다.

2차 세계 대전은 의료제도를 비롯한 사회 전반의 변화를 가속했으며, 전쟁 후 치러진 1945년 영국 총선 결과에 큰 영향을 미쳤다.

유권자들은 전쟁 영웅 윈스턴 처칠을 거부하고, 사회 개혁가인 노동당 지도자 클레멘트 애틀리(Clement Attlee)를 총리로 선출하였다. 트레데가 탄광 광부의 아들이었던 아뉴린 베번은 웨일스 노동당의 정치인이었다. 국가 프로젝트를 담당한 보건부 장관인 베번은 트레데가의 지역 구호 단체 아래에서, 노동자에 대한 신속한 무상 치료의 가치를 강력히 믿고 있었다. 베번은 국립의료제도를 제안 설계하면서 다음과 같이 강조했다.

"제가 하는 일은 한 세대 이상 트레데가에서 우리가 누리고 있는 혜택을 영국의 전체 인구로 확대하는 것입니다."

이 신념과 활약에 『성채』는 영감을 주었다.

3. 맺는 글

소설은 우리가 일생에 체험으로 흡수할 수 있는 것보다 훨씬 더 많은 경험으로 우리 영혼을 풍요롭게 한다. 또한 소설은 건강 및 질병 관련 행동에 대한 개인뿐 아니라 사회의 태도를 바꾸기도 한다. 소설이 집단적 사고방식에 어떻게 영향을 미치고 전체 의료시스템을 변화시키는 데 기여했는지에 대한 좋은 예가 크로닌의 『성채』이다.

『성채』를 '크로닌의 의학 무용담'이라 한다. 의롭고 정의롭고 올바른 길은 절대 포장되지 않으며 결코 가장 짧은 길이 아니다. 모든 어려움과 관련하여 원칙을 가진 정의로운 사람은 비용과 관계없이 항상 그 길을 따른다. 그 길을 가려면 용기가 필요하다. 용기, 생생한 글의 서슬이 거대한 사회의 의료문화를 개혁했다.

젊은 군의관들이 전쟁터에서 성경처럼 배낭에 넣고 다니면서, 정신적 나침반으로 삼았던 『성채』. 의사 문인 크로닌, 영국이 낳은 세계적 가톨릭 작가로 자리매김하게 한 기념비적 소설 『성채』를 한 번쯤 읽지 않은 의대생이 있을까. 그 의대생들이 성장하여 의료 현장에서 땀 흘리고 있다. 크로닌의 소설을 읽고 공감했던 대로, 더 나은 의료제도에서 더 좋은 의료를 펼칠 수 있기를 바라며.

왜 우리는 전염병 유행 속에서 문학을 찾는가?

　돌림병이 지구를 온통 돌고 있다. 전염병의 유행은 개인과 가족과 마을의 건강과 관계를 무너트리고 때론 살인도 한다. 해당 세대(世代)의 현재와 미래에 상처를 입히고 두렵게 한다. 전염병 유행은 생명과 질서의 대량 파괴, 대량 학살이며 두려움의 대상 또는 두려움 그 자체다. 신종 전염병 유행의 불확실한 정체는 몇몇 근본적 물음과 함께 두려움을 증폭시킨다. 그토록 자랑하던 경제적, 사회적, 문화적, 의학적, 그리고 문학적 성과의 축적은 갑자기 찾아온 전염병이 저지르는 이 어찌함 속에서 어떤 가치가 있는가? 코로나바이러스 전염병과 같은 주요 생물학적 위기에서 인간이 된다는 것은 무엇을 의미하는가?

　어찌할 바 모르는 물음 중에서, 전염병 유행의 와중에 문학적 현상의 일편(一片)에 집중하여 서술한다.

1. 전염병이란 말

전염병, 감염병은 비슷한 말 같지만 다르다. '병이 남에게 옮음'을 '전염'이라 한다. 전염하는 성질을 가진 '전염병'은 사람과 사람 사이에 직간접적으로 전파 확산한다. '감염'은 바이러스, 세균, 기생충 등의 병원체가 이 병원체들을 사람에게 옮기는 매개체를 통해 퍼지는 걸 가리킨다. 이 매개체는 말라리아를 옮기는 모기, 간염을 옮기는 주삿바늘, 성병을 옮기는 성행위 등을 포함한다. 만일 이로 인해 발병하면 '감염병'이다. 즉, 전염병은 사람과 사람 사이의 전파 연관이고, 감염병은 병원체와 사람과의 관계다. 코로나19를 예로 들면, 맨 처음에 코로나19 바이러스에 감염된 사람과 접촉한 사람이 코로나19에 걸렸다면, 코로나19 바이러스에 감염된 것이고, 다른 말로 표현하면, 코로나19 바이러스 감염자로부터 전염된 것이다. 이 전파가 **빠르게** 확산하면 '감염병 유행', 영어로 에피데믹(epidemic), 전세계적으로 **빠르게** 전파 확산하면 '감염병 세계적 유행', 영어로 팬데믹(pandemic)이라 한다. 그러나 흔히 에피데믹과 팬데믹을 구분하지 않는 경향이 있다.

어원상, 에피데믹은 '유행하고 있는, 만연된'을 의미하는 '에피(epi)'와 인구를 뜻하는 '데모스(demos)'를 합친 그리스어 에피데모스(epidemos)에서 온 말이다. 팬데믹(Pandemic)의 어원은 '모든'을 뜻하는 '판(pan)'과 '데모스(demos)'를 합성한 그리스어 '판데모스(pandemos)'다.

2. 전염병 속으로 문학이 들어오다

1) 전염병 속 신화

유행성 티푸스(typhus)는 급성 감염성 열병으로 피로, 섬망, 작은 붉은 반점을 동반한다. 발진(發疹)이 주된 증상이어서 발진티푸스라 칭하기도 한다. 몸니(body louse)가 리켓챠 프로와제키(Rickettsia prowazekii)라는 박테리아를 옮겨 발병하는 유행성 발진티푸스는, 주로 비위생적이고 밀집한 주거 환경에서 발생한다. 리케챠라는 이름은 이 질병을 연구하다가 이 질병에 걸려 죽은 미국의 병리학자 리케츠(Howard Taylor Ricketts, 1871~1910)의 희생적 노력을 기리고 있다. 유행성 발진티푸스는 이전 세기에 수백만 명의 사망 원인이 되었지만 이제는 희귀한 질병이다.

티푸스(typhus)는 그리스어 '튜포스(tuphos)'에서 유래한 라틴어 명칭이다. 튜포스는 본디 '연기, 안개, 회오리바람'을 뜻하는 말이다. 연기나 안개에 둘러싸인 것처럼 정신과 지성이 혼미하고 무감각한 상태를 정의하기 위해 히포크라테스가 사용했던 용어다. 마침 장티푸스에 걸렸을 때, 고열, 발한, 몽롱한 정신, 심하면 헛소리까지 하는 환자의 증상과 징후와 비슷하여, 프랑스의 의사이며 식물학자인 보이시에 드 소바쥬(Boissier de Sauvages)가 1760년 병명으로 제시했다가, 9년 후 영국 에딘버러 의과대학의 윌리엄 컬런(William Cullen) 교수에 의해 병명으로 채택되었다.

'튜포스'는 거인 튜폰(Tuphon)의 이름에서 유래했다. 대지의 여신인 가이아(Gaia)와 거인족 타르타루스(Tartarus) 사이에서 태어난 튜폰은 백 마리 뱀의 머리와 강력한 손과 발을 가진 용이었으나, 아주 사악하고 파괴적이어서 제우스(Zeus)신의 공격을 받아, 불길을 뿜어 내는 능력은 빼앗기고 폭풍우 정도만을 일으킬 수 있게 되었다. 잘 알려져 있듯이 태풍을 의미하는 영어 타이푼(typhoon)도 그 어원을 튜폰에서 찾을 수 있다.

전염병의 증상 중에서 대표적 하나가 열(熱)이다. 영어 휘버(fever)는 로마 신화 속 열병의 여신 페브리스(Febris) 이름에 그 어원을 두고 있다. 페브리스는 사람의 몸을 하고 있지만, 고열과 열을 동반하는 말라리아 같은 질병으로부터 사람들을 보호한다. 체온이 섭씨 37도를 넘으면 열이 있다고 진단한다. 열은 감염을 비롯한 외부 침입자에 대한 신체의 정상적 면역 반응의 결과다. 따라서 대부분 열은 유익하고 문제를 일으키지 않으며, 신체가 감염을 퇴치하는 데 도움이 된다. 열을 치료하는 주된 이유는 몸을 편하게 하고자 함이다. 이런 까닭에 페브리스는 열로부터 사람을 지키는 여신으로 여겨진다.

2) 전염병 속 시

① 전염병 병명이 된 주인공

대표적 성매개 세균성 전염병인 매독의 영문명은 시필리스 (syphilis)다. 독일어, 프랑스어, 라틴어로도 철자가 비슷하다. 이 책 제2부의 '매독 – 양치기 시필리스'에서 기술하였듯이 시필리스는 이 탈리아의 의사시인 프라카스토로가 쓴 『매독(시필리스) 또는 프랑스 병』(1530년)에 등장하는 양치기 미소년의 이름이다〈그림 1〉. 시필리스는 태양과 예언 및 의술, 시가를 주관하는 아폴로의 제단을 가져다가 자신이 섬기는 양치기 신의 제단으로 삼았다. 이에 분노한 아폴로는 시필리스에게 천형(天刑)을 내렸다. 온몸에 번지는 맹렬한 통증과 피부 궤양에 스러져 가는 시필리스. 프라카스토로는 병

〈그림 1〉 프라카스토로와 서사시집 『매독 또는 프랑스병』의 첫 쪽.
프라카스토로의 라틴어 이름은 히에로니무스 프라카스토리우스(Hieronymus Fracastorius).

의 명칭을 주인공 이름 그대로 시필리스라 불렀다. 프라카스토로가 묘사한 시필리스의 병세와 경과가 매독의 그것과 비슷했던 까닭에 의학계에서도 큰 거부감 없이 '시필리스'란 이름을 택했으리라 여긴다. 아마도 처음에는 '시필리스가 앓았던 병' '시필리스의 병' 등으로 부르다가, 점차 '시필리스'로 줄여 부르지 않았을까 언어경제학적으로 추측해본다.

프라카스토로의 서사시는 매독에 관한 의학시다. 16세기 당시 유럽 의학이 알고 있던 매독의 증상, 역사와 일화, 치료법, 잠복기간 및 예방법 등을 담고 있다. 치료의 한 예를 들면, 구아이악(guaiac) 나무와 수은을 이용한 요법이 언급되고 있다.

② 전염병 예방을 시로 칭송하다

• 천연두 백신의 에드워드 제너와 시

텅 빈 바람 일고,/ 먹구름 끼고, 기온 내려가고,/ 그을린 듯 어두워져, 스패니얼은 잠자고/ 거미줄에 매달린 거미는 엿본다.(번역 도움. 김상률 전 숙명여대 영문학과 교수)

천연두 백신 개발자 영국 출생 에드워드 제너(Edward Jenner, 1749~1823) 〈그림 2〉의 시 「비의 마흔 개 징후(40 Signs of Rain)」 첫 연이다. 마치 환자를 진찰하며 질병의 징후로 드러나는 사람의 무

〈그림 2〉 에드워드 제너.

늬를 꼼꼼히 관찰하여 기록하듯, 비가 자아내는 하늘과 세상의 무늬를 섬세하게 그리고 있다. 다음은 시의 마지막 두 행이다.

　　틀림없이 비가 올 거다 – 나는 슬피 바라본다/ 우리 소풍은 내일로 미뤄야 한다.

　의사 제너가 병의 징후를 세세히 진찰한 후 처방을 내리듯, 시인 제너는 비의 징후를 하나하나 짚고 나서 소풍을 연기해야 한다는 구절로 시를 맺고 있다.

　제너는 영국 글로스터셔(Gloucestershire) 버클리(Berkeley)에서 목사의 아들로 태어났다. 소년기에 문법을 배우면서 마을의 암석에서 화석 찾기를 퍽 즐겼다. 열네 살에 외과 의사 대니얼 러들로우(Daniel Ludlow)의 수습생으로 들어가 칠 년 동안 배우고 익혔다. 이어서 스물한 살에 저명한 외과 의사 존 헌터(John Hunter) 박사 지도로 수술과 해부학을 전공하기 위해 런던의 세인트조지 병원으로 갔다. 실험과 경험을 통해 진리에 도달할 수 있다고 믿었던 실험주의자 헌터 박사의 철학은 '생각만 하지 말고 시도해라.'였다.

당시에 소젖 짜는 사람들에게 천연두에 대한 면역이 자연스레 생기는 현상은 이미 알려져 있었다. 실제로 영국 남부 워스 매트레이버스(Worth Matravers)의 도싯(Dorset)에 사는 농부 벤자민 제스티(Benjamin Jesty)는, 1774년 우두를 이용하여 아내와 자식들을 대상으로 천연두에 대한 면역을 유도하는 실험을 했다. 그 후 이십여 년이 지난 1796년, 제너가 우두의 면역력을 의학적으로 증명하며 천연두 백신을 개발했다. 제너는 '백신'이란 용어도 고안하였다.

이 업적으로 제너는 조지 4세로부터 비범한 의사란 찬사를 받았다. 영국과 전쟁 중이었음에도 프랑스의 나폴레옹은 기념 메달로 제너의 공적을 기렸고, 옥스퍼드 대학교는 명예박사 학위를 수여하였다. 런던엔 제너 연구소가 세워졌고, 정부는 일반 대중의 천연두 예방 접종을 촉진하기 위해 재정 지원을 했다. 천연두 박멸의 첫걸음을 내디뎠던 시골 의사 에드워드 제너, 우리는 그를 '면역학의 아버지'라 칭송한다.

흥미로운 점은 당대의 시인들이 의사시인 제너에게 축시(祝詩)를 헌정했다는 사실이다. 당대 유명 시인들이었던 존 윌리엄스의 「백신 발견자에게 드리는 송가」, 로버트 블룸필드(Robert Bloomfield)의 「좋은 일; 또는 농장으로부터의 뉴스」 등이 대표적이다. 윌리엄스는 제너의 발견을 악과의 투쟁으로 묘사했고, 블룸필드는 제너의 이름을 직접 들어 백신 발견이 선을 이루려는 의지의 실행이라고 헌시했다.

　　희망이 승리했을 때 제너의 기분은 어땠을까!/ 희망 자체가 보이지
않는 곳에서/ 아마도 최고의 외로운 승리를 위해!/ 선을 행하려는 욕
구, 의지력, 인류 해방에 닿으려는 간절한 바람

　　제너의 업적을 시로 쓴 의사시인도 있다.
오늘날의 남부 크로아티아에 있는 두브로
브니크(Dubrovnik)공화국의 의사 루코 스털
리(Luko Stulić, 1772~1828)〈그림 3〉. 스털리
는 두브로브니크에서 문학과 철학을 공부
했다. 그의 뛰어난 학습 능력을 인정한 공
화국 상원은 그의 바람대로 의학을 공부하
도록 이탈리아 볼로냐로 유학을 보냈다. 이
탈리아에서 개구리 뒷다리 근육이 생체 전

〈그림 3〉 루코 스털리

기에 의해 수축한다는 사실을 규명한, 생체전기생리학의 창시자 루
이지 갈바니(Luigi Galvani)를 위시한 당대 의학의 대가들 밑에서 공
부했다. 유학 후 귀국하여 두브로브니크 병원의 선임의사로, 시의
예방 접종 감독관으로 일했다.

　　그는 1800년 두브로브니크에서 첫 번째 예방 접종을 했다. 또한,
유전성 피부 질환에 관한 역학 연구를 맨 먼저 수행하였고, 1826년
손발바닥각화증(palmoplantar hyperkeratosis)을 ‘믈레트(Mljet) 병(mal

de Meleda)'이라는 병명으로 세계 최초로 기술하였다. 믈레트는 섬 이름으로 그 섬에는 수 세기 전부터 손발바닥각화증 환자가 유병하고 있었다.

스틸리는 예방 접종의 개념과 성공에 매우 감명을 받고 기뻐하여, 첫 예방 접종 4년 후 서른두 살에 장편시 「예방 접종; 뛰어난 제너의 발명품; 애가(Vaccinatio; De Jenneriano invento optime merito; Carmen elegiacum)」를 썼다. 시는 그의 친구 카레노(Luigi Aloysio Careno)에게 헌정되었다. 비엔나의 지방 자치 단체 보건 담당의사였던 카레노(Luigi Aloysio Careno)는 스틸리의 첫 예방접종을 적극적으로 도왔다. 시는 원래 1804년에 페스트(Pest)에서 인쇄되었다. 지금까지 세 개의 원본이 발견되었으며, 두 개는 런던의 대영 도서관에서, 한 개는 두브로브니크의 프란체스코 수도원 도서관에서 발견되었다.

「예방접종」은 삶과 죽음에 관한 일반적인 고찰과 인간의 기대 수명을 늘려온 의학의 역할을 역사의 축적으로 기록하며, 천연두와 전염병의 발생을 설명하고, 감염원과 치료법의 발견을 연대기적으로 묘사한다. 그리고 제너의 예방 접종에 관하여, 삶의 질 향상을 지향하는 과학과 발견에 대한 칭찬을 시적으로 선포한다.

아! 오래된 기념물을 기억하고 땅속에 묻혀있는 것만 기념하는 사람은 누구든지 멸망하길 바란다. 인류를 돕고 행복을 되찾는 것은 마음을 다해 원하고 존경하는 것이다 ….

제너에 대한 칭찬은 마지막 숭고한 소명에서 절정에 이르게 되는데, 재능있는 개인에 관한 스털리의 프로메테우스적 견해가 번뜩인다.

새로운 프로메테우스는 하늘에서 이 새로운 도둑질을 감행했다. 그러나 불타는 생명의 횃불을 훔치지 않았고, 두꺼운 진흙으로 몸을 만들지 않았다. 아프고 일그러진 몸을 치료하고, 임박한 죽음에서 그들을 구출하기 위해 하늘 궁정에서 약을 가져왔다.

현재 도시 전체가 세계문화유산으로 등재되어있고 아드리아해의 진주라 불리는 두브로브니크는 스털리가 활동할 당시엔 크로아티아 문학의 요람이었다. 스털리가 「예방접종」을 썼을 때 유럽을 비롯한 세계 문학에 큰 시대적 변화가 있었다. 낭만주의가 고전주의의 자리를 대신하기 시작했다. 즉, 이성, 균형, 규칙 및 관습의 통치가 수그러들고 감정, 개인주의 및 독창성이 두드러지기 시작했다. 아울러 주제와 장르가 다양해지고, 신화와 철학과 역사를 해석하고 표현하는 섬세함이 풍요로워졌다. 그러한 변화 속에 스털리는 라틴 문학의 영향을 강하게 받았다. 따라서 그의 작품 속엔 계몽주의와 고전주의적 성상이 곳곳에 들어 있다. 스털리는 두브로브니크의 전통적 문학의 틀로 라틴어를 사용하여 글을 쓴, 마지막 작가 중 한 명으로 이름을 남기고 있다.

3. 전염병 유행 속의 문학 치료 — 원격 문학 치료를 제안한다

코로나19는 세계보건기구가 정의하고 있는 건강, 즉 신체적 정신적 사회적으로 완전한 안녕 상태에 혹독한 영향을 미치고 있다. 이 영향을 여러 가지 방식으로 이야기를 하고 있지만, 더욱 실제 생활적인 측면에서 이야기한다면 이렇게 기술할 수 있다.

코로나19라고 하는 돌림병이 무서워서 서로 접촉하면 안 되는, 즉 언택트(untact)가 더 이로운 상황이 됐다. 이것 때문에 거리 두기를 하게 되고, 앞에서 언급했던 건강의 신체적 정신적 사회적 변화가 오고 있다. 이는 새로운 삶의 꼴과 또 삶의 자세를 강압적이든 자발적이든 의존적이든 요구하고 있다.

문학치료 역시 뉴노멀(new normal)을 맞고 있다. 물론 문학치료가 가지고 있는 역할, 문학치료가 추구하는 목표, 그리고 문학치료가 그 배경으로 가지고 있는 기본 개념, 또한 그 명징한 효과들이 달라지지는 않을 것이다. 그러나 치료하는 실행 방안과 실행 방책에 있어서만은 뭔가 변화가 없지 않을 것이다. 그 변화의 정도가 어떠하든, 팬데믹 상황의 뉴노멀 시대에 문학치료 해법의 일부를, 의료 영역에서 시도되고 있거나 이루어지고 있는 원격의료에서 구할 수 있다고 생각한다.

의료 쪽에서 참작할 수 있는 문학치료 영역의 방책은 바로, '원격의료'라고 생각한다. 원격의료는 디스턴스 메디슨(Distance

Medicine), 거리 메디슨이라고도 칭하며, 요새는 여러 가지 새로운 통신 기술이 많이 가미되면서 텔레메디슨(Telemedicine)이라 부른다. 원격의료의 한 영역인 '원격치료'를 새로운 시대에서의 문학치료 방법으로 한 번 참작해볼 부분이 아닌가 본다. 날로 발전하고 있는 통신기술, 로봇, 인공지능(AI, Artificial Intelligence) 등 다양한 기술을 이용한 원격치료는, 언택트, 디스턴스, 원격, 격리, 뉴노멀 등의 의미와 해법을 굴먹하게 품고 있다고 여겨 '원격문학치료'라는 용어를 제안한다.

포스트 코로나의 뉴노멀시대에 원격문학치료가 낼 장점은 다음과 같다. 먼저, 비대면으로 역병에 걸릴 것이라고 하는 두려움과 불안이 줄어든다. 둘째, 떨어져 있으니까 병에 안 걸려서 신체적으로 건강해질 수 있다. 그리고 일상이 편리해진다. 이런 것에 의해서 현재 이루어지고 있는 문학치료의 효과보다도 더 증대되고 더 집중되고 더 밀도 높은 효과를 낼 수 있지 않을까 생각한다. 아울러 소외감도 줄어들 수 있고, 우울 등 문학치료가 추구하는 치료 효과의 지표들이 뚜렷하게 더 개선될 수 있지 않을까 예측한다.

이러한 이점과 함께, 대면 시대에서의 치료 효과와 원격문학치료, 즉 비대면 원격문학치료의 두 효과를 비교할 때 몇 가지 고려할 점도 있다. 우선 경제적으로 어떠할까? 적정한 수가가 발생 되지 않는다면 지속 가능할까? 또한 사람의 향기, 사람의 온기, 굳은 살, 심지어 뾰루지까지도 확실하게 우리가 원격을 통해서 볼 수 있을까? 아울러 개인정보 보호 대책, 기존 문학치료의 여러 가지와의 연계성, 문학치료의 교육, 치료능력자의 자격, 이른바 추가 능력을 보완할 과제 등이 찬찬히 참작되어야 한다.

4. 팬데믹 문학

과거부터 현재까지 전염병이 인류에 미치는 영향을 탐구하는 서사는 적지 않다. 일부 작가들은 이를 팬데믹 문학(pandemic literature)이라 별도로 칭하기도 한다. 굳이 번역하면 '전염병 대유행 문학'이다. 그러나 대개 전염병 문학이라 일컫는다.

대표적 팬데믹 문학 작품을 열거하면 다음과 같다. 14세기 피렌체의 흑사병 난민들이 전한 이야기를 담은 보카치오(Giovanni Boccaccio)의 『데카메론(The Decameron)』(1353)과 1665년 런던 대역병(Great Plague of London) 속의 개인적, 집단적 트라우를 다룬 대니얼 디포(Daniel Defoe)의 『전염병 연대기(A Journal of the Plague Year)』(1722)는 전염병 문학의 대표적 고전에 속한다.

알베르 카뮈의 『페스트(The Plague)』(1947년)는 알제리의 도시 오랑(Oran)에서 전염병이 유행하는 것을 묘사한다. 카뮈는 1899년 오랑에 침노한 콜레라 전염병을 영감과 출처 자료로 사용했지만, 사건을 1940년대로 설정했다. 소설은 전염병을 소재로 믿기 어려운 공포에 직면한 인간의 회복력과 희망에 관한 잊히지 않는 이야기를

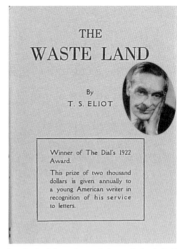

〈그림 4〉 오에 겐자부로
(저작자 Reinhold Embacher)

〈그림 5〉 『황무지』 초판본 표지와 엘리엇

통해, 위기에 대처하는 다양한 관점과 방법을 소개하며 인간의 운명과 조건에 관해 질문하고 답한다.

한 마을을 황폐화하는 끔찍한 전염병을 피하고자 나머지 세계로부터 자신을 차단하며, 죽음과 공포의 본질을 짚는 에드거 알랜 포우(Edgar Allan Poe)의 단편 소설 『붉은 죽음의 가면극(The Masque of the Red Death)』(1842). 제2차 세계 대전 중 역병에 시달리는 일본 마을로 보내진, 개혁 학교 소년 그룹의 이야기를 담은, 일본 작가 오에 겐자부로(大江 健三郞)〈그림 4〉의 『싹을 뽑고 자손을 파괴(芽むしり仔撃ち)』(1958). 주민들을 좀비로 만드는 전염병에 걸린 종말 이후, 디스토피아로 변한 뉴욕시의 초상화를 그린 콜손 화이트헤드(Colson Whitehead)의 『1구역(Zone One)』(2011). 물론 이 밖에도 많은 작품이 있다.

여기서, 전염병 문학의 예로 엘리엇(T.S. Eliot, 1888~1965)의 『황무지(The Waste Land)』(1922년)를 빼놓을 수 없다. 엘리엇의 『황무지』는 1차 세계 대전의 파괴와 스페인 독감의 황폐에 뒤따른 비관적인 분위기를 포착한다〈그림 5〉. 실제로 엘리엇과 그의 아내는 1918년 12월에 스페인 독감에 걸렸다. 엘리엇은 병에서 회복하면서 시를 썼다.

> 저 움켜쥐고 있는 뿌리는 무엇이며, 웬 가지가 자라나는가/ 이 돌같은 쓰레기에서? 사람의 아들아,/ 당신은 말할 수도 추측할 수도 없다. 고작 아는 건/ 부서진 이미지의 무더기, 태양이 비추는 곳,/ 죽은 나무는 피난처가 없고 귀뚜라미는 안식처가 없으며/ 그리고 마른 돌은 물소리가 없다. 오로지/ 이 붉은 바위 아래에 그림자가 있고,/ (이 붉은 바위 그늘 아래로 오라),/ 그리고 나는 당신에게 둘 중 하나와 다른 것을 보여주리라/ 아침에 너의 뒤를 따르던 그림자/ 또는 저녁에 너를 만나기 위해 떠오르는 너의 그림자;/ 한 줌의 먼지로 두려움을 보여주리라.
>
> – 엘리엇, 『황무지』 부분

전염병 유행 속 문학 활동의 자극 현상은 동서고금이 없다. 국내에도 최근 코로나 역병 속에서 여러 문학인이 간간이 발표하고, 지금도 창작 중이다. 그중에서 한 의사 시인이 발표한, 짧은 산문을 앞세운 시 한 수를 예로 들어 인용한다. 시인은 코로나와의 일방적 비대칭 다툼에 모든 지각과 감각을 눈으로 집중하여 마스크 뒤에 바짝 몸을 숨기고 있다.

    코로나가 다시 극성을 부리고 있다. 돌림병을 일으키는 바이러스는 우리의 동선을 보고 있는데, 우리는 상대방이 어떻게 돌고 있는지 쉽게 알아차릴 수가 없다. 일방적 비대칭이다. 우쭐대던 최첨단이 느끼고 겪는 어처구니없음이다. 마스크는 가면, 복면, 탈이다. 그래서 마스크를 쓰면 가려지고, 덮이고, 자기의 정체가 감추어져 딴 모습으로 차려진다. 입 모양도 보고, 입꼬리의 높낮이도 재고, 코끝 찡그림도 뺨의 색깔도 눈치채야 어림이라도 할 텐데. 영상 회의라도 할양이면 본디를 가린 모습에 영상 처리를 덧대어 마주하니, 때론 앞뒤가 틀어지고 갈피가 헝클어지기에 십상이다. 어떤 이는 이 어처구니없음을 뉴노멀이라며 새로운 눈썰미의 평범치가 정립될 것이라 한다. 기대한다. 그런데, 정립까지 어찌 기다릴까? 옥처럼 부서져 기꺼이 목숨 바칠 옥쇄(玉碎)나 헛되게 비실댈 와전(瓦全)으로 살아갈 요량이 아니어서, 마스크 뒤에 숨어 빼꼼히 눈만 내민다. 내민 눈으로 시작 노트를 펼쳐 손때를 먹인다.

    불쑥/ 눈만 데리고 와서/ 말을 가르치고 말을 시키고/ 눈이 입술로 벌어지고 눈이 혀처럼 단련하여/ 드디어 중얼거리는/ 코로나19는 마스크에 돋은 눈동자// 거리에서 거리를 앗아/ 거리만 쌓아놓은 세상이/ 고개를 들고 기침을 뿜어내면, 저 반대편에서/ 새로운 발열이 다가와/ 날카로운 체온으로 허파꽈리를 터트려/ 고열다운 고열 기침다운 기침이 비로소/ 활활 침묵한다// 갸륵한 입막음으로 채워진 허기들/ 흐트러진 땅심 높이듯/ 눈심을 돋워/ 눈동자가 밥알로 돋는다/ 마

스크를 뚫고 돋는다

― 유담, 「마스크의 눈동자」(2021년)

이처럼 전염병 유행은 팬데믹 문학이란 명칭으로 문학 창작, 독서, 문학 치료 활동 등에 뚜렷한 영향을 미치지만, 그 이유를 정확히 알 수는 없다. 다만, 팬데믹에 대한 인간의 일부 반응에 주목하여 그 까닭을 살펴본다.

5. 팬데믹 속에서 문학을 찾는 까닭

전염병은 사람들의 신체적 건강뿐 아니라, 삶의 방식, 생각, 감정에도 엄청난 영향을 미쳐 평상시보다 오히려 더 문학을 찾게 한다. 그 까닭은 무엇일까?

노벨 문학상 수상자인 튀르키예 소설가 파묵(Ferit Orhan Pamuk)은 1901년 아시아를 강타한 선(腺)페스트 전염병에 관한 소설을 여러 해 동안 집필했다. 선페스트는 페스트균이 샅·겨드랑이·목 등의 림프샘에 출혈성 염증을 일으키는 전염병으로 피부 페스트, 가래톳 페스트라고도 부른다. 파묵은 전염병 유행의 혼돈 속에 전염병처럼 번지는 부정 및 허위 정보, 다른 그룹에 속한 개인에 관한 불신, 전염병 배후의 악의적인 의도에 관한 이론 등 몇 가지 반복되는 행동을 짚어낸다. 동시에 전염병은 또한 우리가 혼자가 아니라는 사실을 일깨워주고, 연대감을 재발견할 수 있게 해준다며, 에피데믹 속 인간의 반응에 관해 다음과 같이 의견을 피력했다.

> "현재의 우리는 과거의 에피데믹 때와는 달리 반응하고 대처할 수 있다. 전염병이 몰고 온 죽음에 대한 두려움이 우리를 외롭게 만들 때, 전 세계 모든 사람이 같은 걱정을 하고 있다는 연대와 상호 이해 수용을 인식하면 이 외로움에서 벗어날 수 있다."

물론 모든 사람이 똑같이 반응하지는 않을 것이다. 오히려 더 고독과 침묵에 밀려 위축될 수도 있다. 그러나 이런 반응의 사람에게도 문학은 더 겸손하고 더 연대하도록 깨우쳐 이끌어 갈 것이다. 이는 미국 작가 캐서린 바나렌동크(Kathryn VanArendonk)의 견해와 유사하다. 바나렌동크는 "가상 버전은 실제 버전이 어떤 느낌일 수 있는지 느낄 수 있도록 한다. 따라서 전염병이나 큰 재난에 대한 이야기를 읽는 것은 심각한 불안정화의 순간에 서사 감각을 구축하는 데 도움이 될 수 있다."라고 주장한다.

이들의 고안처럼 인간은 타인의 사유를 보고 자기 사유를 찾으려고 한다. 이때 문학은 우리에게 전염병이 유행하는 동안의 사건에 관한 가장 깊고 통찰력 있는 기록을 제공한다. 오늘날 우리가 알고 있는 세계가 과거의 전염병 유행에 의해서도 영향을 받아 형성되었음을 기억하게 한다. 과거 대유행의 트라우마를 어떻게 다루었는지, 그리고 우리가 통제할 수 없는 세상을 이해하는 방법에 관한 중요한 통찰력을 제공한다. 기억과 깨달음은 우리에게 유의미한 위로와 변화의 기회를 제공한다.

예를 들어, 일반적으로 흑사병으로 알려진 전염병인 페스트의 유행은 1347년에서 1351년 사이에 아시아, 유럽 및 북아프리카를 황폐화시켜, 수 세기 동안 인류 역사에 영향을 끼쳤다. 유럽 전역의 지역 사회는 인구의 절반을 잃었고 회복하는 데 100년 이상이 걸렸다. 이 거대한 생물학적 위기는 근본적인 사회 문화적 변화를 촉발했다. 노동력 부족은 농노의 종말을 가져오고, 임금을 흥정할 수 있는 자유로운 농민을 만들어 죽음과 자유가 함께 행진하도록 도왔다.

6. 맺는 글

캘리포니아 대학교 버클리 캠퍼스에서 코로나 시대의 문학과 예술에 관한 온라인 토론이 있었다. 토론 중에 영어와 저널리즘 연구자 마크 대너(Mark Danner) 교수가 언급한 대목을 인용한다.

"위기 상황에서 우리가 결정해야 할 일상생활의 구조와 필수품이 갑자기 사라졌다. 그러나 Covid-19 동안에 우리는 살 수 있는 다른 방법이 있다."

그가 언급한 '살 수 있는 방법'의 명확한 영역은 문학이다. 앞에서 기술한 바와 같이 전염병 유행 속의 문학은 사망 통계와 확산 정도 등의 객관적 실상뿐 아니라, 감염된 사람들과 그들의 친구, 가족과 이웃의 개인 생활에 어떤 영향을 미쳤는지를 보여준다. 즉, 문학은 시간과 공간의 장벽을 허물고, 서로 다른 역사적 시기와 시간대에 걸쳐 유사한 비극을 경험한 다른 사람들과 우리를 연결해준다. 더욱더 중요한 것은 문학은 우리가 먼 땅과 다른 시대의 다른 사람들과 많은 공통점을 가지고 있음을 보여줌으로써, 우리가 전염병으로 인한 전 세계적 황폐화를 다루는 유일한 사람이 아니라는 사실을 인식시킨다.

　'예술은 한 사람이 특정 외부 신호를 통해 의식적으로 다른 사람에게 자신이 살아온 감정을 전달하고, 다른 사람이 이러한 감정에 감염되어 경험한다는 사실로 구성된 인간 활동'이라는 레오 톨스토이(Leo Tolstoy)의 감염론을 빌지 않더라도, 문학은 전염병이 전체 커뮤니티에 미치는 영향을 설명한다. 그리고 문학은 그 설명으로 고립감을 완화하여, 전염병의 속성을 우리에게 더 친밀하게 알려주고 있다.

참고문헌

A 크로닌. 성채(城砦, 원제 The Citadel) (구혜영 옮김). 성바오로출판사, 서울, 1980.

Abid Bashir M. AL-Razi. inspiration through the ages. Independent Reviews 2010(Jan-Mar):5-8.

Al-Jassim AH, Lesser TH. Reduction of Adam's apple for appearance, Indian J Otolaryngol Head Neck Surg 2006 Apr;58(2):172-173.

Amancio EJ. Dostoevsky and Stendhal's syndrome. Arq Neuropsiquiatr 2005;63(4):1099-1103.

Anne Hunsaker Hawkins and Marilyn Chandler McEntyre 외 공저(신주철, 이영미, 이영희 공역). Teaching Literature and Medicine (문학과 의학교육). 도서출판 동인, 서울. 2005.

Annotations. Night-blindness. British J Ophthalmol 1919;3:258.

Anselment RA. Fracastoro's syphilis: Nahum Tate and the realms of Apollo. Bulletin John Rylands Library 1991;73(1):105-118.

Arnulf I, Zeitzer JM, File J, Farber N, Mignot E. Kleine - Levin syndrome: a systematic review of 186 cases in the literature. Brain 2005;128:2763 - 2776.

Balducci L. American Physicians Poetry Association. Journal of American Geriatrics Society 1997;45(1):122.

Bamforth I. Stendhal's syndrome. British Journal of General Practice 2010;60(581):945-946.

Bar-El Y, Durst R, Katz G et al. Jerusalem syndrome. Br J Psychiatry 2000;176:86 - 90.

Bilavsky E, Yarden-Bilavsky H, Ashkenazi S. Literature Names for Pediatric Medical Conditions. Acta Pædiatrica 2007;96:975 - 978.

Burwell CS, Robin ED, Whaley RD, Bicklemann AG. "Extreme obesity associated with alveolar hypoventilation; a Pickwickian syndrome". American Journal of Medicine 1956;21(5):811 - 818. Reproduced in Burwell CS, Robin ED, Whaley RD, Bickelmann AG (1994). "Extreme obesity associated with alveolar hypoventilation--a Pickwickian Syndrome". Obesity Research 1994;2(4):390 - 397.

Bége T, Desjeux A, Coquet-Reinier B, Berdah SV, Grimaud J-C, Brunet C. The Rapunzel Syndrome: A Hard-To-Swallow Tale. J Gastrointest Surg

2011;15:1486 – 1487.

Cameron SM. Cinderella revisited. BMJ 2005;331:24−31.

Cayler GG, Mays J, Riley HD Jr. Cardiorespiratory syndrome of obesity (Pickwickian syndrome) in children. Pediatrics 1961;27:237 – 245.

Critchley M, Hoffman HL. The syndrome of periodic somnolence and morbid hunger. British Medical Journal 1941;137−139.

Crook AM. The practice of poetry and the psychology of well−being. Journal of Poetry Therapy 2014;28(1):1 – 20.

Cysarz D, von Bonin D, Lackner H, Heusser P, Moser M, Bettermann H. Oscillations of heart rate and respiration synchronize during poetry recitation. Am J Physiol Heart Circ Physiol 2004;287:H579−H587.

Daniel Schäfer. Gulliver Meets Descartes: Early Modern Concepts of Age−Related Memory Loss. Journal of the History of the Neurosciences 2003;12(1):1−11.

Dario Giambelluca D, Caruana G, Cannella R, Picone D, Midiri M. The "caput medusae" sign in portal hypertension. Abdominal Radiology 2018;43:2535 – 2536.

Denis Gill. Doctors like eponymity. A Journal of Medical Humanities 2011 (winter):3(1). https://hekint.org/2017/01/30/doctors−like−eponymity/ (accessed 2020. 1. 13)

Dickens C. The posthumous papers of the Pickwick club. Boston: Ticknor and Fields; 1867.

Dietrich von Engelhardt (ed)., Diabetes, Its Medical and Cultural History: Outlines, Texts, Bibliography (Berlin/ Heidelberg, Germany: Springer−Verlag, 1989).

Emery J. Art Is Inoculation: The Infectious Imagination of Leo Tolstoy. The Russian Review 2011;70(4):627−645.

Escheverría IV. Girolamo Fracastoro and the invention of syphilis. História, Ciências, Saúde − Manguinhos, Rio de Janeiro, v.17, n.4, Oct.−Dec. 2010. Available at : http://www.scielo.br.(accessed 2017. 4. 14)

Evans M. Roles for literature in medical education. Advances in Psychiatric Treatment 2003;9:380−386.

Farooq O, Fine EJ. Alice in Wonderland Syndrome: A Historical and Medical Review. Pediatric Neurology 2017;77:5−11.

Feng L et al. Petal Effect: A Superhydrophobic State with High Adhesive Force. Langmuir 2008;248:4114−4119.

Fleury M et al. Myopathy with tubular aggregates and gyrate atrophy of the choroid and retina due to hyperornithinaemia. Journal of Neurology, Neurosurgery & Psychiatry 2006;78(6):656−657.

Fried R, Vandereycken W. The Peter Pan Syndrome: Was James M. Barrie Anorexic? International Journal of Eating Disorders 1989;8(3):369−376.

Fried RI. The Stendhal syndrome. Hyperkulturemia. Ohio Med 1988;84:519-520.

Frith J. 「Syphilis - Its Early History and Treatment Until Penicillin, and the Debate on its Origins」 Journal of Military and Veterans' Health 2012;20(4):49-58.

Ha J, Yang H-S. The Werther effect of celebrity suicides: Evidence from South Korea. PLOS ONE 2021(April 28):1-15 (https://doi.org/10.1371/journal.pone.0249896) (accessed 2022. 1. 9)

Harris JC. Gulliver's Travels: The Struldbruggs. Archives of General Psychiatry 2005;62:233-234.

Hazelton L, Hickey C. Cinderology: the Cinderella of academic medicine. Canadian Medical Association Journal 2004;171 (12):1495-1496.

Henry Longfellow. The Song of Hiawatha. (New York, USA: Hurst and Company, 1898).

Jacob and Wilhelm Grimm. Household Tales (English translation by Margaret Hunt), 1884.

Jonathan Swift. (이동진 역). 제10장 신비로운 불멸의 인간. pp. 339-351 In: 걸리버 여행기(Gulliver's Travels). 해누리기획, 서울, 2001.

Jonathan Swift. Part III-Chapter 10. pp. 251-260 In: Gulliver's Travels. ed. by Dixon P & Chalker J, Penguin Books, New York, 1967.

Kaplan RM. Humphry Fortescue Osmond (1917-2004), a radical and conventional psychiatrist: The transcendent years. Journal of Medical Biography 2016;24(1):115-124.

Kaptein AA, Meulenberg F, Murray M. Artistic representations of infectious disease. Psychology, Health & Medicine 2020;25(4):492-496.

Kerr D. Of Struldbruggs, sugar, and gatekeepers: a tale of our times. British Medical Journal 2003;327:1451-1453.

Kerr WJ, Lagen JB. The postural syndrome related to obesity leading to postural emphysema and cardiorespiratory failure. Annals of Internal Medicine 1936;10:569-575.

Klugman CM. How Health Humanities Will Save the Life of the Humanities. Journal of Medical Humanities 2017;38(4):419-430.

Kryger M. Charles Dickens: Impact on Medicine and Society. Journal of Clinical Sleep Medicine 2012;8(3):333-338.

Lanska DJ, Lanska JR. The Alice-in-Wonderland Syndrome. Front Neurol Neurosci 2018;42:142-150.

Lowe G, Beckett J, Lowe G. Poetry writing and secretory immunoglobulin A. Psychological Reports 2003;92:847-848.

Lukehart SA. Chapter 206 Syphilis. pp. 1132 In: Harrison's Principles of Internal Medicine, 19th ed. eds. by DL Kasper et al., McGraw-Hill, New York, USA, 2015.

Magherini G. La Sindrome di Stendhal. Milan: Feltrinelli Editore, 1992.

Maloney WJ. Chapter 25. The Rapunzel Syndrome. pp. 148−151 In: The Medical Lives of History's Famous People. Bentham Science Publishers, Washington, U.S.A., 2014.

Mari−Henri Beyle (Stendhal) (Author)/Richard N. Coe (Translator). Rome, Naples, Florence. Calder Publications, London, 2010.

Mazza N. Poetry therapy−Theory and practice, 2nd ed. Routledge, New York & London, 2017.

McLellan MF, Jones AH. Why literature and medicine? Lancet 1996;348:109−111.

Miranda CM, Pérez JC, Slachevsky ChA. Jonathan Swift's scientific contribution on his "Gulliver's Travels. Rev Med Chil 2011 Mar;139(3):395−399.(영문 초록)

Moody HR. Four scenarios for an aging society. Hastings Center Report 1994;24(5):32−35.

Nicholson TRJ, Pariante C, McLoughlin D. Stendhal syndrome: a case of cultural overload. BMJ Case Reports 2009: pii: bcr06.2008.0317.

Olson AL, Zwillich C. "The obesity hypoventilation syndrome". American Journal of Medicine 2005;118(9):948−956.

Olson PD, Windish DM. Communication discrepancies between physicians and hospitalized patients. Arch Intn Med 2010;170(15):1302−1307.

Osler W. 「An Alabama Student and Other Biographical Essays」 from : John Hopkins Health System, John Hopkins University. Celebrating the Contributions of William Osler: Selected Writings. 1999.

Park RHR, Park MP. Caput Medusae in medicine and art. British Medical Journal 1988;297:1677−1679.

Patterson R, McGrath KG. The "Peter Pan" Syndrome and Allergy Practice: Facilitating Adherence Through the Use of Social Support. Allergy Asthma Proc 2000;21(4):231−233.

Phillips DP. The Influence of Suggestion on Suicide: Substantive and Theoretical Implications of the Werther Effect. American Sociological Review 1974;39(3):340−354.

Podoll K, Robinson D. Lewis Carroll's migraine experiences. The Lancet 1999;353(9161):1366.

Raphael Patai & Haya Bar−Itzhak. 「Encyclopedia of Jewish Folklore and Traditions」 p. 152, Routledge, London & New York, 2013.

Rea C. Medusa and the Gorgons: The Origins of the Legendary Tale. https://www.ancient−origins.net/history/medusa−and−gorgons−origins−legendary−tale−006092 (accessed 2021. 9. 24)

Rivett GC. From Cradle to Grave, the first 50 years of the NHS. King's Fund, London, 1998.

Rojas PG, Paredes EB, Reto CP. Rapunzel syndrome as a cause of obstruction and intestinal perforation. Acta Gastroenterol Latinoam 2016;46(2):114–117.

Schermer MHN. Brave New World versus Island — Utopian and Dystopian Views on Psychopharmacology. Med Health Care Philos 2007;10(2):119 – 128.

Schuster MA, McGlynn EA, Brook RH. How good is the quality of health care in the United States? Milbank Quarterly 1988;76:517 – 564.

Schwartz RS. "Medicine is my lawful wife" – Anton Chekhov, 1860–1904. New England Journal of Medicine 2004;351(3):213–214.

Silverman MA. The sorrows of young Werther and Goethe's understanding of melancholia. The Psychoanalytic Quarterly 2016;85(1):199–209.

Sofia Souli. 「Greek mythology」, Toubis Graphic Art S.A., Ilioupoli, Greece, 1995.

Spier N, Karelitz S. The Pickwickian syndrome: case in a child. American Journal of Diseases of Children 1960;99:822 – 827.

Striker C. The song of diabetes. Diabetes 1952;492–493.

Swinnen AM. Healing words: A study of poetry interventions in dementia care. Dementia 2016;15(6):1377–1404.

Tanne JH. Humphry Osmond. BMJ 2004;328(7441):713.

The National Association for Poetry Therapy. www.poetrytherapy.org(accessed 2019. 6. 29)

Thorson J, Öberg P-A. Was There a Suicide Epidemic After Goethe's Werther? Archives of Suicide Research 2003;7:69–72.

Todd J. The syndrome of Alice in Wonderland. Can Med Assoc J 1955;73:701 – 704.

Ugokwe E. Penicillin's unique discovery. Hekton International Journal 2019;11(4). at https://hekint.org/2017/02/01/penicillins-unique-discovery/?highlight=penicillin (accessed 2019. 10. 18)

Vaughan ED Jr., Sawyers JL, Scott HW. The Rapunzel syndrome: an unusual complication of intestinal bezoar. Surgery 1968;63:339–343.

Wald HS, McFarland J, Markovina I. Medical humanities in medical education and practice. Medical Teacher 2019;41(5):492–496.

Yoo HJ. Comprehensive approach for managing the older person with diabetes mellitus. Diabetes Metab J 2017;41:155–159.

钱志熙. 黄庭坚诗学体系研究, 北京大学出版社, 北京, 2003.

강명자. 우주와 꼴이 닮은 사람. pp. 31–41 In: 도대체 사람이란 무엇일까?, 뿌리 깊은 나무, 서울, 1980.

고창순, 조보연. 「갑상선」, 고려의학, 서울, 1990.

금창연. 편집레이아웃(1) 증보판, 정출판사, 서울, 1989.

김연종. 시동인회 순례(25) 한국의사시인회. 웹진 「시인광장」 2013년 7월호.

김영도, 류선영, 김중석, 이광수. 이상한 나라의 앨리스 증후군을 보인 우측 내측두엽 뇌경색 1예. 대한신경과학회지 2006;24:364–366.

대한신경정신의학회. 신경정신의학 제2판. 중앙문화사, 2009.

로이포터(Roy Porter) 책임편집(여인석 역). 『의학 놀라운 치유의 역사』 네모북스, 서울, 1997.

루이스 캐럴(베스트트랜스 옮김). 이상한 나라의 앨리스. 더클래식, 서울, 2017.

류성준. 《창랑시화(滄浪詩話)》 시변(時辨)의 시창작론. pp. 29-60. In: 중국 시화의 이해. 류성준 저, 현학사, 서울, 2006.

마종기. 연세의대의 '문학과 의학' 학과목에 대해. 2022년 6월 26일~28일 개인 교신.

문미란, 유담. 건강한 시낭송 건강한 목소리. 시낭송 테라피 강좌 교재 pp. 29-31, 2019.

박혜정, 『멜랑콜리』. 연세대학교대학출판문화원, 2015.

수전 손택(Susan Sontag)/이재원 역. 은유로서의 질병(Illness as metaphor). 도서출판 이후, 서울, 2002.

스튜어트 리 앨런, 정미나 역. 악마의 정원에서. 생각의 나무, 서울, 2005.

신규환. 개항, 전쟁, 성병: 한말 일제초의 성병 유행과 통제. 醫史學 2008;17(2):239-255.

신익철. 제3부 7. 매화에 미친 이들과 매화음(梅花飮) pp. 159-179 In: 『조선의 매화시를 읽다』 신익철 저, 글항아리, 서울, 2015.

유담. 매독(梅毒)-양치기 시필리스. 문학청춘 2017;32:262-272.

유담. 시 테라피-시(詩)는 가장 오래된 의약품이다. 문학청춘 2019;41:384-398.

유담. 한국의사시인회 창립취지문. 2012. 6. 9.

유담. 당뇨병과 안경: 가나안으로 갈거나. 남북의료기 1984;144:15-16.

유담. 말하는 청진기-시 읽다 보면 어느새 면역력이 쑥쑥. 경향신문 2018. 11. 7.

유담. 별이 안 보인다. 문학청춘 2017;34:302-313.

유담. 앨리스-이상한 나라에서 의학 속으로. 문학청춘 2018;37:300-310.

유담. 의학 속 문학(12) 머리털을 삼키다-라푼젤 증후군. 문학청춘 2020;43:286-296.

유담. 펜을 들고 성채에 맞선 크로닌. 유담 유형준 교수의 의사문인열전(11). 의학신문 2020. 10. 5.

유담. 피크위크 증후군. 문학청춘 2018;36:316-326.

유담. 한국의사시인회의 성격과 전망. 시문학 2014;1:111-134.

유형준. 의학전문가가 제안하는 '원격 문학 치료' In: 포스트코로나 시대 문학의 역할과 문학치료 현장-한국문학치료학회 제200회 기념 학술대회 좌담. 문학치료연구 2021;57: 135-146.

유형준, 이현석. 의료커뮤니케이션의 사회적 의미. 의료정책포럼 2007;5(4):110-116.

유형준. 문학과 의학-비만의 상징성. 대한비만학회지 2011;20(S 1,2):41-46.

유형준. 노년에 대한 의학적 성찰. 문학과 의학 2014;7:78-91.

유형준. 노인의학의 인문학-세월이 새기는 사람의 무늬를 보다. 노인병 2015;19(S1):7-12.

유형준. 당뇨-그 무늬의 맛 (당뇨병 역사 인문학①). 당뇨병 소식 2017;1:25-29.

유형준. 당뇨병 알면 병이 아니다. (언어의 집 건강산책-1). 언어의 집, 서울, 2005.

유형준. 당뇨병의 역사. 대광문화사. 서울, 1987.

유형준. 우리는 이미 인문학을 하고 있다. 박달회 제40집 pp. 152-156, 2013.

유형준. 의학 속 문학의 재주(在住). 한국의사수필가협회 창립 10주년기념 특별강연 抄錄.

서울, 2018. 6. 23.

유형준. 의학과 문학의 접경-의학 속 문학의 재주(在住). 의학과 문학 접경 연구 세미나 논
문집 pp. 23-30, 서울, 2018년 8월 25일.

유형준. 의학적 인간이해의 통로인 문학 - 문학 속 비만의 상징성을 예로. 문학과 의학
2011;2:119-132.

유형준. 질병학 속 문학의 재주(在住). 제2회 의학과 문학 접경 연구 세미나 논문집. pp.
28-32, 서울, 2019. 8. 24.

유형준. 행림 시 산책(연재). 의학신문. 2012년 5월~2013년 1월.

유형준. 의학적 인간 이해의 통로인 문학 - 문학 속 비만의 상징성을 예로. 문학과 의학
2011;2:119-131.

이동귀. 너 이런 심리법칙 알아? 네이버에서 가장 많이 검색한 심리학 키워드 100. pp.
169-170, 21세기북스, 2016.

이승훈, 이성훈, 김상윤. Kleine-Levin 증후군 1예. 대한신경과학회지 1999:17(5)
:705~709.

이임순. 성매개 질환 발생에 관한 시대적 변천과 현황. Journal of Korean Medical
Association 2008;51(10):868-874.

트렘퍼 롱맨 3세(Tremper Longman III). 문학적 성경 해석. pp. 31-105, 유은식 역, 서울,
도서출판 솔로몬, 2002.

허창운 편저. 현대문예학의 이해. p. 163. 창작과 비평사, 서울, 1989.

황석영. 개밥바라기별. p. 270, pp. 286-287, 문학동네, 서울, 2009.